Haell

Lilly AE

Förlag: BoD – Books on Demand, Stockholm, Sverige

Tryck: BoD – Books on Demand, Norderstedt, Tyskland

ISBN: 9789176990452

Karta

1

Solljuset sken rakt på de bloddränkta lakanen och fick den livlösa kvinnan att se blekare ut än hon egentligen var.

Haell stod vid fotänden av sängen, med ryggen och vingarna pressade mot väggen. Hon följde dammkornen som virvlade runt i ljuset med blicken, men så fort de närmade sig sängen for en rysning genom henne.

Hon böjde ner ansiktet och viskade några tröstande ord mot barnet som låg i hennes famn. Det skrynkliga lilla ansiktet ramades in av fjunigt, ljusblont hår och de klarblå ögonen mötte hennes egna guldfärgade. Barnets rosiga hud bröt skarpt mot hennes eget smaragdgröna skinn. Att två personer kunde se så olika ut, fast de hade samma mor. Men så hade hon också ärvt allt utseende från odjuret som var hennes far.

Dörren for upp och hennes styvfar klev in. För en stund blev han stående med blicken fäst på den nerblodade sängen, där hans hustru låg livlös. Han gned de grova händerna över sitt grånande hår och stönade lågt.

När han vände sig mot henne var ögonen tårfyllda. Under bråkdelen av en sekund ville hon gå fram och krama om honom, men infallet försvann lika snabbt som det kom. Efter alla slag och hårda ord hon fått av honom

7

under sina tjugofem år förtjänade han inte hennes medlidande.

Munnen förvreds. "Haell ... Fattades bara det ... Vem släppte in dig?"

Hon fäste blicken vid hans bröstkorg. "Mor behövde hjälp och det var bara jag som var hemma."

Han kupade handen bakom örat. "Sa du nått?" Musklerna i den andra armen svällde när han knöt näven.

Hon fällde ner blicken mot golvet och skakade på huvudet.

"Bra. Ge mig den där och försvinn!"

Med blicken sänkt gick hon fram och lämnade försiktigt över barnet i hans väntande armar. Det hårda ansiktet mjuknade när han strök den lilla flickan över kinden och hon kunde inte låta bli att undra hur det hade varit om hon också hade fått den kärleken av honom när hon var liten. Om hon hade sluppit somna gråtande var och varannan natt. Kanske hade hon till och med varit välkommen i huset och hade sluppit bo i ladugården med det otäcka mörkret och den fruktansvärda kylan på vintern.

Ögonen mörknade när han lyfte blicken från spädbarnet. "Vad är det du inte fattar? Ut ur mitt hus!"

Hon lämnade huset och korsade den lilla gårdsplanen. Gården var inte stor, ett litet boningshus, ett uthus och ladugården. Men det var tillräckligt för att försörja dem och då det var hon som hade huvudansvaret för djuren var hon glad att den inte var större.

När hon klev in i det skumma ljuset i ladugården slog doften av djurspillning och hö emot henne. Lukten av hemma, både hemtrevlig och otrevlig på samma gång.

Hon fortsatte bort till sin bädd, sträckte sig mot en av bjälkarna och plockade ner trasdockan modern gjort åt henne när hon var liten. De sista femton åren hade den legat där, bortglömd, men när hon växte upp var det hennes bästa, och enda vän. Nu var den det enda handfasta minne hon hade av modern och med dockan inklämd under armen klättrade hon upp på höloftet.

När hon var liten brukade modern ta med henne upp på loftet där hon satt med henne i famnen och drömde sig bort en stund. Ibland berättade modern fantastiska sagor om världen omkring dem. Om magiska varelser, monster och skatter. Andra gånger berättade hon skrämmande historier om hur farliga vissa människor kunde vara för folk som såg annorlunda ut. Historier som fått Haell att huttra och krypa längre in i tryggheten i sin mors famn.

Med svidande ögon och en växande klump i halsen sjönk hon ihop i det väldoftande, prasslande höet och lyfte dockan mot ljuset som sipprade in mellan brädorna i ladugårdsväggen. Modern hade gjort dockor åt alla sina döttrar när de var små. Systrarnas var ljusa, med hår och ögon i deras egna färger, blonda och blåögda, mörkhåriga och brunögda. Hennes var även den ljus, modern hade inte haft råd att köpa grönt tyg, men håret var svart och ögonen gula. Det fanns heller inga vingar på den, eftersom modern sytt den innan de växte fram i femårsåldern.

På dockans ena arm fanns en brun fläck som hon så här i efterhand inte begrep varför de aldrig tvättat bort. Blod. Men om det var hennes eller moderns, visste hon inte.

Trots att det gått tjugo år var minnet av den dagen fortfarande kristallklart ...

Hon stirrade stint på ladugårdsdörren, rädd för att titta bort ifall mamma skulle dyka upp just då. Trasdockan låg i knät och utan att tänka på det satt hon och ryckte lätt i dockans ena ben. En djup suck växte i bröstet och letade sig ut genom munnen. För säkert hundrade gången reste hon sig och gick bort till väggen och kikade ut genom springorna. Ingen mamma ännu. Hade hon glömt bort att de skulle gå till byn? Hon gick sakta tillbaka till spiltan och satte sig med en duns som kändes hela vägen upp längs ryggraden.

Ladugårdsdörren öppnades äntligen och modern stack in ansiktet, kisande i halvdunklet. "Är du redo hjärtat?"

Hon for upp med ett pirrande i magen. "Vi är klara! Vi ska köpa godis! "Hon höll upp trasdockan mot mamma.

Mamma skrattade till och öppnade dörren helt. "Då är det bäst att vi skyndar oss, innan allt det bästa godiset hinner ta slut."

Solen värmde ansiktet när hon tog mammas hand och klev ut på gårdsplanen. Magen pirrade för fullt och hon bet ihop om lusten att vända ansiktet mot himlen och tjuta av glädje. För första gången skulle hon få se byn! Den stora byn, med alla dess hus och människor! Och lanthandeln som skulle vara full av godis och fantastiska saker!

Det spratt i benen och mamma fick skrattande småspringa för att hinna med.

Det var fortfarande ganska tidigt när de gick in på det lilla torget med byns vattenbrunn, men trots den tidiga timmen var torget redan fullt av folk.

Mammas grepp hårdnade och Haell slet blicken från brunnen. En man i finare kläder än hon någonsin sett förut, var på väg mot dem med en arg min i ansiktet. Pirret i magen ändrades från glatt till oroligt.

"Vad ska det här betyda!" Mannen stannade framför mamma och gjorde en arg gest mot Haell.

"Vi ska bara handla lite."

Mannen skakade på huvudet. "Inte med den där tjuvaktiga saken inte."

Mamma skrattade till och Haell tittade storögt på henne. Att hon vågade skratta när han såg så arg ut!

"För det första så är hon bara fyra! För det andra så vet du nog, lika väl som alla andra, att man inte måste vara kriminell bara för att man är demon eller har demonförfäder."

Mannens kinder blev röda och han blåste upp dem på ett sätt som fick Haell att sätta handen för munnen för att hindra ett fnitter från att smita ut.

Två ytterligare män och en stor, tjock kvinna kom fram till dem och mamma drog in Haell framför sig och lade armarna om henne.

"Låt oss bara passera så går vi hem så fort vi har köpt det vi ska."

Kvinnan förvred munnen och ställde sig framför dem, tillräckligt tätt inpå för att tvinga Haell att vrida huvudet i sidled för att inte pressa ansiktet i kvinnans omfångsrika buk.

"Inte ett steg längre. Vi har alltid sett mellan fingrarna eftersom dina föräldrar var väl ansedda Selena. Vad du sysslar med i ditt hem är väl din ensak. Men din vidriga bastardunge är inte välkommen här."

Hon kände hur mamma stelnade till och drog efter andan, men innan hon hann svara sträckte den elaka kvinnan ut händerna och knuffade mamma så hårt bakåt att hon nästan föll omkull.

"Vad tar du dig till!" Mammas röst lät chockad vilket fick Haells mage att dra ihop sig till en värkande liten klump.

Kvinnan böjde sig ner och plockade upp en sten. Med ett fult hånleende vägde hon den i handen.

"Sista chansen." Kvinnan höjde handen med stenen. "Gå nu, så lovar jag att vi kommer att låta det här vara bortglömt nästa gång du eller resten av din familj kommer hit. Men ser vi den där bastardungen igen så kan jag lova att ingen av er kommer att vara välkomna här igen."

Mamma satte sig på huk och vände Haell mot sig. "Vi verkar ha kommit hit vid ett dåligt tillfälle hjärtat. Det har ingenting med dig att göra, men det är nog bäst att vi går hem", sade hon lågt och strök henne mjukt över kinden.

Då träffade någonting hårt och vasst henne i bakhuvudet och för några sekunder verkade världen snurra runt och ett obehagligt illamående steg från maggropen.

Mamma reste sig och satte skyddande händerna runt henne. "Sluta! Är ni inte kloka! Hon är ju bara ett barn!"

Bakhuvudet brände och det bultade i huvudet. Hon sträckte bak handen och kände på stället där det gjorde ont. Håret kändes varmt och blött och när hon tittade på handen var fingrarna röda. Det började pirra konstigt i huvudet och fingrarna. Illamåendet ökade och ögonen började svida samtidigt som halsen knöt sig.

Mamma tog hennes hand och vände, men så fort de började gå träffades hon av en ny sten. Denna gången i ryggslutet och hon tjöt till av både smärta och skräck. I nästa sekund haglade stenarna över dem. Vissa träffade mamma, för hon skrek till av smärta, andra träffade henne. Mamma lyfte upp henne och började springa.

Mamma fortsatte att bära henne en lång stund, men det var bara skönt för då kunde hon begrava ansiktet mot mammas axel där hon grät tyst och krampaktigt.

"Det är ingen fara hjärtat. De är borta nu. Dumma, korkade bybor. För mycket inavel, det är en sak som är säker." Mamma kysste henne mjukt på toppen av huvudet, satte försiktigt ner henne på vägen och tittade snabbt över skadorna. "Det ser inte så farligt ut hjärtat, men jag vet att det gör ont. Både inombords och utanpå."

Haell nickade och gned trasdockan över ansiktet. Tårar och blod sögs upp av tyget.

"Vet du vad?" sade mamma mjukt och strök henne över kinden. "Vissa människor tycker helt enkelt inte om sånt de inte är vana vid. Det är jättedumt, men på sätt och vis är det synd om dem. Tänk vilka fattiga, inskränkta liv de måste ha."

Haell nickade långsamt. Hon förstod inte riktigt vad mamma menade, hur kunde det vara synd om dem som var dumma och elaka? ...

Hon rös till och strök med tummen över den gamla blodfläcken. Så vände hon på dockan och fick se att stoppningen stack ut ur ett litet hål på ryggen. Möss. De gav sig på allt, särskilt under vintrarna. Hon fångade upp den gamla ullen med fingerspetsen och tryckte in den i dockan igen. Då stötte hon emot någonting hårt, djupt inne i den mjuka kroppen. Med en skarp rynka mellan ögonen klämde hon undersökande på dockans överkropp. Vad det än var så löpte det längs med hela dockans överkropp och smalnade av i ena änden. Försiktigt stack hon in fingret i hålet igen och grimaserade lätt när det revs upp lite till. Föremålet var hårt och lent, och när hon följde det till den smala änden visade det sig vara obehagligt vasst. Vad gjorde ett decimeterlångt, vasst föremål i en docka gjord för ett litet barn?

Trots att det värkte i hjärtat när hålet sprack upp ännu mer, lirkade hon försiktigt runt föremålet så att hon kunde gripa tag i det och dra ut det.

Strax höll hon en drygt decimeterlång svart klo i handen. Den breda änden var grov och såg avbruten ut och det satt ett ljust, slitet läderband lindat runt den som förvandlade den till ett halsband. Hon vände och vred på klon i det skumma ljuset. Den var vacker på ett mörkt, skrämmande sätt.

Hon skulle precis hänga remmen runt halsen när ladugårdsdörren gnisslande gick upp. Tunga steg hördes under henne.

"Jävla ohyra, var är du!" Styvfaderns röst vittnade om att han hunnit få i sig några glas under den stund som gått sedan de sist sågs.

Instinkterna sade åt henne att vara tyst, att låtsas som att hon inte var där. Hade hon tur kanske han gick. Men risken var alldeles för stor att han skulle klättra upp och kontrollera loftet. Om han då fann henne där och förstod att hon struntat i att svara ...

Hon knöt handen hårt om klon och reste sig. "Jag är på loftet. Jag kommer ner."

Hon gick bort till stegen och klättrade ner, men hann bara halvvägs innan något mörkt och dammigt drogs över hennes huvud. Chocken fick henne att tappa balansen och hon föll den sista biten, men avståndet var inte större än att hon ostadigt landade på fötterna. Hon lyfte händerna mot ansiktet för att dra bort fodersäcken han använt. Till ingen nytta.

"Vad gör du!" Paniken fick rösten att spricka.

"Vad jag skulle gjort den dag du föddes!"

Remmarna, som var till för att spänna säcken runt djurets huvud, virades nu runt hennes hals. Hon fick tag i hans händer, försökte slita bort dem. Men han var för stark. Hon skrek, så högt hon bara kunde. Styvfadern svor, slutade vira och drog istället remmarna åt varsitt håll. Halsen pressades ihop. Som stjälkarna när hon var liten och höll för hårt i en bukett blommor. Ögonen försökte tränga ur sina hålor. Munnen smakade blod. Fingrarna klöste mot hans.

"Dö någon gång för helvete!" grymtade han och drog hårdare.

Adrenalinet flödade igenom henne och överlevnadsinstinkten vaknade. Hon högg klon bakåt, rakt in i styvfaderns lår.

Han skrek till och släppte greppet om remmarna. Trycket mot halsen lättade och hon drog djupt efter andan, sög i sig luften som om det var någonting ljuvligt hon aldrig tidigare smakat.

Händerna skakade när hon drog bort remmarna och slet av sig säcken. När hon vände sig om mötte hon styvfaderns mörka blick. Han stod framåtlutad med händerna tryckta mot övre delen av låret, under dem var byxorna rödfärgade hela vägen ner till golvet. Färskt blod rann mellan hans fingrar.

"Ser du vad du har gjort!"

Hjärtat stannade för en sekund. Vad hade hon gjort! Men om hon inte hade försvarat sig hade hon legat på golvet nu, lika livlös som modern. Hon svalde tungt och lyfte klon mot honom med en darrande hand.

"Kommer du närmre blir det värre än ett sår i benet!" Han blottade tänderna i något som liknade en morrning. "Tro inte att du kommer undan med det här! Du måste sova någon gång."

Utan att släppa honom med blicken backade hon mot sin bädd, satte sig på huk och drog åt sig filtarna med sin fria hand. När hon reste sig slet hon åt sig en fodersäck som hängde på väggen och pressade ner dem i den.

"Vad gör du!" röt han och tog ett steg mot henne men stannade ostadigt för att i nästa sekund sjunka ner på knä. Färskt blod sipprade fortfarande fram mellan hans fingrar.

Det högg till inom henne när hon betraktade hans bleknande ansikte och blodpölen som bildats i halmen nedanför honom. Var han allvarligt skadad? Hon svalde tungt och puttade undan oron.

"Två slitna gamla hästfiltar klarar du dig nog utan!" Hon backade runt honom, mot ladugårdsdörren.

"Haell!"

"Nej!" Rösten tjocknade.

Hon knuffade upp dörren med ryggen, tog sikte mot skogen på andra sidan kohagen och sprang.

2

Det var inte förrän hon var så utpumpad att hon inte kunde springa mer som hon slutligen saktade ner och stannade. Hon sjönk ihop med ryggen mot ett träd, lutade huvudet mot stammen och slöt ögonen. Det snurrade i huvudet och andningen var så tung att det värkte i lungorna.

Hon gömde ansiktet i armarna och grät tills det gjorde lika ont i kroppen som det gjorde i själen ... När det värsta var över tog hon ett djupt andetag och lyfte handen för att torka bort tårarna. Då insåg hon att hon fortfarande höll den blodiga klon i handen. Äcklat kastade hon den ifrån sig, så långt hon förmådde. Den studsade dovt mot ett träd och försvann i gräset några meter bort.

Stelt reste hon sig och började gå i motsatt riktning från gården, men när hon passerade platsen där klon landat stannade hon till. När allt kom omkring så var den ändå det enda minnet hon hade efter modern. Hon kunde inte bara kasta bort den så där. Och det var ju inte klons fel, det som hänt. Tvärtom. Den hade ju faktiskt räddat hennes liv.

Hon sjönk ner på huk och började leta inne i det knähöga gräset. Fingrarna snuddade vid något lent och hon följde det med fingertopparna tills hon fick tag på remmen. Lättad slet hon åt sig klon och gnuggade den mot gräset för att få bort blodet. När hon inte längre kunde skymta några fläckar på den hängde hon remmen runt halsen. Med rynkad panna betraktade hon sedan klon där den hängde mellan hennes bröst. Alldeles för uppseendeväckande. Hon stoppade in den under klänningen istället. Tyget buktade ut på ett underligt sätt, men det såg ändå bättre ut än innan.

Hon reste sig igen och fortsatte med tungt hjärta. Tänk om hon hade skadat styvfadern ordentligt? Illa nog för att han skulle förblöda och dö? Vad skulle i så fall hända med systrarna? Med en nyfödd att ta hand om till råga på allt.

Hon stannade upp för en sekund, frestad att vända tillbaka. Men hon visste att det inte var ett alternativ. Däremot bodde hennes näst äldsta syster, Viktoria, i närheten av en av grannbyarna. Hon kunde säkert titta till barnen, och ta med dem hem om det skulle behövas.

Lättare i hjärtat började hon gå igen medan hon sneglade upp mot den klarblå himlen. Hade vingarna bara varit mer än dekoration så hade hon hittat Viktoria på nolltid. Men hon hade provat tillräckligt många gånger, och skadat sig nästan lika många gånger, för att veta att de var totalt värdelösa.

Hon fick helt enkelt nöja sig med att gå.

Skymningen hade börjat falla när hon slutligen kom till kanten av en smal väg som slingrade sig bort mellan träden.

På måfå valde hon en riktning. Magen pirrade oroligt vid tanken på att hon kanske skulle möta människor, men hon kunde ju alltid ge sig ut i terrängen om hon skulle få syn på någon. Om hon nu hann se dem i tid.

Då var det bara att hålla ögonen öppna efter en väderkvarn, för det var ungefär det enda hon visste om Viktorias hem, att det låg så att hon hade utsikt över byns kvarn.

Solen hade precis gått ner när hon äntligen fick syn på de mörka konturerna av en väderkvarn mot den månbelysta himlen. Det gav henne ny energi och hon tog sikte mot gården närmast henne.

När hon var tillräckligt nära för att se boningshuset framför sig försvann månen in bakom ett moln och det blev becksvart omkring henne. Långsamt, med händerna utsträckta framför sig, fortsatte hon mot det svaga ljuset som skymtade från framsidan av huset.

Med bara några meter kvar råkade hon sparka till något stort och hårt som skramlande for iväg över marken. Av ljudet att döma en plåthink. Hon stelnade till och svor tyst över sin egen klumpighet.

En dörr slogs upp och släppte ut nytt ljus i mörkret framför henne.

"Sök!" Den låga mansrösten följdes av ett dovt skall som fick håren på hennes armar att resa sig.

Ljudet av hundens tassar, tätt följda av de hasande ljuden från mannens steg, närmade sig i mörkret. Blodet frös. Skulle hon stå kvar? Ge sig till känna? Fly? Men hon misstänkte att det inte skulle bli särskilt roligt för henne när han upptäckte att det var en halvdemon som smög runt utanför hans hus i mörkret. Så hon tog ett djupt andetag, vände och började springa i riktning mot vägen.

"Ta honom!"

Hunden började skälla. Ljust och upphetsat. Ett lätt rasslade hördes när den tog spjärn med klorna mot marken och satte av efter henne. Frestelsen att vända sig om, se hur långt bort hunden var, fick det att krypa i skinnet. Men hon visste att den bara skulle komma i fatt snabbare om hon gjorde det. Knappt innan hon hann tänka klart tanken exploderade en brännande smärta i vänstra vaden. Det svartnade för ögonen och andan fastnade i halsen. Hon föll handlöst, fortfarande med hundens käftar kring benet.

Jord och grus skrapade mot hennes armar och ansikte. Fyllde munnen och näsan. Hon kippade efter luft och slöt ögonen mot smärtan som pulserade genom kroppen i kväljande vågor.

"Bra där gubben!"

Mannen klappade hunden så energiskt att det ekade dovt i mörkret.

Ägarens uppmuntran fick djuret att bita hårdare och ruska kraftigt på huvudet. Det slet och brände i muskeln och huden. Hon tjöt av smärta, men det verkade bara öka hundens iver.

"Snälla! Hunden! Släpp!" Rösten lät sprucken. Främmande.

Mannen lade handen på hundens huvud och för en stund slutade den att slita i henne. Men släppte gjorde den inte. Desperat sträckte hon benet mot hunden i ett försök att minska smärtan, men det var lönlöst.

"Inte förrän du säger vem du är och vad tusan du gör vid mitt hem mitt i natten!"

Tack och lov att månen fortfarande skymdes bakom molnen så att han inte kunde se henne ordentligt.

Hon tog ett djupt, skälvande andetag. "Jag letar efter min systers gård."

"Loss!" Mannens röst lät fortfarande ovänlig. "Letar? Vet du inte var systern din bor?"

"Nej. Allt jag vet är att hon ser en väderkvarn från sitt hus." Hon satte sig upp och drog åt sig benen.

"Fast det förklarar fortfarande inte varför en ung kvinna, som det låter, är ute vid den här tiden."

"Det var svårare än jag trodde att hitta kvarnen."

Han var tyst en stund, så fortsatte han med sträv röst. "Ok. Ge dig av härifrån. Men hittar jag dig här igen kommer jag inte att stoppa hunden nästa gång. Förstått?"

Hon höll upp handflatorna mot honom, trots att han förmodligen inte såg det i mörkret. "Jag kommer inte tillbaka. Jag ska bara leta upp min syster, det är allt. Jag svär!"

Hon reste sig men tog snabbt ett ostadigt kliv bakåt när hunden morrade dovt.

"Vad heter hon?"

"Viktoria."

"Viktoria?" En kort tystnad följde. "Heter karln hennes Steff?"

Det var länge sedan hon hört vad Viktorias man hette, men Steff lät bekant nog för att kunna vara rätt. "Ja, det stämmer."

"Då följer du stora vägen en bit till. När du kommer fram till ett gammalt kluvet träd tar du in på vägen som går åt vänster. Gården ligger en bit in."

Den oväntade hjälpen fick henne att nicka lätt mot honom. "Tack!"

Hon vände och gick tillbaka mot vägen. Haltande, men ändå tacksam för att hon tog sig därifrån utan någonting värre än ett hundbett.

3

Trädet dök upp vid ett litet vägskäl, precis som mannen sagt, och hoppet steg när hon svängde av och fortsatte upp längs något som inte var mycket mer än två hjulspår i gräset. Snart skulle den här hemska dagen ta slut. Hon skulle träffa systern, se till såren, sedan skulle hon krypa ner bland sina filtar och göra sitt bästa för att, åtminstone för en stund, glömma allt hemskt som hänt.

Viktorias hus visade sig vara ett trivsamt litet tvåvåningshus. Ur fönstren på första våningen sken ett varmt, välkomnande ljus som lös upp lite av gårdsplanen närmast huset. Sakta haltade hon fram till det närmsta fönstret och kikade in. Ett trångt, men hemtrevligt kök, dominerat av en öppen spis med bakugn i murstocken, mötte hennes blick. Från spiselkransen hängde knippen med torkade örter och i taket satt långa stänger med upphängt bröd och kött. Synen orsakade ett smärtsamt sug i magtrakten, tätt följt av ett långdraget kurrande. En påminnelse om att hon inte fått något i sig på hela dagen.

Hon kastade en sista blick mot maten och haltade fram till nästa fönster. Det visade storstugan, där hon direkt fick syn på systern. Hon satt vid en spinnrock och var i full färd med att spinna garn. Hennes man satt vid ett litet bord strax bakom och antecknade något i en tjock bok.

Lättad haltade hon bort till dörren och höjde handen för att knacka, men i sista sekunden stelnade hon till. Tänk om det var Steff som öppnade? De hade aldrig träffats, och hon var inte ens säker på att Viktoria sagt något om henne. Skulle han tro att hon var ett främmande halvblod som var där för att ställa till bråk?

Hon tog ett djupt andetag och knackade bestämt.

Dörren öppnades och hon mötte Steffs blick. Han spärrade upp ögonen, pressade ihop munnen till ett tunt streck och försökte omedelbart dra igen dörren framför henne.

"Vänta!" Hon grep tag i handtaget innan hon hann tänka sig för.

Ögonen mörknade och han gjorde en ansats att rycka dörren ur hennes fingrar.

"Snälla, jag är inte här för att ställa till bråk! Jag behöver prata med Viktoria."

Hans panna veckades. "Hur känner du min fru?"

Hon tvekade. Det var frestande att berätta att de var systrar, men det var nog en nyhet Viktoria själv skulle få ge sin man. Och förresten var hon inte säker på att det skulle förbättra situationen på något sätt. Snarare tvärt om.

"Vi känner varandra från när vi var yngre."

Då hördes en mjuk, varm röst inifrån huset. "Är något på tok?"

Steff suckade och gav henne en mörk blick innan han vände sig in mot huset. "Det är en ... någon här som söker dig. Hon påstår att ni känner varandra."

Ett vackert, hjärtformat ansikte inramat av guldgula, ostyriga lockar dök upp bredvid Steff. En pirrande glädje spreds i Haells bröst. Det var många år sedan hon träffat

Viktoria sist och nu insåg hon hur mycket hon faktiskt saknat systern. Men känslan verkade inte ömsesidig. Så fort Viktoria fick syn på henne for ett underligt uttryck över ansiktet. Systern kastade en snabb blick mot sin man.

Steff stelnade till. "Ska jag ta hand om det?"

Viktoria betraktade henne under några långa sekunder innan hon skakade kort på huvudet. "Nej, det går bra", sade hon och lade handen på hans arm. "Jag blev bara överraskad. Vänta du i storstugan så kommer jag strax."

Först rörde han sig inte ur fläcken, men när Viktoria höjde ena ögonbrynet mot honom, muttrade han något otydbart och lämnade dem. Systern steg ut och sköt noga igen dörren bakom sig. När hon åter mötte Haells blick sköt det blixtar ur hennes ögon.

"Hur vågar du komma till mitt hem på det här viset!"

All glädje över återseendet slocknade. Ersatt istället av en värkande tomhet. När allt kom omkring ville inte ens hennes käraste syster veta av henne.

Sårat ordnade hon anletsdragen till en kall, likgiltig mask. "Jag hade aldrig kommit hit om det inte var för att jag inte hade något annat val."

Viktoria fnös. "Och vem har sagt att jag kan hjälpa dig?"

Hon knöt händerna längs sidorna och bet ihop så hårt att det värkte till i tänderna. "Ingen! Och jag har inte sagt ett ljud om att du ska hjälpa mig, eller hur?!"

Det häftiga svaret fick systern att höja ögonbrynen och gapa lätt. Men istället för att komma med ett svar, snörpte Viktoria på munnen och lade armarna i kors över bröstet.

Haell tog ett djupt andetag i ett försök att få lite av ilskan att ebba ut.

"Andres försökte döda mig idag och när jag försvarade mig", hon lade handen över den undangömda klon, "kanske han blev värre skadad än vad som var meningen. Men jag vet inte säkert. Och mor gick bort i barnsäng idag, så jag är orolig för att de yngre barnen kanske är ensamma nu. Med en nyfödd. Så det enda jag egentligen ville var att be dig titta till dem."

Viktoria stirrade gapande på henne medan ansiktet bleknade och ögonen fylldes av tårar.

"Jag och Steff ger oss av direkt i morgon bitti." Hon lutade sig närmare. "Men du ska veta att om vi hittar min far död, eller svårt skadad, kommer vi att kontakta fogden!"

Haell spärrade upp ögonen och backade ett steg. "Men det var ju självförsvar!"

Systern fnös. "Så du menar alltså att det är ok för dig att skada och döda människor, bara de började?"

Hon skakade på huvudet. Hur kunde Viktoria prata på det viset? Vad hade hänt med systern som hon haft så roligt med när de växte upp?

"Är inte det vad 'självförsvar' är? Eller har jag missförstått vad det betyder?"

Viktoria drog ner mungiporna och spärrade upp näsborrarna, som om hon precis fått syn på en hög med avföring på finmattan. "Ge dig av, Haell. Du har levererat ditt meddelande. Jag hoppas för din skull att du inte sett till att jag förlorat två föräldrar idag." Med de orden vände systern henne ryggen och gick tillbaka in i huset.

Hon stirrade tomt på den stängda dörren. Kinderna hettade och ett dovt illamående spred sig från magen upp genom kroppen. En tår smet nedför den hettande kinden.

Hon torkade bort den med sådan kraft att det sved till i huden och vände tillbaka mot vägen.

Inte långt från systerns gård hittade hon en skogsdunge stor nog för att kunna erbjuda en skyddad plats att sova på. Utmattad ända in i själen kröp hon ner bland filtarna och drog upp dem till hakan. Då och då hördes olika ljud inifrån träden. Ett lätt prasslande, en gren som knäcktes, ett djur som ropade i mörkret. Trots att hon var van vid att sova i ensam i mörkret var det en helt annan sak att göra det utomhus. Nackhåren stod rakt ut och hon ryckte till för minsta lilla ljud. Fantasin fick henne att inbilla sig att någon när som helst skulle gripa tag i hennes fötter och hon kröp ihop med armarna runt knäna. Kallt var det också, trots värmen under dagen. Hon drog upp klon och slöt handen om den. Redo.

Solljuset skar i ögonen när hon öppnade dem. Vinkeln på ljuset skvallrade om att det fortfarande var tidigt på morgonen, men kroppen värkte så efter det hårda underlaget att hon inte kunde sova vidare.

Hon satte sig upp med en liten grimas och masserade ryggmusklerna. Blicken fastnade på vaden som doldes under klänningen. Såren bultade och värkte och det ilade till i magen. Med hoppressade läppar grep hon tag i tyget och drog upp det. Vaden var blodig hela vägen ner till foten, men så fort den första chocken lagt sig insåg hon att skadan ändå inte såg så farlig ut. På två ställen var såret lite djupare och det var därifrån det mesta av blodet såg ut att ha kommit ifrån, men resten av skadan såg relativt ytlig och fin ut. Men viktigast av allt var att allt täcktes av friska, torra skorpor.

Någorlunda lugnad reste hon sig, samlade ihop filtarna och lämnade haltande skogsdungen. Det gick inte fort, men hon tog sig i alla fall framåt. Och det var ju ändå inte som att hon hade bråttom någonstans.

Enstaka små moln jagade över himlen och det såg ut att bli ännu en vacker dag. Perfekt för en dag på vägarna. Den tidiga timman gjorde att hon hade vägen för sig själv.

På sin höjd kunde hon skymta en och annan morgonpigg bonde ute på fälten, men det var också allt.

En grupp unga män var i full färd med att sätta potatis på en åker och kärran med sättpotatisen stod precis vid vägkanten. Männen var utspridda på åkern, med varsin korg som de då och då fyllde på från kärran. Det kliade i fingrarna när magen vrålade till. Rå potatis, och särskilt gammal sättpotatis var inte det godaste direkt, men det var klart bättre än att gå hungrig.

Hon kröp ihop bakom kärran med både ilande och kurrande mage och smög åt sig några potatisar. De hade en vagn full, det borde inte vara hela världen om de blev av med fyra potatisar.

Det ilade i nackskinnet när hon skyndade vidare. För varje steg hon tog väntade hon sig att någon skulle skrika 'Förbannade tjuv! Kom tillbaka med de där!' Men inga rop kom och när hon lagt tillräckligt lång sträcka mellan sig och männen gnuggade hon rent potatisarna mot klänningen. Låtsas att det är äpplen! Goda, saftiga söta äpplen! Hon bet i en av potatisarna. Seg, mjölig och besk. Men ack så god.

Vid första vägskälet fortsatte hon in på vägen mot den Västra marknaden. En plats hon aldrig varit på, men kände till mycket väl från alla gånger resten av familjen varit där. En stor marknad, full av människor, kanske inte var den bästa platsen för henne, men vid valet att gå mot en plats hon aldrig hört talas om, eller en hon kände igen, föll valet på den hon kände igen.

En dryg timme senare mötte hon de första människorna. Det var en grupp män i arbetskläder som kom gående på en anslutande väg, livligt inbegripna i ett samtal.

Innan hon hann vända bort blicken tittade en av männen upp mot henne.

"Du där!"

Hon skyndade på stegen så mycket hon förmådde.

"Stanna, ditt luder!"

Tunga, snabba steg hördes i gruset bakom henne. En krypande känsla spred sig i nacken och hon ökade takten tills hon sprang så gott hon kunde med värken i benet.

Någonting hårt träffade henne i bakhuvudet och fick henne att skrika till. En obehaglig yrsel spred sig i huvudet och det bultade smärtsamt där föremålet träffat. Skakat lyfte hon handen mot huvudet, samtidigt som hon ovetandes saktade ner. Håret var blött, kladdigt. Hon tittade på handen och magen gjorde en volt. Blod.

En kraftig knuff mellan vingarna slog luften ur lungorna och fick henne ur balans. Hon gav ifrån sig ett hest rop och föll handlöst till marken. De tre männen omringade henne samtidigt som hon vände sig på rygg.

"Vad har vi här?"

"Har inte du gått lite vilse?"

En hård sko for in i hennes mellangärde. Smärtan fick henne att tappa luften och skyddande pressa händerna mot magen.

"Ska vi lära den en läxa?"

Ett rått skratt spreds bland männen.

"Snälla, låt mig vara!" Hon satte sig upp, fortfarande med händerna mot den ömmande magen.

"Låt mig vara", härmade en av männen med pipig röst. Han avslutade med att köra in en fot i sidan på henne.

Smärtan exploderade i sidan och revbenen. Förrädiska tårar smet ner längs kinderna.

Männen väntade tills hon hämtat andan, så grep en av dem tag i hennes armar och slet hårdhänt upp henne på fötter. En annan gick in bakom henne och ryckte tag i ena vingen med sådan kraft att en skarp smäll hördes från leden.

En av männen flinade och visade upp en ojämn, gråsvart tandrad där bägge framtänderna saknades. "Tror ni vi kan sälja vingarna?"

Hjärtat bultade så hårt att hon kände hjärtslagen i kroppen. Andningen blev ojämn. Längs ryggraden spreds en krypande känsla som fick henne att gnissla tänder. Hon pressade den högra vingen så hårt hon kunde mot ryggen. Mannen bakom henne skrattade till och ryckte några gånger i den andra vingen innan han släppte.

"Snälla, låt mig vara." Rösten bröts.

"Ge oss vingarna, så kan du gå."

"Och ögonen. De där ögonen måste vara värda en del!"

"Lätt att de är!"

Mannen utan framtänder flinade igen och sträckte sig mot hennes ansikte, men när hon ryckte undan det skrattade han bara och lät handen falla.

Vad skulle hon göra? Att bara stå där som ett fån och låta dem göra allvar av hoten var inte ett alternativ. Men skräcken fick hjärnan att bli trög. Som om allvaret i stunden fått den att gå ner på halvfart när det borde varit tvärtom. Att springa ifrån dem hade hon redan prövat. Hon var för långsam med den skadade vaden. Inte heller hade hon styrka nog för att övermanna dem. Klon fanns ju, men på sin höjd kanske hon hann skada en av männen innan de andra avväpnade henne. Och då kanske hon blev av med det sista minnet av modern.

Nu grep mannen bakom henne tag i bägge vingarna och drog ut dem till dess fulla längd. "Vem har en kniv?" Den tredje mannen gjorde kumpanen sällskap bakom henne. Bara mannen med gluggen stod kvar framför henne.

Det började flimra framför ögonen. Hon var tvungen att göra något! Hon kastade en snabb blick på mannen framför henne. Han hade uppmärksamheten fäst vid det som pågick bakom henne. Nu hade hon sin chans. Med andan i halsen kastade hon sig förbi honom. Att de höll fast vingarna var helt bortglömt. Rycket i vingfästena när hon stoppades fick ögonen att tåras. En glödhet smärta spred sig i musklerna och lederna.

"Är du inte still bryter jag av dem istället!"

Inte för att hon förstod vad det skulle göra för skillnad. Avbrutna, avskurna. Det skulle göra förbaskat ont i vilket fall som helst. Men för säkerhets skull slappnade hon av och tog några steg bakåt, om inte annat så för att dämpa belastningen på vingfästena.

Mannen med de motbjudande tänderna tog ett hårt grepp om hennes överkropp och armar. Hans mun kom otrevligt nära hennes ansikte och den ruttna lukten när han andades gav henne kväljningar.

"Jag håller. Kom igen nu så att vi blir klara någon gång. Jag är trött på det här."

Det ryckte lätt i vingarna när männen hjälptes åt att positionera dem så att de kom åt med kniven. Något kallt pressades mot hennes hud, men trots kylan brände det som eld när kniven skar genom huden. Smärtan for som en stöt genom hennes kropp. Ett svart mörker bredde ut sig inför hennes blick men hon bet ihop och pressade undan det. Svimmade hon nu var det kanske det sista hon gjorde. Ett förtvivlat skrik lämnade hennes läppar innan mannen framför henne hann täcka för hennes mun.

"Håll käft!"

"Kontrollera henne!"

"Jag skulle inte göra det där om jag var ni." En mörk, sträv mansröst hon inte kände igen.

Ett överraskat skrik. Trycket i vingarna släppte. Ett till skrik, av smärta den här gången. I ögonvrån såg hon hur en av männen föll till marken. Mannen framför henne släppte taget, höll upp händerna, vände och sprang. Tätt följd av vännerna som kommit på fötter.

5

Det rörde sig oroligt i magen när hon vände sig om för att se vad som skrämt iväg männen. Blicken föll på en stor, mörkhårig man i svart skinnrustning. Bröstet och låren täcktes av rad efter rad med små silverfärgade metallplåtar som glittrade i solskenet när han rörde sig. Underarmarna täcktes till hälften av kraftiga lädermanschetter och det man kunde se av de ärrade armarna svällde av muskler. I ena handen höll han ett långt, brett svärd som han nu höll riktat mot henne. Runt hans avsmalnade ögon bredde ett tunt nät av rynkor ut sig, men trots det misstänkte hon att han inte var äldre än trettio till trettiofem. Bakom honom kunde hon skymta några hästburna människor som satt och betraktade scenen med bekymrade ansikten.

Mannen rynkade pannan och stoppade undan svärdet i en skida som var fäst på hans rygg. "Är du ok?"

Nej, inte det minsta. Det brände som eld vid ena vingen och hon vågade knappt fundera på hur det såg ut där. Men hon nickade ändå. När någon för omväxlings skull var trevlig mot henne ville hon inte vara den som klagade.

"Ja, tack. Någorlunda. Tack så hemskt mycket för hjälpen."

Hon borstade av klänningen med darrande händer.

"Det var så lite så." Han betraktade henne med skarp, klar blick. "Klarar du dig nu?"

Kinderna brände. Hur bra hade hon klarat sig hittills? Men hon nickade och log svagt mot honom.

Han nickade tillbaka, kastade en sista blick på henne och gick sedan med bestämda steg tillbaka till hästen.

Själv stack hon bak ena handen och kände varsamt på vingfästet. Huden var hal, och det sved när hon nuddade såret, men efter vad hon kunde känna var det bara ytligt. Inga allvarliga skador. Men för säkerhets skull rörde hon varsamt vingarna. Såret brände som eld, men hon hade fortfarande full rörlighet.

Mannen nickade kort åt sitt sällskap och satte hälarna i hästens sidor. En äldre man med silvergrått skägg och yvigt vitt hår red snabbt efter. Bakom sig hade han en packhäst som dignade av packning. Men de sista två, en ung man och en ung kvinna, blev kvar med blickarna fästa på henne. Efter några meter uppmärksammade den äldre mannen att alla inte var med, ropade något till soldaten som stannade upp och vände hästen mot dem igen.

Den unga mannen betraktade henne med glittrande gröna ögon omgärdade av skrattrynkor. Han hade rött hår som föll i ostyriga lockar runt ansiktet. De renrakade kinderna var översållade av fräknar och mungiporna gick upp i lustiga små bågar.

Han lutade sig mot den unga kvinnan och sade något, lågt nog för att Haell inte skulle höra.

Kvinnan log brett åt det han sade och vände sig med rynkade ögonbryn mot Haell. "Är du skadad?"

Till skillnad från sin kamrat hade kvinnan klarblå ögon, rosiga kinder och ett blont hårsvall som gjorde Haell avundsjuk långt in i märgen.

Den ovana vänligheten gjorde henne stum. Hon ryckte på axlarna med hettande kinder.

Kvinnan skrattade till och blinkade mot henne. "Du vet inte? Är du född halt?"

Haell skakade på huvudet.

"Har du några fler skador?" Fortsatte kvinnan med en svag rynka mellan ögonen.

"Nej. Bara ett sår i ryggen och huvudet. Men det är nog inte så farligt." Hon tittade ner och skrapade med foten över den torra, hårdpackade jorden.

"Vart är du på väg då?" frågade den unga mannen.

Hon ryckte på axlarna igen. "Jag vet inte riktigt. Västra marknaden tror jag."

Mannen och kvinnan gav varandra varsitt talande ögonkast, sedan vände han sig mot mannen i skinnrustningen och gjorde en kort gest åt hennes håll. Soldaten himlade med ögonen och slog ut med händerna.

När han vände sig mot henne igen log han snett. "Vill du slå följe med oss tills du vet vart du ska?"

Frågade de verkligen om hon ville resa med dem? Människor? Det kullkastade i så fall allt hon lärt sig om människor fram till nu. Hon bet sig i läppen och kastade en snabb blick på de andra i den lilla gruppen. Soldaten såg inte ut att bry sig. Den äldre mannen tittade vänligt på henne och när deras blickar möttes nickade han leende.

"Men jag är ju ... inte som ni ..." Hon gjorde en avig gest mot sig själv.

Kvinnan skrattade till. Ett klingande, vackert skratt som belönades med ett varmt leende från den rödhåriga mannen.

"Vi ser det, vännen. Vi är inte blinda."

"Säg bara ja. Du ser ut att behöva lite ressällskap", inflikade den vithåriga mannen och blinkade spjuveraktigt mot henne.

Hon sneglade mot mannen i skinnrustningen. Han betraktade dem med uttråkad min och såg mest ut att önska att han var någon annanstans. Skulle hon våga tacka ja? Tänk om de egentligen inte menade det? Bara var artiga?

"Vet du vad?" Den unge mannen lutade armarna mot hästens nacke och log. "Följ med oss tills i morgon åtminstone. Så hinner du känna efter hur du vill göra. Om du vill följa med eller inte."

Hon drog djupt efter andan. Tanken var frestande. Det hade ju verkligen varit skönt med sällskap. Och om hon reste med människor kanske hon fick vara ifred från sådana typer som hon stött på idag. Om inte annat kanske synen av soldaten avskräckte dem. Men det var alldeles för bra för att kunna vara sant. Människor hatade ju hennes sort! Men hon var dum om hon inte tog chansen när den dök upp. Och med tanke på vad som precis hänt tvivlade hon på att hon skulle överleva särskilt länge om hon fortsatte ensam.

Hon vände sig mot den unge mannen igen. "Men tänk om ni ångrar er?" Hettan i kinderna tilltog. Hon såg säkert inte riktigt klok ut. Som ett grönt äpple med två stora röda fläckar. Hon kände hur kinderna blev ännu hetare och suckade tyst åt sig själv.

"I så fall säger vi väl det", sade kvinnan med ett kort skratt. "Kom nu. Det kan vara skönt med en till kvinna i gruppen. Jag har känt mig i minoritet."

Minoritet. Det var precis vad hon skulle vara i. Men samtidigt ... Sällskap var ju ändå sällskap. Men det bästa av allt var att det här betydde att det kanske faktiskt fanns människor som inte automatiskt hatade henne. Om det nu inte bara var en tidsfråga innan de här personerna också gjorde det.

Hon log och nickade. "Tack. Då följer jag gärna med tills i morgon." Hon tvekade lite och fortsatte sedan. "Det har varit lite jobbigt att vara själv."

Den rödhåriga mannen blinkade mot henne. "Vi ser det."

Kvinnan red upp bredvid Haell och vände sig sedan mot soldaten. "Garm?"

Han höjde ögonbrynen. "Ja?"

"Kan hon rida med dig? Du har ju den största hästen." Kvinnan kastade en snabb, bedömande blick mot Haell och vände sig sedan tillbaka mot Garm. "Hon får säkert plats mellan sadeln och packningen."

Haells hjärta började bulta hårdare. Soldaten var den sista personen i den lilla gruppen som hon ville vara till besvär för.

Han studerade henne en stund under tystnad, så nickade han kort. "Kom, så hjälper jag dig upp."

Hon haltade bort till hästen och tog generat handen han sträckte ut. Med ett ryck, som fick det att brännas i axeln, drog han upp henne bakom sig. Hästen var bred och förvånansvärt hård, så hon tryckte in fodersäcken med filtarna under sig.

"Sitter du bra?" Hans mörka, låga röst vibrerade genom henne när hon satt så nära.

"Ja, jag tror det."

"Bra. Men jag tänker inte låta hästen ta ett steg förrän du håller i dig."

Hålla i sig? Hon såg sig omkring. I vad då? I brist på bättre alternativ grep hon tag i kanten på sadeln med bägge händerna. De kom farligt nära hans bakdel, men det var tillräckligt med utrymme kvar för att vara någorlunda anständigt.

"Självklart, förlåt! Nu håller jag i mig!"

Ett lågt skrockande fick henne att höja ögonbrynen. Skrattade han åt henne?

"Håller du i dig bra?"

Betydde det att han ansåg att hon inte gjorde det, eller var det bara en artighetsfråga? Hon kastade en blick mot hans rygg och midja. Nej, hon vågade verkligen inte lägga armarna om honom. Hon tog ett bättre tag om sadelkanten.

"Jag tror det. Det är det enda som går att hålla i. "

Han suckade. "Verkligen? I normala fall håller man annars i sig i ryttaren framför. Om det händer något, eller om jag sätter hästen i galopp, vill jag inte att du åker av. När du sitter på min häst är du mitt ansvar."

De hade bara känt varandra i några minuter och han gillade henne inte ens. Skulle hon nu sitta och hålla om honom? Det gick bara inte. Men sadeln fick hon tydligen inte hålla i. Hon släppte och grep tag i nedre kanten på hans skinntunika. Nu höll hon i honom. Och bättre grepp hade hon också.

"Så."

Han stelnade till. För en kort stund trodde hon att han skulle säga något, men så skakade han på huvudet och satte hälarna hårt i hästens sidor. Det överraskade djuret gnäggade ilsket och stegrade sig. Det lilla grepp hon haft om skinntunikan släppte. Hjärtat stannade. Under några skrämmande ögonblick fäktade hon panikslaget i luften. Hon kände packningen bakom ryggen röra sig. Hittade hon inget att gripa tag i skulle hon åka av! Hon knep ihop ögonen och kastade armarna runt hans mage. I samma stund tog framhovarna mark igen. Hästen kastade sig in i en våldsam galopp som fick henne att gripa ännu hårdare tag runt Garm. Hjärtat rusade och det snurrade obehagligt i huvudet.

Efter några minuter lät han hästen övergå till skritt för att låta de andra komma ikapp.

Hon drog ett djupt andetag. Pulsen sjönk. Då upptäckte hon med hettande kinder att greppet runt honom var närmast krampaktigt. 'Klämma luften ur honom' krampaktigt. Hon släppte snabbt efter. Men inte för mycket så han fick för sig att ge henne en till läxa. Bara så att det inte kändes som att hon höll på att krama livet ur honom.

Garm småskrattade lågt framför henne och det högg till i magen. Hon hade precis blivit skrämd från vettet och han satt och skrattade? Tänk om hon hade trillat av och gjort sig illa. Hade han skrattat då med? Hon lyfte hakan och drog sig lite bakåt, för att skapa en större luftspalt mellan dem. Noga med att inte råka släppa taget för mycket.

"Vad var det där?" Den rödhåriga, unga mannen gjorde stora ögon när han red upp jämsides med dem.

Garm ryckte på axlarna. "Utbildning."

"Mmm, jaha." Ynglingen tittade på henne med höjda ögonbryn. Så log han brett. "Vi har ju inte presenterat oss! Jag heter Rufus och vem är du då?"

Kvinnan red upp på andra sidan om Garms häst och mötte leende hennes blick.

"Jag heter Haell." Hon hoppades att det inte lät lika stelt som det kändes.

Rufus nickade uppfordrande mot henne men när hon inte fortsatte spärrade han upp ögonen på ett lustigt sätt. "Meeen, vad mer? Vad gör du här? Var kommer du ifrån? Vart är du på väg? Varför sa du att du inte vet vart du är på väg?"

"Nu bad du ju henne att svara på 'på väg' frågan igen, samtidigt som du precis konstaterade att hon redan sagt att hon inte visste", sade kvinnan med skratt bubblande i rösten och blinkade mot Rufus. Så vände hon sig mot Haell med ett litet leende. "Jag heter Bet förresten. Strunta i honom du."

Haell log mot dem. "Trevligt att träffas." Så skruvade hon på sig och fortsatte motvilligt. "Och jag har ingenstans att ta vägen, så jag börjar med att ta mig till den västra marknaden. Kanske kommer jag på vart jag ska när jag är där."

Bet kramade lätt Haells arm med handen. "Om jag får bestämma är du välkommen att resa med oss så länge du behöver. Förr eller senare når vi ju våra resmål, så det är ju inte för evigt, men förhoppningsvis kanske du kommer på vart du ska innan dess. Eller vad säger du Garm?"

Garm ryckte till. "Va?"

Bet fnös. "Äsch, strunt samma, Garm."

Rufus skrattade till och blinkade mot Haell. "Garm är vår säkerhet på vägen. Vi hade tur som stötte ihop med honom, men han är inte alltid så pratglad."

"Prata för dig själv", sade Garm muttrande och manade på hästen så att de andra hamnade på efterkälken.

De red en stund under tystnad. Det vill säga, hon och Garm red under tystnad. De andra tre samtalade glatt med varandra en bit bakom dem. Höll de avstånd till Garm med flit eller berodde det på henne? Magen ilade till igen och hon skruvade på sig. De kanske aldrig förväntade sig att hon skulle tacka ja till erbjudandet om att slå följe med dem? Hon blev varm i kroppen. Så måste det ha varit, det var den enda rimliga förklaringen.

Hon fäste blicken mot Garms nacke. "Om du vill kan du släppa av mig här."

Han såg sig om över axeln och höjde ena ögonbrynet. "Redan tröttnat på sällskapet?"

Kinderna började hetta ilsket. Igen. "Nej! Det var inte så jag menade! Alltså, jag menade bara att ... om du, eller ni, tyckte att det var dumt att jag följde med. Eller om ni ångrat..."

"Var inte dum", sade han och vände sig om igen.

Hon kastade en blick bakåt. De andra red ett tiotal meter bakom dem och såg fortfarande ut att vara inbegripna i samtal. "Men de andra vill ju inte rida med dig nu när jag är här."

Han skrattade till. "Jag rider alltid i förväg. Då kan jag koncentrera mig på miljön och människorna vi möter. Och så riskerar inte resten av gruppen att bli inblandad om det skulle hända något."

Hon såg sig omkring. Den här vägen var inte mycket annorlunda från de vägar hon följt fram tills nu. En bred, hårdtrampad väg som slingrade sig mellan åkerlappar, bondgårdar, kreaturshagar och skogspartier. Hon kunde ju förstå att det kunde vara farligt för henne på grund av människorna, men vad var det som var så farligt för människor?

"Menar du att det är farligt på vägarna?"

"Mmm, nej. Inte i Vinnor, det tror jag inte. Men försiktigheten sitter i ryggmärgen."

"Är du soldat?"

"Vad tror du?"

Hon höjde ena ögonbrynet. Han bekymrade sig inte direkt om att vara trevlig. "Ja, jo, det tror jag."

"Mmm."

Ok. Varken den trevliga eller pratsamma typen.

6

De slog läger för natten i en stor glänta. Den gräsklädda marken var översållad av färggranna blommor som fyllde luften med en söt, men ändå frisk doft. Längs gläntans ena utkant rann en porlande bäck med klart och fint vatten. Inifrån skogen hördes fågelsång och i det höga gräset som omgärdade gläntan spelade en armada av syrsor. Här och var syntes spår av djur som bökat i marken efter mat. I mitten av gläntan skvallrade resterna av en lägereld om att de inte var de första som gästade platsen.

När elden fått liv satte den äldre mannen, vars namn visat sig vara Olek, igång med att laga kvällsmat. Under tiden passade Rufus och Garm på att släpa fram några gamla stockar som de placerade på var sida om brasan.

Själv tog hon tillfället i akt att halta ner till bäcken och dricka. Det hade värkt otrevligt i huvudet större delen av eftermiddagen, men förhoppningsvis gick det över när hon fick lite vätska i sig.

När hon släckt törsten satte hon sig och sänkte ner fötterna i det svala vattnet. Medan hon njöt av känslan av det strömmande vattnet mot huden, passade hon på att skölja rent hundbettet. Att hon tillbringat dagen till häst, istället för till fots, verkade gjort underverk med skadan, för hon hade inte alls lika ont längre. Såren var täckta av friska skorpor och huden runt omkring såg bra ut. Inga infektioner än så länge. Såret på vingfästet skulle hon också behöva se till, hon hade fortfarande ingen riktig aning om hur omfattande skadan var, men det hade i alla fall slutat blöda. Hon såg sig snabbt om över axeln. Alla var upptagna med sitt så hon kupade händerna i vattnet och hällde sedan, efter bästa förmåga, vattnet över ryggen och vingfästet. En stöt av smärta fick henne att flämta till och stanna upp i rörelsen. Hade hon gjort det hela värre nu? Hon rörde mjukt med fingrarna över fästet. Det sved och brändes, och hon inbillade sig att hon kände en glipa i huden, men det kunde lika gärna vara hennes uppvarvade fantasi. När hon förde fram handen igen och tittade på den var den i alla fall fri från färskt blod. Ryggen fick väl självläka, precis som benet.

Hon suckade lätt och reste sig. Om hon tillbringade för lång tid ifrån de andra kanske de skulle tycka att hon var otrevlig. Eller kanske konstig. Skulle hon resa med de här människorna ett tag var det lika bra att försöka bli vän med dem så snabbt som möjligt.

Bet hade slagit sig ner på en av stockarna. Hon hade knäet fullt av tyger och var precis i färd med att mäta ut ett stort stycke från ett av dem. Bredvid henne stod ett ljust träskrin med vackra mönster i ett mörkare träslag.

Hon satte sig försiktigt på andra sidan om skrinet, beredd att flytta sig om Bet skulle visa några tecken på missnöje. Men när Bet tittade upp med ett varmt, välkomnande leende slappnade hon försiktigt av.

Brasan sprakade till och kastade upp en skur av gnistor som spred sig i den lätta vinden. Hon följde en av dem med blicken när den sakta svävade bort mot Bets ljusa hår. Under några nervkittlande ögonblick såg den ut att landa i det ljusa hårsvallet, men så kom en starkare vindpust och gav den ny fart. Den försvann bort, samtidigt som den sakta dog ut och slocknade.

Hon slet blicken från den bortflyende gnistan och vände sig mot Bet igen "Är du sömmerska?" frågade hon. Den unga kvinnan tittade upp från stygnen hon höll på med och log. "Ja. Jag tänkte se om det fanns lite roligare jobb i storstan. Ute på landsbygden blir det inte direkt några spännande sömnadsuppdrag. Ja, du vet ju själv." Hon kastade en talande blick mot Haells enkla, men praktiska klänning.

Hon tittade ner på klänningen medan kinderna satte igång att brännas igen. Fortsatte hon att rodna så här mycket skulle hon snart få blodbrist i resten av kroppen.

"Själv då?" frågade Bet samtidigt som hon tog emot en rykande tallrik från Olek.

Haell rynkade pannan. "Själv då vad då?"

Bet skrattade till. "Har du något yrke?"

"Nej." Hon skakade på huvudet. "Inte direkt. Vuxit upp på en bondgård och tagit hand om djuren ända sedan jag var liten."

"Ja, men då har du ju ett yrke."

Hon rynkade på näsan och skakade på huvudet. Nej, inte på det viset som Bet och Garm hade. Gårdshjälp var inte samma sak. Och vilken gård skulle hon få jobb på?

En harkling avbröt henne. Olek stod tålmodigt och höll fram en tallrik mot henne. Hon sträckte fram handen men tvekade halvvägs.

"Till mig?"

Han skrattade till. "Nej, till personen som sitter i ditt knä. Så klart den är till dig."

Hon kastade en snabb blick mot de andra som betraktade henne med intresserade blickar.

"Men jag kan inte ersätta er för det. Jag har inga pengar."

"Desto större orsak att ta emot maten då", sade Rufus och blinkade.

Olek sköt fram tallriken tills den nuddade hennes fingrar och hon automatiskt grep tag i den. "Precis. Det är bara lite mat. Vi har så vi klarar oss utan att behöva låta en av oss svälta."

Hon tackade och högg in på maten. Den första riktiga måltiden hon fått i sig på över ett dygn. Stuvningen smakade lika ljuvligt som den luktade, med bitar av viltkött, torkat kött, grönsaker och torkad svamp. Åt de så här varje dag skulle hon snabbt bli bortskämd.

"Så vad sade du förde ut dig på vägarna?" Olek hade slagit sig ner bredvid henne och tittade nu vänligt på henne mellan tuggorna.

Återigen vändes allas blickar mot henne och den förhatliga värmen återvände till kinderna. "Mor min dog i barnsäng i går morse och efter det tyckte min styvfar att min tid på jorden också var över."

Bet flämtade till. "Men lilla vännen." Hon lade mjukt handen på Haells överarm. "Jag beklagar sorgen och vad som hände sedan. Hur kunde han!?"

Haell skakade på huvudet och mötte Garms blick tvärs över elden. Den var mörk, tankfull. Inte minsta tillstymmelse till förvåning eller deltagande.

Rufus tuggade ur och harklade sig. "Samma här, jag beklagar också sorgen. Och om jag någonsin träffade din styvfar skulle han få veta att han lever."

"Det är inte lätt när man inte accepteras av alla", sade Olek allvarligt och klappade henne tafatt på axeln. "Hoppas att du aldrig behöver ha med sådana människor att göra igen."

Hon log tacksamt mot honom. Det hoppades hon också.

"Så du lämnade gården? Bara sådär?" Rufus tittade storögt på henne. "Utan en aning om vart du ska ta vägen?"

Hon pressade ihop läpparna och nickade.

"Men fortsätt resa med oss då", sade Bet. "Förhoppningsvis kommer du på vart du ska ta vägen innan våra vägar skiljs åt."

"Ja. Både jag och Garm är på väg till LeTalbor och det är flera månader kvar tills vi kommer fram. Du har gott om tid på dig." Rufus log brett och nickade i sidled mot Garm.

Hon mötte Garms mörka blick. Varje gång hon tittade på honom pirrade det underligt i magen, samtidigt som hans allvarliga blick fick henne att krympa lite. Hon slog ner blicken och vände sig mot Rufus och Bet igen.

"Ja, res med oss. Då slipper du kanske sådana där idioter som gav sig på dig idag", sade Bet.

"Instämmer. Följ med oss vetja. Ju fler desto trevligare." Olek log samtidigt som han nickade uppfordrande mot henne.

Den enda som inte sagt ett ljud om att hon skulle följa med dem var Garm. Återigen gav hon honom ett snabbt ögonkast, men han hade börjat polera sitt svärd och såg ut att vara långt bort i tankarna.

"Bry dig inte om Garm. Han kan verka kall och otillgänglig innan man lär känna honom, men snart kommer du att se att han är bland de snällaste i världen." Bet klappade henne tröstande på knät.

Det hade hon ju svårt att tro. I så fall skulle hon behöva känna honom väldigt länge.

Hon lutade sig närmare Bet. "Kanske det, men när det kommer till mig är det nog lite skillnad. Och jag tror inte han vill ha mig här."

Bet skakade på huvudet. "Pytt. Klart han vill. Annars hade han sagt nej när jag frågade. Han är inte den typen som går med på något han inte vill."

"Kan ni sluta prata om mig som om jag inte var här?"

Bet skrattade till. "Förlåt Garm. Men vi pratar om dig för att vi tycker om dig."

Garm fnös.

Bet vände sig mot Rufus och gav honom ett brett leende. "Du som är så full av historier, kan du inte berätta en?"

Rufus flinade brett. "Om det behagar herrskapet." Han satte sig bättre tillrätta och lutade sig fram med glittrande ögon. "Det här hände för en del år sedan, när jag var fjorton och min äldsta bror precis börjat uppvakta en ung dam han ville gifta sig med. Frid och fröjd. Han fick väl gifta sig så mycket han ville tyckte jag, tills jag träffade damen i fråga. Det sade bara PANG i mitt fjortonåriga hjärta och jag bestämde mig för att göra allt jag kunde för att få henne att bli förtjust i mig istället för i min bror."

"På den tiden hade Trent en ståtlig mustasch, som jag så här i efterhand misstänker att han älskade mer än den sköna damen. Jag, å andra sidan, var lycklig om jag kunde hitta några fjun på överläppen som var millimetern längre än de andra. Den här vackra unga damen, vi kan kalla henne för 'Anna', verkade oerhört fascinerad av den där mustaschen Trent hade. Kanske berodde det på hur den vippade när han pratade, eller hur det hade en tendens till att sitta kvar rester från senaste måltiden om man skärskådade den, eller så kanske det helt enkelt berodde på att den var skinande blank och att kvinnor dras till blänkande saker ..."

Bet skrattade till. "Hörru du du din ...!"

Rufus kastade en slängkyss mot henne. " ... men 'Anna' kunde alltså knappt ta ögonen från den där dammvippan han hade i ansiktet. Självklart så insåg jag ju då att mustasch är lika med 'Anna'. Nu var ju min mustasch fortfarande i fjunstadiet. Med andra ord ljus och obefintlig. Så mitt första steg var att helt enkelt färga fjunen mörka med skokräm. Det gav mig damens uppmärksamhet, men inte riktigt den sorten som jag var ute efter. Istället fnittrade hon sig halvt till döds varje gång hon råkade titta på mig. Så, slutsatsen var ju enkel. Om jag inte kunde tävla med min bror när det kom till ansiktsbehåring, fick helt enkelt min bror tävla med mig istället. Så jag bestämde mig för att raka av hans mustasch när han sov. Problemet var bara att han vaknade innan jag var klar. Som tur var så var han för trött för att uppfatta vad som pågick, men jag vågade inte riskera att fortsätta. Så nästa morgon när han vaknade gjorde han det med en tredjedels mustasch. Och det är nu som jag hade löjlig tur. Hans personliga betjänt var sjuk den dagen och eftersom han hade en tidig träff med sitt hjärtas dam bad han mig att hjälpa honom med morgonbestyren. När han var klar försvann han iväg som skjuten ur en kanon utan den blekaste om hur otroligt fånig han såg ut. Nu var jag tyvärr inte med och såg hennes min när han dök upp hos henne, men han var extremt upprörd när han kom hem igen.'"

"Men Rufus!" Bet lät förebrående men hade skratt i rösten. "Hur gick det för dem då?"

Rufus skrockade. "Ja du, tydligen så tyckte hon att han såg så ömklig ut när han stod där med ett enormt leende och en misshandlad mustasch, att hon föll pladask för honom. De har varit gifta i flera år nu. Men om det kom ut *någonting* positivt ur historien," han blinkade med ena ögat och flinade, "så var det att hon fattade att det var jag som var skyldig till mustaschen, så nu ger hon mig alltid en enorm kram varje gång vi träffas."

Bet fnös. "'Om det kom ut *någonting* positivt ...' Rufus då!"

Den vänskapliga stämningen väckte en spirande värme inom henne. De här människorna skulle hon definitivt kunna tänka sig som vänner. Olek, Bet och Rufus verkade vara varma, snälla personer. Särskilt Rufus som ständigt hade ett snett, busigt leende på läpparna. Det var omöjligt att inte tycka om honom.

På tal om att tycka om ... Hon sneglade mot Garm. Han satt tyst, allvarlig, med blicken fäst mot elden. Då och då log han svagt åt Rufus berättelse, och vid några tillfällen föll han in i de andras skratt. Deras blickar möttes. Garms ansikte slöts och det rörde sig oroligt i hennes mage. Av alla i gruppen var han den enda som verkade ha problem med henne. Varför räddade han henne egentligen om han hade svårt för halvdemoner? Eller hade han inte sett vad hon var innan det var för sent? Hon skruvade på sig och vände blicken mot de andra. De verkade inte ha något emot henne i alla fall.

Bet vände sig mot henne och lade som hastigast handen på hennes arm. "Nu vill jag inte verka oförskämd eller så", sade hon med ett sött leende. "Men är det där verkligen vad du brukar ha på dig?"

Hon tittade ner på sig själv. Var det något fel med hennes klänning? Modern hade haft den innan hon fick den. Hon drog ihop ögonbrynen och mötte Bets blick.

"Alltså, jag menade inget illa! Jag bara undrar om du inte skulle passa bättre i vanliga demon kläder. Med vingarna och allt ..."

Olek harklade sig och lutade sig lite närmare. "Inte för att det angår mig, men jag tror att Bet kan ha rätt. Nu ser det ut som att du försöker se ut som en människa, trots att du bevisligen inte är det."

En stöt av värme sköt genom kroppen. Var det så hon uppfattades? Som någon som ville vara något hon inte var?

"Den här är allt jag har. Och förresten vet jag inte ens vad demoner har på sig ..."

"Har du aldrig sett en demon eller halvdemon?!" Rufus höjde ögonbrynen så mycket att han såg lustig ut.

Nu stirrade alla på henne. Inklusive Garm. Hettan i kinderna spred sig ner över halsen och bröstet.

Hon skakade på huvudet.

"Det måste kännas konstigt", sade Rufus och skrattade till. "Jag hade känt mig som det ensammaste fåret i världen om jag hade hamnat i en hage med bara getter."

Garm hostade till. "Snygg liknelse."

Rufus flinade och blinkade mot honom. "Jag vet."

"De få demoner och halvblod jag sett har haft ländkläde eller skinnbyxor", sade Bet och styrde tillbaka samtalet.

Hon vände sig mot Bet igen och rynkade på näsan. "Jag vet inte... Ländkläde känns inte särskilt anständigt och byxor är ju för män."

Rufus skrattade till. "Demonkvinnor, och blandraser, brukar ha tillräckligt mycket attityd för att passa bättre i byxor än i kjol."

Hon rynkade på näsan. "Tror ni verkligen att jag skulle passa bättre i byxor?"

"Definitivt." Det oväntade ljudet av Garms mörka, sävliga röst fick henne att rycka till och vända blicken mot honom. "Och om folk börjar se dig för vad du faktiskt är, kanske de äntligen visar dig den respekt du förtjänar."

Den respekt hon förtjänade?

Hon rätade på ryggen och harklade sig lågt. "Ursäkta?"

En skarp rynka formades mellan hans ögon när han drog ner ögonbrynen. "Vet du överhuvudtaget något om demoner?"

Hon pressade ihop läpparna och skakade på huvudet.

"Jag förstår." Han betraktade henne kort innan han fortsatte. "Alla demoner och halvblod har gåvor av olika slag. Magiska förmågor. Så ingen människa med lite vett i skallen skulle våga sig på att attackera en. Särskilt inte en demon eller halvdemon med ordentligt med självförtro-ende." Han sade det sista med en menande blick mot henne.

'Alla demoner och halvblod ...' Under sina tjugofem år hade hon inte sett minsta tillstymmelse till någon 'magisk gåva'. Och till råga på allt fungerade ju inte vingarna hel-ler. Med andra ord var hon inte bara misslyckad som halvmänniska utan även som halvdemon.

Hon grimaserade. "Jag har inga gåvor."

"Du kanske bara inte upptäckt dem än", sade Bet och log. "Om man inte vet att man ska leta, kanske man inte upptäcker dem."

"Dagens visdomsord", skrattade Rufus och Bet räckte leende ut tungan mot honom.

Hon bet sig fundersamt i läppen. Det Bet sagt kanske inte var så dumt ändå? Om man inte kände till att man kunde ha magiska gåvor, kanske man inte letade och upptäckte dem? Det kittlade i fingertopparna. Hon ville testa allt hon kunde komma på! Om hon bara kunde komma på något ... Vad var det egentligen för gåvor de kunde ha?

7

Hon satt tyst bakom Garm och njöt av värmen som strålade ut från hans kropp. Det hade regnat konstant sedan de lämnade lägret fem timmar tidigare och nu ville hon bara stanna för kvällen och kura ihop sig framför en varm och skön brasa. Så länge det inte regnade vill säga. Tanken på att tillbringa en hel natt utomhus i regnet fick henne att vilja skrika högt.

Garm stannade hästen och väntade in de andra. När de kom ikapp nickade han i riktning mot en klunga med byggnader som skymtade mellan en höjd och en skog framför dem.

"Vad säger ni. Ska vi ge upp för idag och ta in på ett värdshus för natten? Jag är i alla fall trött på regnet och hade inte tackat nej till en varm och torr säng."

"För att inte tala om lite stärkande öl!" Rufus ständiga leende var tillbaka.

"Precis."

Bet nickade och stack ut tungspetsen. "Jag trodde aldrig ni skulle fråga."

Olek låtsades huttra till och manade på sin gamla häst. "Första med en öl i handen vinner!"

Rufus skrattade till och jagade efter Olek.

Bet tittade efter dem och skakade på huvudet med ett snett leende. "Ibland skulle man kunna tro att de var jämnåriga."

Garm satte hästen i rörelse igen.

"När vi kommer fram", sade han lugnt, "vill jag att du håller dig i bakgrunden och följer mina anvisningar. Förstått?"

"Det ska jag. Men ... jag har ju inga pengar. Om ni ska bo på ett värdshus måste ni lämna av mig någonstans."

Garm vred sig mot henne. "Du kan bara glömma att jag tänker lämna av dig någonstans så att du får spendera natten utomhus medan vi andra sover på värdshuset. Om du inte har pengar för ett rum tror jag säkert att Bet gladeligen låter dig dela rum med henne."

"Mmm."

"Och skulle Bet, inte för att jag tror att hon skulle göra det, men skulle hon nu inte vilja dela rum med dig så har jag pengar nog för att se till att du får ett eget. Samma sak med maten. Ät och drick vad du vill så kan vi kalla det ett lån."

"Ett lån jag inte kommer att kunna betala tillbaka."

"Sluta tyck synd om dig själv!"

Hon höjde ögonbrynen och lutade sig bakåt. "Förlåt?"

"Det här ömkliga 'det kommer aldrig att lösa sig för mig'. Om du går omkring med den inställningen kommer du aldrig att klara dig ute i världen."

Hon stirrade på honom. Den person han beskrev lät inte som någon hon ville vara. Gnällig och tråkig.

"Så kanske det är," sade hon med hårdare röst än hon tänkt sig. "Men tror du verkligen att människorna står redo med öppna armar och bara väntar på att ge mig en chans att visa vilken bra person jag är?"

Garms ögon smalnade ännu mer. "Vi gjorde ju det. Varför skulle inte andra kunna göra samma sak? Du tror inte att det kan vara så att det finns fler demoner och halvdemoner än du i världen och att de på något sätt överlever?"

Han hade väl rätt. Hon var tvungen att lämna sitt gamla liv bakom sig. Acceptera att världen inte såg ut som hon trott. "Jag är ledsen. Men jag har nog mycket att lära mig", sade hon lågt.

Han satte fart på hästen igen och nickade kort. "Ingen fara, du har gott om tid att lära dig. Om du skulle följa med hela vägen till Talbor har vi nästan två månader på oss", något som lät som ett skrockande avbröt meningen, "och be inte om ursäkt för att du sätter ner foten och visar lite humör. Humör är exakt vad du behöver om du ska klara dig ensam sedan."

"Mmm ..."

Garm stannade utanför värdshuset, hoppade av och slängde tyglarna till en blek, storögd yngling som mött upp dem. "Akta dig, han bits", sade Garm till stallpojken och gjorde ynglingen nästan lika skräckslagen för hästen som han verkade för henne.

Bet och Rufus försvann skrattande in på värdshuset med Olek tätt efter. Sist gick Garm med henne i hasorna.

"Stanna vid dörren och håll huvudet sänkt", sade han medan han öppnade dörren och klev in. "Låt mig sköta pratandet."

Lydigt gjorde hon som han sagt och stannade till direkt innanför dörren. Värden var fortfarande upptagen med att ge Olek hans rum, men så fort han var klar tittade han upp och gav Garm ett välkomnande leende. Men när hans blick råkade falla på henne försvann leendet och ansiktet blev spänt och ovänligt.

"Det här är ett anständigt värdshus. Vi tar inte emot vad som helst här!" sade värden med en yvig gest mot henne.

Garm gav henne ett uppmuntrande leende innan han vände sig mot värden igen. Lugnt gick han fram mot disken och lutade sig över den, mot den mycket mindre mannen.

"Och det uppskattar vi givetvis. Vi skulle ju aldrig vilja bo på ett värdshus som tar emot vilka typer som helst. Men damen här bakom mig är vår reskamrat och jag kan gå i god för att hon inte kommer att ställa till några problem här i kväll."

"Inte ställa till problem?" Mannens röst närmade sig snabbt falsett. "Men vad tror du de andra gästerna kommer att säga! Jag struntar fullkomligt i om hon är blind, stum och förlamad. Hon sätter inte sin fot på mitt värdshus!"

Garm lutade huvudet i sidled och studerade värden. "Så det säger du. I så fall är det ju ingen mening med att jag hyr två rum då, eller köper någon öl och mat. Och våra tre vänner som precis hyrt rum här kommer att vilja ha sina pengar tillbaka eftersom vi beger oss vidare till nästa värdshus. Det finns säkert någon som är intresserad av pengarna."

Värdshusvärdens mun rörde sig tyst medan han förmodligen räknade på hur mycket pengar han skulle förlora genom att neka henne inträde.

"Rufus!" ropade Garm mot dörren till tavernan. "Samla ihop de andra, vi ger oss av!"

Värden skakade på huvudet och viftade med händerna framför sig. "Nej, nej! Självklart behöver ni inte resa vidare! Vi är ju inte så vana vid halvblod i de här trakterna. Du kan ju inte klandra en man för att han är försiktig."

"Det kan jag nog", sade Garm torrt. "Men det är dåligt väder ute och jag är trött på att rida i regnet. Så vi godtar din ursäkt och vill ha två rum."

Värden ordnade snabbt fram två nycklar och slet åt sig mynten Garm lade upp på disken.

"Men var snälla och håll er till ett av hörnen i tavernan. Och sätt er så att hon inte syns så bra."

"Förolämpande, men visst. Det kan vi gå med på." Garm gav värden en kall blick och tog nycklarna.

Han slängde till henne ena nyckeln och gick före in på tavernan.

Lukterna och ljuden som slog emot henne när hon klev in i det stora rummet fick henne att stanna upp, överväldigad av intrycken. En ingrodd doft av matos hängde tungt i luften där den blandades med lukterna från öl och otvättade kroppar. Ljudnivån var hög då alla verkade försöka överrösta de andra gästernas samtal. Nästan alla bord var fulla, så även platserna längs bardisken. Men i de mörkare hörnen fanns det fortfarande några lediga bord och hon följde efter när Garm styrde stegen mot ett av dem.

De andra i sällskapet kom över så fort de fått vad de beställt och Garm lämnade dem och gick för att beställa.

"Så", sade Rufus med ett snett leende och lutade sig närmare henne. "Hur är det att rida med allas vår muntergök Garm?"

Hon kastade en snabb blick efter Garm för att kontrollera att han inte kunde höra dem.

"Det går väl bra. Han säger inte så mycket, men det gör inget. Så hur kommer det sig att ni rider med honom? Har ni anlitat honom som skydd?"

"Nej, han är på väg hem till sin far som är sjuk", sade Rufus. "Vi hade bara sån tur att vi stötte ihop med honom. Vi sade till honom flera gånger i början att han inte behövde uppföra sig som en soldat, men det sitter nog så djupt inrotat i honom att han inte kan något annat."

Hon nickade och var precis på väg att fråga mer när hon fick syn på Garm, på väg tillbaka till dem. När han kom fram satte han bryskt ner ett ölkrus framför henne innan han slog sig ner på motsatta sidan av det runda bordet. Hon nickade ett tack och lade kostnaden för ölen på minnet tillsammans med den för rummet.

"Så, vart är ni andra på väg?" frågade hon och smuttade försiktigt på ölen. Kolsyran stack mot tungan och gommen, samtidigt som alkoholen fick det att brännas i halsen. Hon hostade till. Hur kunde styvfadern vara så förtjust i det här? Hon tog en liten klunk till, lät vätskan vila på tungan innan hon svalde. Den här gången stack det inte lika mycket men det brändes fortfarande i halsen när hon svalde.

Olek ryckte på axlarna. "Jag är kringresande handelsman, så jag reser oftast runt mellan olika marknader och jordbruksområden. Men ... Man börjar bli gammal. Vägen har inte samma lockelse längre, så jag är på väg till den Västra Marknaden för att slå ner mina bopålar där. Det finns värre öden än att stå permanent på den största marknaden i världen." Han lämnade ordet vidare till Rufus med en kort nickning.

Rufus ständiga leende bredde ut sig och det glittrade till i hans ögon. "Och jag är på väg hem till LeTalbor och min slavdrivare till far. Jag fick ledigt ett år för att se mig om i världen, men nu ska jag hem och ta över ett av min fars företag." Han drog snett på munnen, men det glittrade fortfarande i ögonen. "Fast själv tycker jag nog att jag har det ganska bra som jag har det."

Garm skrockade till. "Kan tänka mig det. Latare människa än dig får man leta efter."

Rufus lutade sig bakåt med ett belåtet leende. "Jag har gjort det till en konstform."

"Hur rimmar det med din plan för marknaden?" frågade Bet med en djup rynka mellan ögonbrynen. "Det låter som att vi andra kommer att få jobba mer än dig då?"

Haell tittade på dem. "Vad ska ni göra på marknaden?"

Rufus lutade sig mot henne och ansiktet sken om möjligt upp ännu mer. "Jag, Garm och Bet ska hyra ett öltält. Det kan vara skönt att komma bort från vägarna under några dagar, och så kanske vi kan dryga ut reskassan lite. Jag ska stå bakom bardisken, Bet ska vara ölflicka och Garm får vara bard."

Hon höjde ögonbrynen. "Bard?"

Garm flinade till men sade inget.

"Du kan väl hjälpa Bet? Två ölflickor betyder ju att vi hinner servera dubbelt så många på halva tiden. Det är ju likställt med fyra gånger så mycket pengar!" Rufus sken fortfarande.

"Verkligen?" tyckte Garm torrt.

"Ja, det är ju självklart."

"Mmmm."

En berusad man stötte emot Olek så att han spillde öl i skägget.

"Va fan gör *den* här!" Mannen svajade oroväckande bakom Olek som himlade med ögonen och torkade av skägget.

Hon sjönk ihop och vände blicken mot bordet. Nu blev kvällen förstörd, tack vare henne.

Garm reste sig med handen på svärdsfästet och mannen vände sig svajande mot honom. "Har du problem med oss, min vän?"

Mannen blinkade trögt med blicken fäst vid svärdet, sedan lyfte han huvudet och mötte Garms kalla ögon. "Inte me dig kompis. Men me den där." Han gjorde en gest mot henne som fick honom att komma ur balans igen och han stötte till Olek ännu en gång. "Fö'låt kompis", mumlade han och klappade klumpigt Olek på axeln.

"Hon tillhör mitt ressällskap. Så om du har problem med henne har du problem med mig, min vän. Är det verkligen vad du vill?"

Den berusade mannen lät blicken vandra mellan henne och Garm några gånger. Men när Garm varnande drog ut svärdet några centimeter backade mannen undan och höll upp händerna framför sig.

"Så, så! Jag bara säger va vi tycker. Ingen os.. orsak att ta till våld!"

"Verkligen?" Garm fortsatte att hålla svärdet delvis utdraget. "Då tycker jag att du går tillbaka till din plats, min vän, och låter oss vara ifred resten av kvällen."

Mannen pressade ihop läpparna och gick stelt tillbaka till sin plats några bord bort. När han satte sig ner lutade hans bordsgrannar sig genast mot honom.

Garm lät svärdet glida tillbaka ner i skidan och satte sig. Han såg överraskande lugn ut. Till skillnad mot resten av gruppen som såg lika förfärade ut som hon själv kände sig.

"Tack Garm", sade hon lågt.

"Ja, tack", höll Bet med. "Utan dig hade det där blivit jobbigt."

Garm ryckte på axlarna och tog en klunk öl innan han svarade. "Såna där idioter finns det i parti och minut. Med en gång man visar lite muskler brukar de fega ur."

Då skrattade hon till. "Jag tror inte han hade brytt sig särskilt mycket om jag hade försökt visa några muskler. Eller om Bet hade gjort det."

"Kanske inte om Bet gjorde det", höll Garm med. "Men om du bara skaffade lite självförtroende skulle han nog inte ens vågat närma sig dig."

Han fick det att låta så enkelt. Som att självförtroende var något man fick automatiskt bara man bestämde sig för det. Hon tittade på honom med avsmalnade ögon och han svarade med att höja ena ögonbrynet. Strunt samma. Han fick tycka vad han ville.

Bet viftade med ölkruset mot henne. "Jag tror att det kommer att bli bättre bara du sätter på dig andra kläder. Du kommer att se mycket mer respektingivande ut i vanliga demonkläder."

Då kastade Rufus en osäker blick på först Bet och sedan Garm. "Men kan inte demonkläderna dra till sig mer uppmärksamhet? Jag tänkte på ... ni vet. ..."

Garm höjde ögonbrynen samtidigt som Bet rynkade sina.

"Vad menar du?" frågade Bet.

"Ja, ni vet ... Från såna som håller till i Talbor, och Solea ... Och Argora ..." Rufus spärrade upp ögonen och rörde dem flera gånger i Haells riktning.

"Mm, jag vet nog vad du menar", sade Garm och slog ut med ena handen. "Jag tror knappast att det spelar någon roll vad hon har på sig när det gäller de där typerna. Det är ju inte kläderna som är problemet."

"Vilka typer?" frågade hon.

Garms ögon smalnade när han mötte hennes, men han sade inget utan verkade förvänta sig att Rufus skulle förklara. Men Rufus i sin tur tittade hjälpsökande på Garm, som inte kom till någon hjälp.

"Precis", sade Bet och spände blicken i de två männen. "Vilka typer?"

Garm gav Rufus en mörk blick, lutade sig tillbaka och lade armarna i kors. "Du startade det här."

Rufus kinder antog en rödaktig ton och han undvek noga hennes blick. "Hm ... Det finns en del människor, mest i Talbor, Solea, Argora och de Södra Rikena, som ... jagar och ... dödar demoner och halv-demoner."

Blodet frös till is i henne ådror och hon satte ner ölkruset med en dov smäll. "Dödar?"

Garm ryckte på axlarna. "Ja. Vissa människor är inte så förtjusta över att demonerna, och deras avkommor, inte håller sig där de hör hemma."

'Där de hör hemma.' Tyckte han också så tro? Att demoner och halvdemoner skulle hålla sig där de 'hörde hemma'.

"Och det är ...?" frågade hon.

"I Nef'rath och i de Norra rikena."

Nef'rath och de Norra rikena. Det skulle hon lägga på minnet.

"Men sade inte du att världen är full av demoner och halvdemoner som överlever."

Garm grimaserade och ryckte på ena axeln. "Jo. Men de flesta kan ju faktiskt flyga. Jag tror inte att de knallar omkring på marken i onödan när de är ensamma i trakter där det kan finnas jägare."

Bet lutade sig fram och lade handen över hennes. "Var inte orolig vännen. Så länge du reser med oss borde det inte vara någon fara."

Hon log mot Bet, men i ögonvrån såg hon Garms ansiktsuttryck. Han såg inte ut att hålla med.

"Tack."

"Ingen fara. Och vet du, jag ska sy upp något annat åt dig på vägen mot marknaden. Hästen följer snällt de andra hästarna, så jag kan sy medan jag rider." Hon vände sig mot Olek och viftade överdrivet med ögonfransarna. "Visst hade du lyckats lura till dig några skinn billigt?"

Olek skrockade. "Ja, jag praktiskt taget rånade karln. Ta vad du behöver." Han vände sig mot Haell och log. "Jag är bara glad om de kommer till nytta."

Hon blev het om kinderna igen, men log tacksamt. "Tack Olek, och tack Bet. Jag lovar att ersätta er, både för skinnen och för arbetet. Om jag någonsin får möjlighet."

"Äh, strunt!" Bet skrattade och skakade på huvudet.

Olek nickade. "Jag håller med Bet. Det är en gåva. Av någon orsak får jag en känsla av att du inte fått särskilt många sådana i ditt liv. Du förtjänar den."

En hård klump växte fram i halsen och det enda hon kunde göra för att visa sin tacksamhet var att le och nicka. Oleks leende blev varmare och Bet kramade hennes hand en sista gång innan hon släppte den.

"Skål för det!" hojtade Rufus muntert och de höjde krusen i en gemensam skål.

8

Den Västra Marknaden sträckte ut sig som ett lappverks-liknande hav så långt ögat kunde nå och det låg ett dovt sorl i luften som hördes lång väg. Trots den tidig timmen rådde det en febril aktivitet på platsen och människor rörde sig i en strid ström både in och ut från marknads-området. Bosättningar av olika slag bredde ut sig runt marknaden, med allt från tillfälliga tält och vagnar, till per-manenta skjul och stugor. Många av bostäderna, även några av de som bara bestod av tält eller vagnar, ståtade med prunkande trädgårdar, ofta med höns, getter eller grisar i.

Hon tog ett djupt andetag och rättade, för säkert femte gången, till de nya skinnkläderna medan Garm obarmhär-tigt red närmare och närmare folkhavet.

De lämnade ridhästarna i ett av stallen utanför mark-naden och fortsatte till fots. Solen värmde skönt när de sicksackade i trängseln mellan djur och människor. Det var en febril aktivitet runt dem. Säljare ropade ut sina va-ror till förbipasserande, boskapsdjur råmade och brölade, hundar skällde och barn sprang skrattande och skrikande runt bland allt folk. Men det hon fastnade mest för, var alla de fantastiska dofterna. Matdofter hon aldrig kunnat fantisera om, och som fick det att vattnas i munnen, blandades med de från godis, kryddor och parfymer. Och i botten låg den hemtrevliga, trygga lukten av solvarm jord och kreatur.

Pirrandet i magen avtog allteftersom de rörde sig in i marknadsområdet. Folket här verkade inte reagera särskilt negativt mot henne. På sin höjd fick hon en överraskad eller lätt ogillande blick, men hon såg lika ofta tecken på nyfikenhet i folks ansikten. Nyfikenhet! Som om hon var speciell, och då inte på ett negativt sätt. Hon rätade på ryggen och lyfte blicken. Genast belönades hon med en illvillig blick från en förbipasserande man, men istället för att krympa ihop och fästa blicken mot vägen igen, mötte hon hans blick, höjde ena ögonbrynet och log snett. Mannen flackade med blicken och skyndade förbi.

Hon flinade brett och sträckte på sig, men så råkade blicken hamna på Garm och leendet avtog lite. Det kanske var hans förtjänst att folk inte verkade bry sig så mycket om henne. Hans svarta skinnrustning och svärdet han bar på ryggen såg nog ganska avskräckande ut.

Olek ledde dem till en tältuthyrare och bara några minuter senare var hon, Garm, Rufus och Bet på väg för att leta upp tältet de hyrt. Olek gav sig av åt andra hållet, till ett mindre tält med tillhörande marknadsstånd som han hyrt åt sig själv och som från och med nu skulle bli hans hem.

"Här!"

Garm hade stannat framför ett jättelikt tält, åtminstone jämfört med de runt omkring, med siffran fjorton målad i grönt bredvid tältöppningen. När det var nytt hade tältet förmodligen varit rött, eller kanske gult. Men nu hade det antagit en blek orangeliknande färg som lika gärna kunde vara blekt röd som smutsig gul. Sömmarna var sydda i en klarblå färg som kontrasterade skarpt, men fint, mot det orangea.

Garm gick fram, förde tältfliken åt sidan och kikade in medan han kliade sig i skäggstubben, som mer och mer liknade ett riktigt skägg. "Här har vi nog jobb, mina vänner."

Bet kilade fram och stack in huvudet under Garms arm. "Ja, fy!"

Bet och Garm försvann in och hon gick fram till öppningen och kikade in. Marken där inne bestod av en illaluktande gegga med ett lager av möglande halm över. Lukten var fullkomligt kväljande och hon pressade handen för näsan. Garm stod tillsammans med Bet i mitten av tältet och såg sig omkring. Precis som hon höll de händerna för näsorna.

"Det här stället är ju vidrigt!" utbrast hon medan hon försökte prata utan att använda alltför mycket luft.

Garm nickade med neddragna mungipor. Så lyfte han ena foten och tittade på sörjan som klibbade fast under skon.

"Problemet är bara att det här var det enda lediga tältet. I alla fall det enda som fick användas som öltält", sade Garm och snurrade sakta ett varv medan han såg sig omkring.

Hon klev motvilligt in och gick mot de andra. För varje steg hon tog sjönk hon ner några centimeter i den svampiga marken och det vände sig nästan i magen.

"Jag antar att vi kan testa att städa upp det värsta ..." Hon tystnade och fortsatte sedan, "men det kommer nog att ta en stund ..."

I samma ögonblick stack Rufus in huvudet genom tältöppningen, gav ifrån sig ett ljud som lät som ett "GÄÄÄHHHK" och försvann lika snabbt ut igen.

"Ja, vi har väl inget annat val, antar jag", svarade Garm och kastade en missnöjd blick efter Rufus. "Vi får väl börja med att ersätta det översta lagret med ny jord, eller sand om vi får tag på det. Sedan strör vi ut sågspån högst upp. Halm är jobbigare att röra sig i och att ta reda på när det ska bytas ut." Han såg sig omkring igen och nickade långsamt. "Vi borde nog bli av med den värsta stanken då."

Garm ropade in Rufus, som ytterst motvilligt kom in i tältet, och tillsammans satte de igång med grovgörat. Under tiden männen höll på med golvet samlade hon och Bet ihop alla krus och muggar som fanns utspridda lite varstans och sköljde rent dem på baksidan av tältet.

När sista muggen var rengjord torkade Bet händerna mot klänningen och nickade mot myllret av människor som kunde skymtas mellan öltältet och grannen.

"Det kommer nog att ta ett tag till innan karlarna är klara med golvet därinne, så jag ger mig ut och ser om jag kan hitta några fina tyger. Vill du följa med?"

Haell skakade på huvudet. "Tack, men jag stannar här. De kanske behöver min hjälp."

Bet lade huvudet på sned. "Säkert?"

Hon nickade. "Gå du, jag hjälper till här så länge."

Bet ryckte på axlarna och smet iväg mellan tälten. Själv drog hon ett djupt andetag och gick in i tältet igen, beredd på några timmars hårt arbete. Men männen hade hunnit längre än hon trott och marken visade sig vara i rätt gott skick så fort de skrapat bort de översta centimetrarna.

Färskt sågspån hade strötts ut över golvet och en behaglig doft av trä mötte henne.

Garm skickade iväg Rufus för att skaffa några tunnor öl sedan slog han sig stönande ner på en stol och sträckte ut de långa benen framför sig. Han kastade en blick mot henne och nickade mot en av stolarna som stod uppställda längs tältväggen.

"Passa på att vila lite. Om vi har tur och får några kunder kanske det inte blir så mycket av den varan förrän vi stänger."

Klokt. Hon drog fram en stol och satte sig på behörigt avstånd ifrån honom, ifall han inte ville att hon kom för nära. Diskret sneglade hon på honom och noterade att han betraktade henne med ett roat uttryck i ansiktet.

Rodnande flyttade hon stolen närmare honom.

"Är du bard?" frågade hon.

Garms ena ögonbryn åkte upp och han skrattade till. "Samtidigt som jag är soldat? Eller hur tänkte du nu?"

Hon grimaserade. "Nej, självklart inte. Jag vet inte vad jag menade. Eller ... Äsch, jag vet inte. "

Han skrattade mjukt och när hon mötte hans glittrande, bruna ögon spreds en pirrande värme i kroppen. Skrattrynkorna gjorde den ovant varma blicken intensivare och hon fick en känsla av att drunkna. Men så flög tältfliken upp när Rufus kom tillbaka och ögonblicket var förbi.

Rufus placerade öltunnorna bakom bardisken och avslutade med att hälla upp en generös mugg åt sig själv. Med gyllene ölskums mustasch höjde han sedan glatt muggen i en hälsning mot Garm, som barskt bad honom att inte bli fullare än gästerna under kvällen. Det fick

Rufus att skratta, men han tömde snabbt muggen med sin glittrande blick fäst på Garm.

Garm tittade efterforskande på henne. "Nu har vi allt vi behöver för att öppna. Hur känns det, är du redo?"

Det ilade till av oro samtidigt som det pirrade till av förväntan. "Visst."

Rufus log uppmuntrande mot henne. "Det kommer att gå bra. Annars har vi ju alltid vår käre gamle Garm."

En hög fnysning hördes från Garms håll. "Passa dig för vem du kallar gammal ... snorvalp."

Rufus skrattade till och blinkade mot sin vän.

"Då så." Garm gick med bestämda steg mot tältfliken och försvann ut för att sätta upp skylten om att det var öppet.

Rufus tittade på henne. "Spring bort till Garm, eller mig, om det skulle hända något. Förstått?"

Hon nickade.

En medelålders man med ett väderbitet ansikte, grått tunt hår och slitna arbetskläder klev in i tältet. Han gav henne en kort, ointresserad blick och gick sedan direkt mot bardisken. Hon tittade förvånat efter honom medan magen långsamt lugnade sig. Om besökarna inte brydde sig mer än så, skulle det här kanske gå bra.

När tältet började fyllas stämde Garm upp den första riktiga visan för kvällen. Melodin var medryckande, men texten var så fräck att hon inte klarade av att titta åt hans håll när han sjöng. Roade skrål och skratt fyllde tältet.

Tältfliken gled upp och Bet klev in med glödande kinder och lysande ögon. När Bet fick syn på henne borta vid bardisken, skyndade hon fram och gav henne en så hård kram att den nästan pressade luften ur lungorna.

Rufus lutade sig framåt. "Har det hänt något?"

Bet klappade händerna och hoppade jämfota. Små, små skutt som fick henne att se ut som ett lyckligt barn. "Åh! Ni kommer aldrig att tro det! Jag har fått ett jobb! Som sömmerska för en grevinna! Det är helt galet! Jag kan knappt tro att det är sant!"

Garm, som precis gjort dem sällskap, rynkade på ögonbrynen. "Är du säker på att du inte blir lurad nu?"

Bets mungipor åkte ner för en sekund innan de åkte upp igen. "Ja Garm, jag är inte dum! De har en massa tjänare och vagnen har deras vapen målat på sidorna. Tjänarna har till och med en egen vagn, med vapen den med, fast den är inte lika fin som herrskapets. Men de - *vi* - får åka vagn! Men jag måste åka nu i kväll för de vill inte bo kvar på marknaden. Alltså greven och grevinnan, inte tjänarna. Så de ska vidare till ..." Hon tystnade och tog ett djupt andetag innan hon fortsatte i samma forsande takt, " ... nästa by med ett värdshus som är bra nog för dem! Kan ni förstå vilken tur jag har? Det är ju allt jag någonsin drömt om! Och så mycket mer!"

"Det låter ju fantastiskt! Grattis Bet!" Rufus lutade sig över bardisken och gav Bet en hård kram.

Garm log brett och tog över kramandet efter Rufus. "Jag är glad för din skull. Och det är skönt att inte behöva oroa sig för hur det går för dig."

Hon gav Bet en snabb kram. "Jag är också glad för din skull. Hoppas du får det bra och att de är snälla mot dig."

Bet nickade, torkade sig i ögonen och gav dem alla varsitt skälvande leende med hoppressade läppar. Sedan samlade hon snabbt ihop sina saker och försvann ut ur tältet igen. Lika hastigt som hon dykt upp.

Haell kastade en blick på Garms rygg när han gick tillbaka till sin luta och hon suckade lätt. Inget ont om

Garm, men nu var det bara Rufus kvar som gick att um-
gås med. Tur att Rufus skulle resa lika långt som Garm.
Då behövde hon inte vara rädd för att bli ensam kvar med
Garm sista sträckan. Innan hon blev helt ensam ...

9

Hon sneglade mot den underliga mannen som satt med ryggen lutad mot tältväggen och iakttog henne. Ansiktet, händerna och halsen var täckta av symboler som såg ut att ha blivit inbrända i den mjölkvita huden. Hans vänstra öga var guldfärgat, medan det högra hade en så ljus isblå färg att ögat såg ut att lysa. Ovanpå det utstrålade han ett sådant självförtroende och iskallt lugn att det fick henne att rysa.

Nu vinkade han till sig henne igen. För femte gången. Hon kunde se hela vägen bort till sig att de fyra muggarna framför honom fortfarande var fyllda till bredden. Hon bet ihop och gick bort till honom. Igen.

"Vad önskas?" frågade hon och gjorde sitt bästa för att låta trevlig trots att han fick det att krypa längs ryggraden på henne.

Han hade blicken vänd mot muggen som han långsamt snurrade runt i handen. Den svagt bärnstensfärgade vätskan virvlade omkring på ett nästan hypnotiskt sätt.

"Du intresserar mig", sade han långsamt, utan att lyfta blicken från drycken. Rösten var skrovlig, trasig och han pratade med en korthuggen brytning som gjorde det svårt att förstå honom.

"Gör jag?"

"Det gör du", sade mannen lugnt. "Var kommer du ifrån, mai'sheh?"

Hon lade armarna i kors. "Född och uppvuxen inte så långt härifrån. Hurså?"

"Jag bara undrar, mai'sheh. Du är ovanlig, vet du det?"

Hon lade huvudet på sned. "Ovanlig? Hur då?"

"Åh, på många sätt, sha'na. Det är inte många mai'sheh i de här trakterna. De få som föds brukar dödas vid födseln."

Hon rös. Det var precis vad som skulle hänt henne om styvfadern hade fått som han velat när hon föddes.

"De flesta mai'sheh lever i de södra rikena eller uppe med oss i Nef'rath. Vi har förresten demonförfäder gemensamt." Han blinkade mot henne med sitt guldfärgade öga. "Men mitt demonblod är ganska utspätt vid det här laget."

"Jaså?"

"Du vet händelsevis inte vem som avlade dig?"

Hon skakade på huvudet och drog sig lite tillbaka. "Nej, tyvärr. Jag är ledsen, men om du inte tänker beställa något måste jag ta hand om resten av gästerna. Njut av ditt öl."

Hon hann inte mer än vända sig om innan hon stoppades av ett fast grepp runt ena armen.

"Inte riktigt än, sha'na. Vänta tills du fått höra mitt erbjudande."

Hon slet loss armen och gned den i ett försök att bli av med den krypande känslan av hans hand mot hennes hud.

"Vilket erbjudande och varför tror du att jag skulle vara intresserad?"

Han flinade snett och visade upp en rad perfekta, vita tänder som såg egendomligt malplacerade ut i det ärrade ansiktet. "Pengar, makt och magi. Slå dig ihop med mig och min stam, blanda ditt blod med oss, så får du allt det."

Menade han allvar? Hon höjde ögonbrynen. "Ursäkta?"

"Du hörde mig, mai'sheh", sade han med ett självsäkert leende. "Det är ett stort beslut, ta den tid du behöver och tänk över det ordentligt. Jag är här tills ni stänger." Så rätade han på sig och stirrade henne stint in i ögonen. "Men kom ihåg, du kan få tillgång till mer makt och kraft än vad du någonsin trott existerade."

"Jag är inte intresserad av varken makt eller kraft!"

Hans ansikte slöts. "I så fall är du en dåre. Men dårar kan övertygas, eller användas ändå."

Hon skakade på huvudet och backade undan. Nästa gång var det definitivt Rufus som fick gå fram. Fegt eller inte. Hon tänkte inte sätta sin fot vid den där mannen fler gånger om så hennes liv hängde på det!

Hon gick över till Garm och så fort han spelat klart knackade hon försiktigt på hans axel. Så fort han såg att det var hon byttes den först barska minen ut mot ett lätt leende.

"Går det bra?" frågade han medan han ställde sig upp och sträckte på ryggen.

"Jo, det gör det väl. Men det sitter en obehaglig man där borta, mot tältväggen och jag vill bara höra om du tror att han kan var farlig", sade hon och nickade så diskret hon kunde i riktning mot mannen.

Garm höjde ena ögonbrynet och kollade försiktigt åt det håll hon nickat.

"Mmm. En ka'urman. Vad tusan gör en sån här nere ..."

"En vad?"

"Det är ett magiskt folkslag från Nef'rath. De har en rätt grym historia, och ett ännu grymmare rykte." Han kastade ännu en blick mot mannen, som för att vara säker på att han inte kunde höra vad de sade och fortsatte sedan lite lägre. "Enligt legenderna var de ganska normala i början, förutom att de hade några enkla medfödda gåvor som människor normalt sett inte har. Men de ville ha mer, starkare, farligare gåvor. Och det var då de började blanda sig med demoner. Genom åren har de lyckats bli ganska starka och mäktiga. Det är i alla fall vad jag har hört."

"Då förstår jag ... Han sade att han vill att jag följer med honom och 'blandar mitt blod' med hans och hans stams."

Garm stelnade till och såg plötsligt allvarlig ut. "Och vad tänker du göra då?"

Hon höjde ögonbrynen så mycket att det stramade till i pannan. "Aldrig i livet att jag skulle gå med på det!" utbrast hon och fortsatte sedan lite mjukare, "Så länge jag är välkommen att följa med er gör jag det. Och när jag väl får klara mig själv sedan tänker jag definitivt göra det utan att bli avelsdjur för någon obehaglig grupp med magiker."

Leendet återvände till Garms ansikte. "Var bara försiktig och gör inget ogenomtänkt, ok?"

"Självklart. Det var ju därför jag gick och pratade med dig." Hon tvekade och rynkade på näsan. "Han sade att jag var speciell, vet du vad han kan ha menat med det?"

Garm skakade på huvudet. "Speciell? Nej. Jag har dö ... träffat massor av din sort under årens lopp och jag kan inte se vad som skulle vara så speciellt med dig, kanske att du ser mer mänsklig ut än vanligt."

Det där lilla avhuggna ordet fick henne att pressa ihop läpparna och dra ett djupt andetag genom näsan. "Hymla inte. Du är soldat. Varför inte bara erkänna att du dödat sådana som mig, precis som du dödat människor!"

Leendet försvann när han lutade sig närmare och hans röst fick en rå ton hon inte hört förut. "Skillnaden, min gode Haell, är att de människor jag dödat har varit soldater eller förbrytare. Demonavkomman har bara varit för nöjes skull."

Hon spärrade upp ögonen och tog ett steg tillbaka samtidigt som det började värka ihåligt i hjärtat. "Behöver jag vara rädd för dig?"

Hans blick mjuknade och han drog in henne i famnen. Kramen var kort och kamratlig men den fick ändå hennes värkande hjärta att mjukna lite. Så grep han tag om hennes axlar, sköt henne bakåt och fäste blicken i hennes. "Aldrig. Du är min vän och att du ens tänker tanken gör mig lite bedrövad."

"Säkert?"

"Säkert."

10

Sista morgonen på marknaden slog de sig ner vid ett av bordet för att dela upp vinsten. Mitt på bordet låg en ganska rejäl hög med koppar och silvermynt. Hon kunde knappt slita blicken från den. Tänk att några av de där mynten skulle bli hennes!

Garm och Rufus drog åt sig halva högen var och började dela upp mynten i tre separata högar. En för Rufus, en för Garm och en för henne.

Rufus blev klar med sin hög och lutade sig tillbaka medan Garm sorterade klart.

"Det var värt 410 kopparmynt, allt som allt med silvret också", sade Garm och torkade händerna mot byxbenen.

Rufus skrattade till och blinkade. "Verkligen? Jag hade mynt motsvarande 627 kopparmynt i min hög och jag blev ändå klar före dig."

Garm såg bistert på Rufus. "Jag är minst tio år äldre än dig."

Rufus spärrade upp ögonen. "Får åldern hjärnan att sakta ner?! Jisses! Man kommer att vara lika dum som en morot när man är klar med det här livet." Han blinkade mot henne och hon kunde inte hålla tillbaka ett litet skratt.

Garm morrade något ohörbart.

"Man behöver nästan en packhäst bara för pengarna", sade hon långsamt och ögnade igenom högen.

"Kopparmynt är åtminstone små och lätta jämfört med silver eller guldmynt", sade Rufus med ett litet skratt och puttade ner sina mynt i en påse som han sedan stoppade i en av sadelväskorna. "Vi får växla dem hos en juvelerare så fort vi får chansen."

"Kan man göra det?" frågade hon.

"Självklart. Växla pengar, låna pengar, bli av med pengar ..." skrattade Rufus och blinkade mot henne.

"När kan vi växla dem tror ni?"

"Du kan säkert hitta något ställe här om du vill. Men vi är på väg till Solea, så du hade i så fall förlorat tre guldmynt i affären", sade Garm.

"Vad menar du?"

"Det är en enorm kopparbrist i Solea, så mynten har dubbla värdet där", förklarade Garm.

"De dumma åsnorna envisas med att smälta ner all koppar de får tag på, inklusive mynt, och kleta det på sina rustningar ... och på hästarnas rustningar ... och på vapnen ..." tillade Rufus med glittrande ögon.

"Mmm, slagfälten brukar vara fulla av koppar som lossnat under striderna. Det finns folk som livnär sig bara på att plocka kopparflis efter strider", fortsatte Garm.

Hon skakade på huvudet. "Men det måste ju innebära att de antingen får ihop tillräckligt mycket koppar för att klara sig under en lång tid, eller att det är väldigt mycket strider i Solea."

Rufus skrattade och kastade en snabb blick mot Garm. "Man kan nog inte rida en dag genom Solea utan att rida rakt in i minst fem strider. De verkar inte ha något bättre för sig därborta."

Garm rynkade ögonbrynen och skakade på huvudet. "Fullt så illa är det nog ändå inte."

"Men inte långt ifrån", kontrade Rufus med ett skratt.

"Nåja, snart får Haell bilda sig en egen uppfattning om våra underliga grannar."

Garm muttrade att det var dags att ge sig av och plockade upp sina sadelväskor. Innan hon hann reagera skrapade han ner sin pengahög i ena väskan, och sedan hennes, i samma väska!

Hennes överraskning måste ha synts, för Rufus började skratta.

"Han är som synes inte särskilt intresserad av pengar, vår käre gamle Garm. Man skulle nästan kunna tro att han hade för mycket av dem för att bry sig, om man inte visste bättre vill säga. Jag antar att han helt enkelt inte förstår pengars värde, åtminstone inte för andra." Rufus flinade brett och lutade sig närmare henne. "Jag funderar ofta på om han fått en smäll för mycket i huvudet när han varit ute och krigat."

Hon skrattade till och Rufus flinade mot henne. Garm däremot smällde ner väskan i bordet och stirrade stint på Rufus, som hoppat högt vid det överraskande ljudet.

"Jag vet *visst* värdet av pengar Rufus och ja, jag har nog blivit slagen i huvudet många gånger för mycket. Men jag kan fortfarande räkna och jag vet exakt hur mycket som är hennes och hur mycket som är mitt."

"Det vill säga", sade Rufus till henne med ett spjuveraktigt leende, "om vi inte dör av hög ålder innan han räknat klart ..."

Garm morrade högt, grep sina saker och stegade ut ur tältet.

"Det där var nästan elakt." Hon kunde inte låta bli att skratta lågt även medan hon sade det.

"Äsch, han är en tuff gammal jäkel. Han tål det", sade Rufus och log. "Men nu kanske vi ska vara snälla ett tag."

"Mmm ..."

Om det inte hade varit för en sprucken träskylt vid sidan av vägen där det stod 'Välkommen till Solea!', hade hon aldrig märkt att de passerade gränsen. Allt såg ut precis som det gjorde i Vinnor. Samma böljande, grönskande landskap med lantbruk och skogar så långt ögat kunde nå. Här och var glittrade det till av vatten och i luften låg en härlig doft av blommor och gröna växter.

Himlen var molnfri och solen strålade obarmhärtigt på dem. Garm svettades kopiöst i sin svarta läderrustning och hon begrep inte varför han inte bytte till någonting svalare. Rufus, som bar tunna linnekläder, såg klart svalare ut än Garm. Själv hade hon inte lika ont av värmen som Garm bevisligen hade, trots att hon också bar skinnkläder. Kanske det enda positiva med att vara halvdemon.

Inte långt därefter stannade Garm hästen och hoppade av. Med röda kinder och svett droppande från ansiktet slet han av sig skinnrustningen och drog på sig en uppsättning linnekläder. Sist men inte minst fäste han svärdet på ryggen igen och rättade till de kraftiga lädermanschetterna på underarmarna. Hon kunde se svetten glittra i glipan mellan lädret och huden.

"Att du inte tar av dem också", sade hon och pekade mot manschetterna.

Han kastade en snabb blick på skydden och skakade på huvudet. "Bäst att behålla dem på. Jag har tagit av mig tillräckligt redan."

"Varför?"

Han suckade och drog handen över skägget som precis lämnat stubbstadiet. "För att de skyddar handlederna om jag skulle hamna i en svärdstrid."

Hon rynkade pannan. "Vad hjälper två handledsskydd när du ändå inte har skinnrustningen på dig? Handlederna borde väl vara det sista de siktar på ..."

Han gav henne en lång blick, sedan snörade han oväntat upp den ena manschetten och höll fram underarmen mot henne. Det högg till i henne och hon drog efter andan. Handleden täcktes av djupa, otäcka ärr.

"Vad har hänt?"

Han satte på sig manschetten igen och snörade den lugnt innan han svarade. "Någon försökte få övertag vid en gränsstrid när jag var yngre. Höll mig fastkedjad i en fuktig källare i tre månader innan han till slut kom fram till en överenskommelse med min far. Förlorade nästan min högra hand i kallbrand."

"Vad hemskt", sade hon lågt och bekämpade lusten att lägga handen på hans arm. "Hur gammal var du?"

"Fjorton. Men jag hade redan tränat till soldat i några år vid det laget. Det skulle inte ha påverkat mig så mycket som det gjorde."

"Ingen, oavsett om man är fjorton eller trettio, borde kunna gå igenom något sådant utan att påverkas av det."

"Kanske det."

"Så du bär manschetterna för att dölja ärren för andra och minnena från dig själv."

Sadeln rörde sig lätt när han bytte ställning och satte fart på hästen igen. "Delvis, men inte helt."

"Garm?"

"Vad?"

"Jag är glad att jag träffade dig och att jag får resa med dig ett tag." Han vred huvudet mot henne och höjde ena ögonbrynet, så hon fortsatte snabbt. "Och Rufus med, så klart!"

"Mhm …"

När skymningen föll slog de läger för kvällen, men då ingen av dem var tillräckligt trötta för att sova, började Garm och Rufus spela kort om kopparslantar. Själv valde hon att inte vara med eftersom hon inte var sugen på att lära sig reglerna under tiden de spelade om pengar.

Rufus hamnade snabbt i underläge och när han stack ner näven i pengapungen för att plocka upp fler mynt, råkade ett stort guldmynt falla ner på gräset. Med mörknande kinder stoppade han snabbt tillbaka det, men hon hann precis se att en demon var präglad på det.

Garm skrattade till. "Verkligen Rufus?"

Rufus ryckte flinande på axlarna.

"Var det en demon på myntet?" frågade hon och fick både Garm och Rufus att sluta spela och vända blickarna mot henne.

"Det är ju ett Nef'rathiskt mynt", sade Garm med en road blick mot Rufus.

Hon rynkade ögonbrynen. "Är de stolta över demonerna?"

Garm skakade kort på huvudet. "Va? Det är ju demonerna som styr i Nef'rath. Klart att de vill ha sig själva på mynten."

84

Hon rätade på sig. Ett land styrt av demoner?

"Finns det inga människor i Nef´rath?"

"Så klart det gör", sade Rufus och skrockade till.

Hon vände sig mot Garm. "Varför lät det som att du retade Rufus för att han har ett demonmynt?"

"För att det ryktas att demonguld innehåller en magi som får annat guld att dras till det. Men det är ju bara vidskepelse", sade Garm och började plocka undan korten.

"Totalt nonsens givetvis", biföll Rufus flinande.

"Mmm ..." Garm kastade en road blick mot Rufus. "Det är definitivt nonsens. Det enda magiska med demonguld är dess förmåga att nästan alltid kunna köpa ägaren ur trubbel."

Rufus flin blev större. "Det är just precis därför som jag alltid bär på mig ett par stycken", sade han och blinkade mot henne.

"Är de mer värda än andra guldmynt?" frågade hon.

"Inte det minsta", sade Garm bestämt. "Du får se sedan när vi kommer till lite mer välutbildade delar av världen. Där kommer de inte att göra någon skillnad mellan mynten."

"Förutom på de ställen där de blankt vägrar att ta emot dem, det vill säga", tillade Rufus roat.

"Världen är full av vidskepelse", sade Garm kort.

Hon tittade undrande på honom och vände sig mot Rufus. "Varför vill de inte ta emot guldet överallt?"

"För att istället för att tro att det lockar till sig annat guld, tror vissa att det lockar till sig den demon som en gång ägde det." Rufus skakade på huvudet men log samtidigt brett.

Hon sneglade mot pengapungen och rös.

Garm reste sig och sparkade jord över elden. "Slutlekt för idag barn. Vi ska upp tidigt i morgon."

Hon kröp ner bland sina filtar och var precis på väg att falla i sömn när ett hårresande ylande skar genom nattmörkret. Med bultande hjärta vände hon sig mot Garm som även han vaknat av ljudet. Det var bara Rufus som glatt sov vidare.

"Hörde du det där?" frågade hon lågt.

Garm nickade och såg sig avvaktande omkring. "Det lät som en varg, men det kan ha varit en hund också."

Hon hasade närmare den falnande glöden i lägerelden. "Kan den vara farlig?"

Garm ryckte på axlarna. "Det kan väl alla rovdjur, men det lät som att den var en bit bort."

Ylandet hördes igen och Garm nickade. "Den rör sig bortåt, så jag tror inte det är någon fara. Men skulle den ändå komma hit så väcker hästarna oss lång innan den hinner fram. Oroa dig inte och sov nu."

Lätt för honom att säga. Hon kastade en blick mot den mörka skogen runt dem och rös till.

Nästa gång hon vaknade var det inte av en vargs ylande utan av ett bullrande skratt hon inte kände igen. Solen hade redan gått upp och hon verkade vara den sista att vakna. Hon satte sig upp och gned sömnen ur ögonen.

Lägerplatsen hade invaderats av femton rustnings klädda män, alla iförda mer eller mindre kopparfärgade rustningar med färggranna vapenrockar över. Visiren på hjälmarna var öppna så hon kunde tydligt se att alla riddarna ståtade med kraftiga helskägg.

Männen studerade henne med blandade uttryck. Vissa nyfiket, andra ointresserat och ytterligare andra med illa dold avsky. Ett fåtal såg roade ut, men det verkade mer vara riktat mot Garm än mot henne.

Garm vände sig mot henne och log kort. "Så, du är vaken. Det här", han vände sig mot en rödskäggig man med godmodiga ögon som satt bredvid honom, "är min gode vän Gerhain, lorden vars ägor vi just nu reser genom."

Gerhain nickade mot henne med ett spjuveraktigt leende. "Trevligt att råkas."

Hon nickade tillbaka. "Detsamma."

"Gerhain är ute med en trupp för att leta efter fiendesoldater", sade Garm med en nickning mot manskapet.

"Mmm", sade Gerhain. "Ena grannen vägrar att respektera gränserna. Igen."

"Är ni i krig?" undrade hon försiktigt.

"Nej", sade Gerhain och skrattade till. "Bara lite agg mellan två markägare. Krig är lite större än så."

"Åh. Nå, jag hoppas att du vinner", sade hon och log varmt.

"Tack min tös", svarade Gerhain med ett flin. "Det gör jag verkligen! Vinner alltså ..."

"Gerhain och jag har en lång historia ihop", fortsatte Garm. "Vi tränade tillsammans när vi var yngre."

"Och höll varann om ryggen på slagfälten på den gamla goda tiden. Vet du", sade Gerhain och vände sig mot henne, "han vann faktiskt sina sporrar hela två år före mig. Och han är inte ens ifrån Solea!"

"Du skulle ha prövat att träna istället för att dricka och flamsa runt med kvinnor", kontrade Garm med drypande röst och ett brett leende.

"Hade inte det varit tråkigt om något?" frågade Gerhain och blinkade mot henne. Så tittade han mot

Garms häst och rynkade på ögonbrynen. "Var är din rustning? Säg inte att du bara reser igenom utan att stanna till för lite skoj?"

"Den är i goda händer. Jag kan inte släpa omkring på den överallt. Särskilt med tanke på att Solea är det enda stället där jag kan ha den på mig utan att bli utskrattad."

Gerhains ögon smalnade och röda rosor blommade upp på kinderna, till och med pannan blev röd. "Hursa???"

"Men det är ju sant", försvarade Garm sig. "Jag skulle vara den enda dåren på slagfältet som bar en. Striden skulle väl stanna upp helt bara för att alla andra skulle stanna och stirra på mig."

"Det är fortfarande oförskämt att säga det rakt i ansiktet på mig", tyckte Gerhain och putade med underläppen.

Då skrattade Garm och klappade vänskapligt Gerhain på axeln. "Och jag älskar dig också min vän."

Gerhain spärrade upp ögonen och drog ner mungiporna. "Hur svarar man på det?" frågade han vänd mot henne.

Den vänskapliga stämningen fick henne att dras med. "Jag vet vad jag skulle svarat", sade hon och blinkade.

Gerhain höjde på ögonbrynen, så började han skratta. Ett bullrigt, varmt skratt som lät som att det kom från hjärtat.

Garms ögon glittrade när han fäste blicken på henne. "Hm. Nu blev jag nyfiken. Skulle du kunna utveckla det där?" frågade han med ett snett leende som orsakade ännu mer skratt ifrån Gerhain och ett par hettande kinder hos henne. Hon skulle tänkt sig för innan hon skämtade på det sättet. Fast hon skulle väl aldrig ha trott att Garm skulle haka på ett sådant skämt när det kom från henne.

"Min vän här är lite trög. Vi skyller det på hans avsevärda ålder", sade Gerhain med ett brett flin och räddade henne från att behöva komma med ett kvickt svar.

"HA! Du är ju tre år äldre än mig!"

"Men jag bär min ålder med värdighet. Till skillnad från somliga här kan jag fortfarande bära upp en rustning."

"Det var droppen! Vi rider förbi Ilona och hämtar min rustning!" kungjorde Garm.

Gerhain frustade till av skratt och slog handflatorna mot de rustnings klädda benen så att det ljöd högt.

"Ilona? Ilona!? Har Ilona din rustning? Lämnade du den där med flit eller av nödvändighet?"

Garm rynkade pannan. "Nödvändighet?"

"Ja, jag menar, det är svårt att få med sig en rustning när man springer för glatta livet för att hennes man kommit hem för tidigt."

"Du, de var redan separerade", sade Garm med avsmalnade ögon.

"Kanske sista gången ni träffades ..." svarade Gerhain släpigt.

Garm vände sig mot henne där hon satt och tittade på dem med ett roat leende. Det märktes att de var gamla vänner och hon tyckte om stämningen som uppstått och den här nya sidan av Garm.

"Lyssna inte på honom. Han tror bara att han är rolig", sade Garm avmätt men med skratt glittrande i ögonen.

Gerhain log och blinkade mot henne. Sedan blev han plötsligt allvarlig och vände sig mot Garm igen. "Vill ni göra mig den äran att gästa oss på en bankett och tornering? Jag kan få Peraine att organisera en på en vecka. Hon är riktigt bra på att organisera saker vid kort varsel."

"Jag misstänker att hon har fått öva en hel del på sitt organiserande när du plötsligt funnit dig själv under belägring", sade Garm och log milt.

Gerhains ögonbryn åkte ner igen och Garm klappade honom på axeln och skrattade, men innan han hann säga något bröt hon in.

"Vi tackar Er för Er inbjudan och accepterar den med glädje", sade hon med glittrande ögon och neg så fint hon kunde.

Gerhain grinade, reste sig upp och bugade chevalereskt tillbaka mot henne. Den skramlande rustningen förtog dock lite av effekten.

"Där ser du Garm! Äntligen någon som vet hur man uppför sig!" flinade Gerhain.

"Jag vet bara vad du lärt mig", svarade Garm släpigt och duckade skrattande när Gerhains knytnäve kom flygande mot honom.

12

Gerhains borg var en imponerande byggnad med en bred, vattenfylld vallgrav runt. Ett enormt fällgaller satt upphissat över porten, redo att släppas ner om behovet skulle uppstå. Färggranna, långa banér hängde med jämna mellanrum från bröstvärnen och fladdrade lätt i brisen. En strid ström av människor rörde sig över den nerfällda vindbryggan, vissa med varor eller djur i släptåg.

Så fort en av vakterna på befästningarna fick syn på Gerhains trupp vrålade han en hälsning till dem som fick folket på vindbryggan att snabbt stiga åt sidorna för att lämna plats åt soldaterna.

De red genom de olika borggårdarna, alla fulla av människor i arbete. Hon hann se smeder, snickare, en ung pojke med en skock grisar, en blomsterflicka och en tunnbindare innan Garm stannade hästen och hjälpte henne ner. Stallpojkar skyndade fram och ledde bort hästarna medan Gerhain eskorterade Garm, henne och Rufus till de massiva dörrarna som ledde in till stora riddarsalen.

Inne i salen doftade det gott från halmen och örterna som låg utströdda över golvet. Stenväggarna dekorerades av sköldar, vapen, gobelänger och färgrika baner. Facklor satt med jämna mellanrum längs väggarna för att hjälpa de extremt smala fönstren att jaga bort mörkret. På golvet stod långbord med kortsidorna vända mot en upphöjd plattform där honnörsbordet stod.

Nu när rummet var tomt och kandelabrarna på långborden var släckta utgjorde rummet ett ganska otrivsamt intryck, men hon misstänkte att det skulle te sig helt annorlunda till kvällen när det var fullt av folk, rörelse, dofter och ljud.

En tjänare kom in i genom en dörr på motsatta sidan av salen och skyndade fram till dem.

"Ers Nåd! Och Herr Garm! Det är så roligt att se Er igen!" utropade han på väg genom rummet och bugade djupt när han kom fram till dem.

"Tack Morin", sade Garm leende och bugade kort tillbaka. "Det är skönt att vara tillbaks."

"Var snäll och se till att våra gäster får passande rum, Morin", sade Gerhain. "Är min hustru tillgänglig förresten?"

"Jag är ledsen att behöva meddela att Hennes Nåd lämnade borgen för att ta en promenad för en stund sedan. Men jag är säker på att Hennes Nåd kommer att komma tillbaka när som helst, Ers Nåd", sade Morin lent och sneglade sedan på Haell med höjda ögonbryn. "Rum till *alla* Era gäster, Ers Nåd?"

Gerhains käkar stelnade till. "Ja, Morin. *Alla* mina gäster."

Morin harklade sig och kastade en ogillande blick mot henne innan han vände blicken mot Gerhain igen. "Jag tar för givet att Herr Garm ska ha sitt vanliga rum, Ers Nåd?"

"Ja, Morin", sade Gerhain med en antydan till uppgivenhet i rösten.

Morin nickade och vände sig mot Garm och de andra.
"Var vänliga och följ mig så ska jag ta Er till Era rum."
Rufus lade armen om hennes axlar och gav henne en tröstande kram innan de följde efter tjänaren ut ur salen.
"Strunta du i honom. Han var ju så upplåst att det är ett mirakel att han tog sig genom dörröppningen."
Hon skrattade till och gav honom en tacksam blick. Vad skönt det var med vänner. Hur skulle hon klara sig utan honom sedan?

Hon var inte bara den sista att få sitt rum, Morin placerade henne även uppe i ett av borgens torn. Rummet var spartanskt, med nakna stenväggar och på ena väggen satt det ett fönster utan glas som släppte in en envis vind. Det fanns inga mattor på det kalla stengolvet och det enda möblemanget i rummet var en gammal himmelssäng som såg ut att fungera bättre som brasved än som säng, en gammal klädkista med några surt luktande yllefiltar, en trebent pall och till sist en kantstött, fläckig porslinspotta som hon helst inte ville ha kvar i rummet.

De tjocka stenväggarna bildade en djup alkov vid fönstret och eftersom hon inte hade mycket annat att ta sig för, klättrade hon upp och satte sig tillrätta i den, noga med att inte hamna för nära öppningen. Tankfullt blickade hon ut över vad som verkade vara frukt- och rosenträdgården. Några damer i vackra klänningar vandrade omkring bland blommorna i rosenträdgården och i fruktträdgården var tre män i full färd med att sköta om de många träden och buskarna.

En serie rappa knackningar fick henne att rycka till så kraftigt att hon nästan föll ut genom fönstret. Innan hon hann svara eller göra en ansats att resa sig, öppnades dörren och en dam i gräddfärgad klänning med ärmar som nästan nådde ner till golvet kom in. Damens blonda lockar täcktes av ett sidendok som hölls på plats av en glittrande guldtiara. Hon var ung och slank förutom en stor, putande mage som sade Haell, som var van vid sin mors många graviditeter, att damen var i sluttampen av en.

Damen betraktade henne med en föraktfull min. "Så. Du är alltså saken som vår käre Garm har dragit över oss."

Hon höjde på ögonbrynen och lämnade fönsteralkoven. "Ursäkta mig?"

Kvinnan lyfte på hakan och snörpte på munnen. "Du talar när du får tillåtelse! Jag är borgfrun och jag kan lika gärna kasta ut dig till stallet där du hör hemma."

Hon knöt nävarna och bet sig i tungan för att inte säga något hon skulle få ångra. Och förresten hade hon ju inte fått tillåtelse att tala ... Hon gnisslade tänder.

Damen stirrade på henne ända tills hon slutligen, med ett bistert leende, föll på knä i en djup och överdriven nigning.

"Tro inte att jag är dum", fnös damen och tog ett par steg närmare. "Jag accepterar den här parodin och förolämpningen av en enda orsak, och det är för att du är här med min makes bäste vän. Men ge mig en orsak, lilla vän, och jag kommer att kasta ut dig!"

Haell nöjde sig med att nicka och lade armarna i kors över bröstet.

"Nu när vi har fått det där ur världen. Dina kläder är förfärliga. Du kan ju inte tro att du kan vara med oss iklädd ... det där ..." sade damen med uppdragen överläpp och rynkad näsa. "Jag skickar hit en av mina kammarjungfrur med en gammal, men proper, klänning som du kan låna under tiden du är här."

Borgfrun vände och gick mot dörren, men precis innan hon klev ut vände hon sig halvt om halvt om. "Jag ska se till att du får en med snörning i ryggen istället för i sidorna. Inte för att det spelar någon större roll om ni måste skära sönder klänningen. Jag kommer ändå att låta bränna den så fort du åkt. Det är bara synd att du inte är kvar i den när det händer."

Dörren stängdes bakom henne och Haell andades ut. Grimaserande öppnade hon händerna, som hon knutit så hårt att hon fått små halvmåneformade märken i handflatorna av naglarna.

Klänningen som tjänaren kom med var i grön och blå sammet och överraskande fin. Kjolen bestod av tillräckligt mycket tyg för att kunna klä en mindre by och de långa, vida ärmarna nådde ner till anklarna när hon stod med armarna längs sidorna. Hon snurrade ett varv och kände hur kjolen böljade ut runt henne. Som om hon var en enorm blomma som dansade i vinden. Med ett brett leende gick hon tillbaka till fönstret och slog sig ner igen. Någon skulle säkert hämta henne när det var dags för kvällsvard. Hon hoppades i alla fall det, för hon hade ingen aning om när kvällsvarden var eller hur hon tog sig tillbaka till riddarsalen.

13

Riddarsalen var full av människor och ljudnivån var hög. Det vill säga, tills någon fick syn på henne. Inom loppet av några sekunder var det stora rummet dödstyst och det gick nästan att höra andetagen från dem som satt vid bordet närmast henne.

Osäker på var det var tänkt att hon skulle sitta såg hon sig om efter Garm eller Rufus och fann dem uppe vid honnörsbordet. Bägge verkade tävla om vem som kunde vinka mest frenetiskt åt henne, så hon skyndade över till dem medan hon gjorde sitt bästa för att ignorera alla blickar och viskningar från folket hon passerade.

När hon slagit sig ner bredvid Rufus, vid ena änden av bordet lutade hon sig framåt och tittade förbi honom mot Garm som satt med Gerhain och borgfrun i mitten av bordet. Garm nickade och höjde leende vinglaset mot henne. Det fick hennes hjärta att hoppa över ett slag och hon missade nästan att Rufus pratade med henne.

"Förlåt, vad sade du?" frågade hon med höjda ögonbryn och lutade sig tillbaka i stolen igen.

Rufus flinade när han sneglade mellan henne och Garm. "Det var inget viktigt. Jag sade bara att du är så vacker i den där klänningen att du tar andan ur en", sade han med ett stort leende och skrockade. "Det är bara synd att den bara fungerar i Solea, annars hade jag rått dig att bära en sådan jämnt."

Hon rynkade pannan. "Vad menar du, 'bara i Solea'?"

"Tja, deras mode är ju lite udda, jämfört med resten av världen. Folk skulle nog stirra på dig om du hade på dig en sån klänning någon annanstans."

Det fick henne att fnysa så högt att Rufus andra bordsgranne gav henne en förvånad och ogillande blick. "Om jag kan ha på mig de där skinnkläderna kan jag definitivt ha på mig den här."

"Aah", sade han och log brett. "Men folk förväntar sig att du ska ha på dig skinnkläderna. En Soleansk klänning däremot väcker uppmärksamhet utomlands oavsett vem det är som bär den."

Hon fnös högt, men innan hon hann svara bars den första rätten in, stuvad duva med ljuvt doftande bröd som fick det att vattnas i munnen på henne. Gästerna delade tallrik två och två, och hon fick som tur var dela med Rufus. Medan hon åt kunde hon inte låta bli att undra vem Garm delade tallrik med. Var det en man eller kvinna och var det i så fall en vacker kvinna?

Hon tog ett bett av brödet medan hon tittade ut över de som satt vid borden nedanför plattformen. Så mycket folk. Kände Gerhain verkligen alla de där människorna?

"Är det några problem mellan dig och Peraine?" frågade Rufus roat. "Hon ser ut att bombardera oss med bistra uppsyner."

Hon ryckte på axlarna och svalde brödet hon tuggat på. "Om det är borgfrun du menar så tycker hon bara inte om mig."

"På så vis ... Äsch, vi klarar oss utan hennes gillande", tröstade Rufus med munnen full av stuvning.

Hon vände sig mot honom och log brett. Han var så söt och omtänksam. Om hon någonsin fick en man hoppades hon att han skulle vara som Rufus.

När måltiden var över vällde en mindre arme av tjänare in i rummet. Snabbt och effektivt flyttade de bort de stora långborden mot väggarna så att golvet i mitten tömdes. Garm tog sin luta och gick bort till en pall som ställts ut vid kanten av plattformen. Innan han satte sig bugade han djupt mot honnörsbordet och stod så ända tills både Gerhain och Peraine gett honom varsin värdig nickning.

En våg av förväntan gick igenom rummet medan alla väntade på att Garm skulle bestämma sig för vad han skulle spela. Till sist valde han en munter folksång i snabbt tempo och Rufus tog skrattande hennes hand och drog med henne ner till dansgolvet.

Dee var halvvägs genom den tredje dansen när hon fick syn på ett blekt ansikte med olikfärgade ögon bland åskådarna. Det högg till i magen och hon stelnade till så att Rufus blev tvungen att stanna. Han log undrade mot henne men blev allvarlig när han följde hennes jagade blick mot åskådarna.

"Är något på tok?" frågade han lågt och tittade oroligt på henne.

"Jag såg precis någon som var otroligt lik den där magikern från marknaden!"

Rufus rynkade pannan och ställde sig på tå i ett försök att se över alla människor som fyllde rummet.

Det började mola i hennes mage. "Ursäktar du mig? Jag måste prata med Garm", sade hon och lämnade Rufus mitt på dansgolvet.

Garms välkomnande leende falnade till en bister min när hon berättade vad hon sett. Hon var inte helt säker på att det faktiskt var magikern, hon hade ju bara fått en snabb skymt av mannen, men bara misstanken i sig räckte för att göra henne ordentligt orolig. Uppenbarligen kände Garm likadant, för han reste på sig och kallade, till publikens besvikelse, över borgens egen bard för att ta över underhållningen. Han gav henne strikta instruktioner att hålla sig hos Rufus, sedan gick han iväg för att leta upp kaptenen för garnisonen.

När Garm kom tillbaka tog han henne i armen och drog med henne en bit bort så att de kunde prata utan att behöva överrösta musiken. Rufus följde dem efter en frågande blick mot Garm.

"Jag har hört mig för och flera personer har sett en ka'urman här i kväll. Men de trodde att han var här med dig, så de rapporterade det aldrig."

Hon gjorde en plågad grimas. "Han kanske är här med mig, på sätt och vis."

"Åtminstone på grund av dig", rättade Garm mjukt. "Om det nu verkligen är samma ka'urman som på marknaden, det vet vi ju inte."

"Är de så vanliga utanför Nef'rath?" frågade hon. "Jag har i alla fall aldrig hört talas om dem förut."

"Det finns nog en massa saker som du aldrig har hört talas om förut utan att det för den sakens skull betyder att de är ovanliga", sade Garm med ett mjukt skratt innan käkarna spändes och ögonen blev allvarliga. "Men nej, de är inte alls vanliga utanför Nef'rath. De brukar hålla sig för sig själva, även i sitt hemland. Så jag vill inte att du är ensam förrän vi vet vad som pågår. Om det nu är samma ka'urman som på marknaden så följer han troligtvis efter oss och det är en riktigt obehaglig tanke för jag kan inte se någon annan orsak än att han är ute efter dig i så fall."

"Så vad ska jag göra nu?" frågade hon lågt.

"Det viktigaste är att du alltid ser till att ha sällskap av mig eller Rufus." Han vände sig mot Rufus. "Jag vet inte hur bra du är med ditt lilla svärd Rufus?"

Rufus gjorde en beklagande grimas. "Inte särskilt. Fäktningsskolan var så tråkig så jag gick bara dit de första tre gångerna. Jag har bara med mig det på hästen för syns skull."

"Hrm", sade Garm och rätade på sig så att det knakade i ryggkotorna. "Har du ett lås på din dörr?" frågade han henne.

Hon skakade på huvudet. "Nej." Hon skulle väl vara glad för att hon ens hade en dörr.

"En regel då?"

"Nej ..."

"Hmm, det komplicerar ju saker och ting. Du kan ju inte sova i ett rum där vem som helst kan kliva in hur som helst. Vi skulle kunna sätta en vakt vid din dörr, men vakter går att muta och jag känner inte de som ingår i garnisonen nu, så jag vet inte vad de går för." Han drog fingrarna genom håret så att det började spreta. "Jag ska prata med Morin och se om han kan placera dig i ett annat rum. Ett med lås eller hasp, helst både och."

Morin hittade ett nytt rum åt henne i huvudbyggnaden, där bara familjen och finare gäster vanligtvis bodde. Mjuka, tjocka mattor täckte golvet och jagade bort den blodisande kylan från stenarna. Bonader föreställande hundar, blommor, jakter och damer i vackra kläder hängde från väggarna. Klädkistan innehöll bättre doftande filtar och bredvid den stod ett litet bord med en tillbringare med vatten och ett handfat så att hon kunde tvätta sig. Sängen var väldigt lik den förra, men pallen hade åtminstone fyra ben istället för tre.

Hon tog av sig skorna och lät njutningsfullt fötterna sjunka ner i den mjuka mattan. Dörren till rummet hade tyvärr inget lås, till Garms uppenbara förtret, men det hade en kraftig hasp av järn som hon använt så fort Morin och Garm lämnat henne.

Hon tvättade ansiktet för kvällen och kröp i säng. Tyvärr med klänningen på för hur mycket hon än försökte lyckades hon inte snöra upp den bakom sin egen rygg. Trött kröp hon ihop på sidan, med händerna under kudden och lyssnade på det låga ljudet ifrån vakterna som patrullerade på murarna, trygg i vetskapen att de skulle hålla utkik efter magikern medan hon sov.

14

Hon vaknade av det öronbedövande ljudet från en trumpet när vakterna tillkännagav att solen gick upp. Det tog säkert en kvart innan pulsen återgick till det normala efter den väckningen.

Klänningen hade, mirakulöst nog, överlevt natten utan att bli särskilt skrynklig. Men hon visste inte om det berodde på att tyget var väldigt robust eller om det var så att hon inte rört sig något under natten.

Efter att ha tvättat sig och gjort sig i ordning satte hon sig i fönstret i väntan på att någon skulle komma förbi och hämta henne. Utsikten var kanske inte lika vacker som den över rosenträdgården, men den febrila aktiviteten nere på borggården var roande att följa.

Hon lyfte blicken mot de krenelerade murarna. De var inte lika vackra från insidan som de varit från utsidan, men de var trots det magnifika. Ett förvånansvärt stort antal soldater patrullerade dem, även om de flesta av dem just nu stod vända mot huvudbyggnaden, pekande och pratande sinsemellan.

Hon undrade förstrött vad det var som pågick ända tills hon hörde en av dem ropa. "Kom ut och säg hej sötnos. Vi bits inte, åtminstone om du inte vill det."

Ansiktet började hetta när hon insåg att det var *henne* de stod och tittade och pekade på! I samma stund gjorde en av vakterna en obscen gest i hennes riktning och hon drog sig snabbt undan från fönstret. Höga skrattsalvor hördes från utsidan och hon kände hur kinderna började hetta ännu mer.

En serie rappa knackningar på dörren fick henne att skynda bort och öppna, helt utan tanke på att det kunde vara magikern. Utanför stod Rufus, med en stor bukett vita och rosa rosor i handen.

Hon måste ha sett chockad ut, för han frustade till av skratt. "Jag är ledsen att göra dig besviken", sade han med glittrande ögon och undertryckt skratt, "men de är inte från mig. Jag hittade dem på golvet nedanför din dörr. Det verkar som att du har en beundrare ..."

Hon tog emot buketten med hopdragna ögonbryn. I brist på både vaser och bättre idéer satte hon blommorna i tillbringaren.

"Men jag skulle nog inte visa dem för Peraine om jag var du", fortsatte Rufus skrockande.

"Inte för att jag hade tänkt det, men varför inte?"

Han såg sig om i korridoren med överdrivna rörelser och kupade handen bredvid munnen. "Jag misstänker att de kommer från hennes rosenträdgård", teaterviskade han och blinkade.

Hon skrattade till. Både åt Rufus och åt tanken på att Peraines älskade rosor nu stod i en tillbringare inne i hennes största hatobjekts sovrum. Rätt åt henne.

"Kom nu så går vi och äter lite frukost", flinade Rufus.

Garm gjorde dem sällskap så fort frukosten var över och Rufus skvallrade om blommorna innan hon ens hunnit säga god morgon till Garm.

Garm såg nyfiken ut, men under det kunde hon skymta något som var väldigt likt ilska. "Vem kan den vara ifrån?" frågade han med rynkad panna och kliade sig i det begynnande skägget.

Hon slog ut med händerna och ryckte på axlarna. "Jag vet inte."

"Men är det någon som visat intresse för dig medan vi varit här då?" frågade han med en djupnande fåra mellan ögonen.

Vakterna var det första som dök upp i huvudet på henne, men det hade verkligen inte varit den typen av intresse som resulterade i blommor. Hon skakade på huvudet.

Garm suckade och rätade på sig. "Jaha ja. Nåja. Grattis. Någon verkar vara förtjust i dig. Frågan är väl vem", sade han och spände ögonen i henne. "Var försiktig bara och kasta dig inte i armarna på första bästa karl som visar lite intresse."

Ha! Tack så mycket! Hon gnisslade tänder och skakade på huvudet. "Oroa dig inte. Så desperat är jag inte."

Garms ögon smalnade. "Det har inget med att vara desperat eller inte att göra, Haell. Du har levt ett väldigt ensamt och begränsat liv fram tills nu. Då är det naturligt att man dras till första bästa person som är vänlig och visar intresse. Vem hade inte gjort det?"

Det var det dummaste hon hört och om det hade stämt hade hon varit upp över öronen förälskad i Rufus vid det här laget. Eller Olek, eller kanske till och med Garm ...

Hon suckade och skakade på huvudet. "Vad sägs om det här?" frågade hon. "Om personen ger sig tillkänna och jag plötsligt känner mig upp över öronen förälskad, lovar jag att komma och prata med dig först."

"Du får det att låta som att jag försöker kontrollera dig", sade han med en bister rynka mellan ögonen.

Hon ryckte på axlarna. "Jaså?"

Han studerade henne med avsmalnade ögon, så skakade han på huvudet och vände sig mot Rufus. "Ska du med på jakten?"

"Jakten?" frågade hon samtidigt som Rufus nickade till svar.

"Ja", sade Garm. "Gerhain har bjudit med oss på en jakt. Han har några nya falkar som han vill skryta med misstänker jag. Men du behöver inte oroa dig. Jag har arrangerat så att du spenderar dagen tillsammans med Peraine och hennes väninnor."

Hon riktigt kände hur hakan föll ner till bröstet. "Peraine?"

"Är det några problem med det?" frågade Garm och spände ögonen i henne.

"Nej då", sade hon och log så sött hon bara kunde.

"Bra", sade han med en min som antydde att han inte riktigt trodde henne, men inte ville ge sig in i någon diskussion. "Hon kommer att skicka en jungfru att hämta dig lite senare, så vänta i ditt rum tills dess och öppna inte dörren för någon annan än Morin, Peraine eller någon av de kvinnliga tjänarna. Om personen inte vill säga vem det är så öppnar du inte. Förstått?"

Hon nickade. "Ja, Garm."

"Bra. Vi ses igen till middagen, och om vi inte är tillbaka tills dess, kvällsvarden."

Rufus gav henne en medkännande klapp på axeln och mimade 'Säg inget till henne om blommorna!', så flinade han brett och skyndade efter Garm.

När det slutligen knackade på dörren hade hon hunnit bli så uttråkad att hon nästan glömde bort att fråga vem det var innan hon slet upp dörren. Utanför stod en ung kammarjungfru som utan ett ord ledde henne genom de vindlande korridorerna i borgen.

Peraines gemak visade sig vara ett stort och luftigt rum med väggar täckta av bonader och djurfällar. I mitten av rummet stod en grupp krämfärgade soffor där ett tiotal fnittrande damer satt och arbetade tillsammans på en lång gobeläng. De var upptagna med att brodera och prata sinsemellan och verkade knappt ha upptäckt att hon kommit in i rummet.

Kammarjungfrun pekade mot en pall som stod precis innanför dörren och Haell satte sig. Även om det var tråkigt att bli förvisad till en pall fyra meter från resten av sällskapet, var hon ändå ganska glad över att hon inte skulle behöva umgås med de andra.

Vid sidan av pallen stod en korg full med nålar, trådar och vad som såg ut att vara örngott. Kammarjungfrun förklarade kortfattat att Haell förväntades brodera Gerhains och Peraines monogram på dem, precis som det var gjort på den förlaga som låg överst i korgen.

Tjänarinnan försvann ut igen och Haell plockade upp ett av de tomma örngotten och började brodera. Det var inte direkt något hon fått lära sig ute i ladugården, men hon tyckte ändå att resultatet blev ganska bra när hon jämförde med förlagan. Bokstäverna var ändå nästan omöjliga att utläsa, ett enormt, snirkligt G som hakade in i ett lika enormt och snirkligt P. Det var i alla fall vad hon trodde att det skulle föreställa, det kunde lika gärna vara en groda som kramade ett träd.

Det låg en tung doft i rummet, som en blandning av blommor och något sötsliskigt, och det tog inte många minuter innan hon började känna av en lätt huvudvärk. Fast hon försökte andas genom munnen tog sig doften in i näsan och gjorde bultandet bakom tinningarna värre för varje sekund. Till slut lyfte hon ett av örngotten och drog in den uppfriskande doften av lavendel för att få lite omväxling.

"Vad tar du dig till! Torkar du din äckliga näsa på mitt örngott!"

Peraines gälla röst fick henne att rycka till och lägga ner örngottet i knät. "Torkar näsan?" Hon skrattade ofrivilligt till. "Nej, vet du vad. Vad tror du egentligen om mig!"

Peraine fnös högt. "Jag behöver inte tro någonting. Det räcker med att titta på dig. Ett djur, det är vad du är. Bara för att du råkar ha människoform och kan prata betyder det inte att du är som oss. Du är ett smutsigt djur som inte hör hemma i ett anständigt hem!"

Haell skakade på huvudet. "Det var det absolut dummaste jag hört. Och även om jag är demon till hälften, så är jag faktiskt även människa och är uppväxt som en!"

"Kallar du mig dum?" Peraines röst steg en oktav.

"Om skon passar."

Peraine knuffade undan gobelängen och reste sig klumpigt. "UT!" Handen darrade när hon pekade mot dörren.

Inte en sekund för tidigt. Hon släppte ner örngottet i korgen och lämnade rummet. Så fort hon stängt dörren bakom sig drog hon djupt efter andan. Ingen kväljande parfymdoft, underbart!

Hon var nästan framme vid sitt rum när en röst nådde henne från en av alkoverna längs väggarna. "Du borde inte gå omkring här ensam, mai'sheh. Sha'na."

Den där mörka, trasiga rösten med den hårda, kort-huggna brytningen kände hon igen. En rysning for längs ryggraden när hon vände sig om. Där var han. Stående i en av de oräkneliga alkoverna som fyllde borgen. Han såg genuint bekymrad ut när han klev ut ur skuggan och hon rös ofrivilligt när ljuset föll på de inbrända symbolerna i ansiktet och de olikfärgade ögonen.

"Vad har du med det att göra."

"Jag är bara rädd om dig. Det är inte många mai'sheh som blir så lyckade som dig", sade han och log snett.

"Jag har ju redan sagt till dig att jag inte är intresserad!"

Han log igen. "Det gör inget. Men det betyder väl inte att jag måste sluta bry mig om dig. Eller att jag kan."

Hon skakade på huvudet. "Jo, det gör det."

"Det här är en stor borg, full av beväpnade män som bara väntar på en chans att få använda vapnen. Tror du verkligen att någon skulle bry sig i fall de hittade dig med ett sticksår genom hjärtat?" frågade han lugnt.

"Kanske inte, men jag tror inte att någon skulle döda mig här."

Mannen skrattade till, ett torrt glädjelöst ljud. "Varför inte? Att döda dig är tillåtet enligt lag i alla länder förutom Nef'rath. I Argora får man till och med betalt för varje mai'sheh eller mai'meh huvud man lämnar till myndighet-erna."

En rysning genomfor henne och hon korsade armarna över bröstet. Argora tänkte hon aldrig sätta sin fot i.

"Varför förföljer du mig?" frågade hon.

"Åh", sade han förvånat och skrattade till. "Faktum är att vi bara råkar ha samma färdväg. Men jag måste erkänna att jag lämnade vägen och följde er hit eftersom jag blev orolig när jag fick syn på er tillsammans med en grupp beväpnade riddare. Du måste ju förstå hur det såg ut för någon som inte visste att ni kände varandra."

"I så fall. Då jag tackar för omsorgen och önskar dig en fortsatt trevlig resa."

Han höjde roat på ena ögonbrynet. "Skickar du iväg mig?"

"Inte om du har andra orsaker till att vara här. Men om jag är den enda orsaken så ja, då skickar jag iväg dig", sade hon. "Och förresten så skulle jag inte vilja uppehålla dig", fortsatte hon för att ta udden av sina ord.

"Åh, jag blir så gärna uppehållen av dig."

Han tog ett par steg närmare, sträckte ut handen och strök henne mjukt över kinden. Instinktivt ryckte hon undan huvudet och klev bakåt. När han såg det glittrade det till av besvikelse i hans ögon, men han sade inget.

"Jag är ledsen men jag kommer aldrig att följa med dig någonstans och jag kommer definitivt aldrig att bli ett avelssto för din stam! Att bli medlem i någon bisarr stam med magiker ingår inte i mina planer och kommer aldrig att göra det."

Han bet ihop käkarna och knöt nävarna längs sidorna. "Det där var någonting korkat jag sade när jag var onykter. Jag skulle aldrig tvinga någon till någonting de inte vill och särskilt inte dig. Du intresserar mig."

"Jag är ledsen men jag är inte intresserad tillbaka!"

"Varför inte ge mig en chans? Låta oss lära känna varandra? Kanske kunde jag få lov att göra er sällskap, tills våra vägar skiljs åt? Då skulle du fortfarande ha säkerheten av de andra i gruppen."

Hon kunde inte hålla tillbaka en suck. "Jag är ledsen, men nej."

Han studerade henne tyst ett ögonblick och nickade sedan. "Jag har aldrig trott på att vända ryggen åt någon som vill bli ens vän. Vänner kan man aldrig få för många av. Hur många har du?"

"Tillräckligt."

Han fnös bistert. "För att vara så vacker är du förvånansvärt kall."

"Var snäll och lämna mig ifred nu. Tvinga mig inte att använda mina gåvor!" Ett tomt hot, men det visste ju inte han.

Han log hånfullt mot henne. "Vet du, sha'na. Jag kan en del 'trick' jag med."

Hon tittade in i det guldfärgade ögat och rös. Så klart att han kunde. Garanterat fler än henne.

Han betraktade henne tyst under några sekunder, sedan suckade han lågt och slog ut med ena handen. "Du får som du vill. Jag reser vidare."

När hon inte svarade med mer än en nickning, skakade han på huvudet och gick.

15

Garm och Rufus hade fortfarande inte återvänt när middagen serverades så hon åt ensam. Eller så ensam man nu kunde vara i en sal full av folk.

Efter maten gick hon tillbaka mot sitt rum, men ju närmare rummet hon kom, desto långsammare blev stegen. Hon var inte ett dugg sugen på att spendera timmar med att studera gobelängerna, hur vackra och detaljerade de än var. Om bara inte vaktstyrkan uppfört sig så där, då hade hon kunnat fördriva tiden med att titta på allt som hände på borggården istället ... En het ilska vaknade i henne. Varför skulle hon sitta och gömma sig på sitt rum, livrädd för att råka gå förbi fönstret, bara för att några människor inte kunde uppföra sig? Var hon verkligen en sådan ynkrygg att hon gömde sig hellre än att stå upp för sig själv? Med en bestämd knix vände hon och gick tillbaka till riddarsalen.

Hon fick syn på Morin och gick fram till honom med magen full av fjärilar. Lika mycket på grund av vad hon tänkte fråga som för att hon visste att han inte tålde henne.

"Hej Morin. Jag tänkte bara höra om det går bra att jag går upp på muren och tittar på utsikten?"

Hans ansikte drogs ihop och munnen snörptes när hans blick vändes mot henne. "Enligt order är du fri att gå vart du vill, så länge det inte är privata rum. Men du ska hålla dig ur vägen för soldaterna om du går upp på försvarsmurarna. De har ett jobb att sköta och får inte störas."

Störa och utmana, förhoppningsvis två helt skilda saker.

Det var först när hon var halvvägs uppför trappan till muren som hon rodnande insåg hur besöket skulle kunna tolkas av soldaterna. Det vore ju förfärligt om de trodde att hon kom dit för att de bett henne komma dit och ha lite 'kul' med dem ... Hon skakade på huvudet åt sig själv och grimaserade. Det verkade som att hon kastat sig in i det här utan att riktigt tänka igenom det först. Men om hon vände nu, med soldaternas blickar på sig, skulle det bara bli pinsammare.

Trappan tog slut och hon stödde sig mot den låga innermuren. Flera av vakterna stod och tittade bedömande på henne medan de pratade lågt med varandra, men hon ignorerade dem och gick med bultande hjärta över till bröstvärnet och blickade ut över det vidsträckta landskapet. Murarna var minst fyra våningar höga och utsikten var svindlande men fantastisk.

En oväntat kraftig vindstöt fick henne att tappa andan och snubbla bakåt, rakt in i en hård, orubblig kropp.

"Bäst att vara försiktig häruppe, fröken", sade en len röst i hennes öra.

Hon vände sig om och tog ett steg bakåt för att få lite avstånd till soldaten som stod och flinade fräckt mot henne.

"Tack", sade hon andlöst. "Jag var inte beredd på vinden."

"Det blir så för alla första gången. Men nu känner jag mig dum", sade han med ett brett grin som sade motsatsen. "Lilla fröken demon har ju vingar! Och här försökte jag rädda dig från att rasa ner på borggården. Där gjorde jag allt bort mig."

"Tack, men jag uppskattar det oavsett", sade hon medan hon höll tummarna för att ingen skulle få för sig att knuffa ner henne bara för att få se henne flyga.

Fler soldater anslöt sig så hon log och nickade mot mannen som hjälpt henne och började gå bortåt muren.

"E du här för lite sällskap, sötnos?" frågade en soldat när hon gick förbi.

Hon sneglade på honom och rös när han flinade och blottade en rad med gråsvarta tänder. Ansiktet var fullt av koppärr och han hade en sned näsa som såg ut att ha gått av en gång för mycket.

"Nej. Jag är bara här för utsikten", sade hon och skyndade förbi.

"De har'u i borgen", sade han och följde envist efter henne.

"Sällskap också", kontrade hon och framkallade ett skällande skratt från soldaten.

"De har'u, de har'u... Men inge så manligt som de här. Finns inge manligare än en soldat."

"Verkligen?" sade hon och höjde ena ögonbrynet.

"Nä. Så, va säger'u. Sugen?" frågan avslutades med ett brett grin.

"Jag är ledsen, men nej. Jag är säker på att det finns fullt av villiga kvinnor i borgen som du kan försöka med istället. Och förresten så är borgfrun inte vidare förtjust i mig. Tänk om hon tittar ut just nu och ser att hennes soldater umgås med mig ... Vem vet vad hon får för sig att göra då."

Soldaten rynkade pannan och kastade en osäker blick mot borgen innan han backade undan. Det samma gjorde de andra soldaterna som varit tillräckligt nära för att ha hört henne.

Efter det fick hon vara någorlunda ifred under promenaden, förutom några enstaka fula förslag, och hon fann sig till slut vara tillbaka vid trappan där hon börjat. Det hade gått bra. Hon hade hanterat soldaterna och det kändes som att hon gått vinnande ur övningen. Om inte annat så hade hon i alla fall sluppit sitta och gömma sig på rummet en stund.

Hon var nästan vid slutet av trappan när Garm red in på borggården i full galopp och med de andra en bra bit bakom sig. Han mötte upp henne vid foten av trappan, fortfarande till häst och redo att explodera.

"Åh, hej Garm! Gick jakten bra?" frågade hon och försökte låtsas som att hon inte såg hur arg han var.

"Det verkar som att det har varit mer aktivitet här än vad det var under jakten", sade han sammanbitet.

"Det måste jag ha missat", sade hon med låtsad besvikelse.

"VAD GJORDE DU UPPE PÅ MUREN!" röt han så högt att hästen överraskat dansade till. Hela borggården släppte vad de höll på med och vände sig mot dem.

Hon sneglade mot åskådarna. "Ta det lugnt! Jag ska förklara."

"Bäst för dig", morrade han och spände ögonen i henne. "Om det här är den respekt du visar för mina råd och mina försök att hålla dig säker, så kan du lika gärna gå ut genom porten på en gång och fortsätta med ditt liv!"

Nu var det definitivt inte roligt längre. "Jag är ledsen för att jag retades med dig Garm. Magikern lämnade borgen tidigare idag, så jag är säker igen."

"Lämnade?" frågade Garm och klev av hästen. En stallpojke sprang genast fram och tog skyggt emot tyglarna.

"Ja", sade hon medan de gick tillbaka mot riddarsalen. "Han tog kontakt med mig tidigare idag ..."

Garm drog efter andan. "Tog kontakt tidigare idag? Så det här är inte första gången du springer omkring ensam idag? Varför var du inte med Peraine?"

Attans. Hon ville inte skvallra på Peraine, men samtidigt förtjänade hon inte att få stå ensam med all skuld. Så när de slagit sig ner vid ett bord i riddarsalen berättade hon i grova drag vad som hänt i Peraines gemak, för att sedan fortsätta med mötet med magikern. Till sist avslutade hon med besöket på muren och orsaken till det.

"Jag är ledsen Haell. Jag trodde verkligen att man kunde lita på henne", sade han med ett plågat ansiktsuttryck när hon tystnade. "Jag svär på att hon lät oss tro att hon brydde sig."

"Det är ok", sade hon och log.

"Jag ska ta upp det med Gerhain", sade Garm bestämt.

"Nej!"

Han tittade på henne med höjda ögonbryn. "Hon kunde ju fått dig dödad Haell! Vi hade ju ingen aning om vad den där mannen ville."

"Nej, det må så vara. Men inget hände och nu är han borta och jag vill inte vara orsaken till att det blir bråk mellan en man och hans fru. Oavsett orsak."

"Men han måste ju få veta att hon inte går att lita på!" sade Garm och drog stelt handen genom håret.

"Varför då? Om hon brukar ljuga hade ni väl märkt det för länge sedan? Hon kanske bara inte gillar vad jag är, hon är ju inte direkt den första i så fall."

"Demon, människa, halvdemon. Vad är skillnaden", sade han med irriterad röst.

"Hyckla inte Garm", sade hon med ett skratt. "Du vet mycket väl att det är skillnad. Både i verkligheten och i folks huvuden."

Han suckade tungt och sträckte ut benen under bordet. "Men det ska inte vara så."

"Säger han som erkänt att han dödat folk som mig bara för nöjes skull ..." Hon log och lade huvudet på sned.

Garm svor lågt, sträckte fram handen och stoppade in en hårlock bakom hennes öra. Fingrarna snuddade vid hennes hud och hon rös till. "Jo, kanske det. Men jag har lärt min läxa och kommer inte att göra om det. Fast i ärlighetens namn så är du annorlunda mot de andra. Kanske för att du uppför dig som vilken människa som helst, de andra gör oftast inte det, och så ser du mänskligare ut än de flesta andra halvdemoner. Jag vet inte. Men jag har i alla fall insett att jag hade fel som dömde ett helt folkslag efter några dåliga individer. Även om de dåliga individerna verkar vara obegripligt många ..."

"Men vi är ju ändå likadana, trots inre eller yttre olikheter", sade hon mjukt.

"Jag vet", sade han lågt. "Jag säger inget till Gerhain den här gången. Men du måste lova mig att berätta på en gång om du får några fler problem med henne. Ok?"

Hon grimaserade. "Men jag vill ju hantera henne själv! Som med vakterna."

"Och jag respekterar det. Men jag vill fortfarande veta vad som händer."

Hon lade armarna i kors över bröstet och stack ut underläppen medan hon funderade. "Om du lovar att inte berätta något för Gerhain, och att inte prata med Peraine så lovar jag."

Garm log. "Jag lovar. Tack."

"Det var så lite så", sade hon med ett bländande leende.

Garms leende vacklade och blicken låstes vid hennes. Hans läppar särades som om han skulle säga något, men det enda som kom ut var en varm pust med luft när han andades ut. Hennes hud började pirra och en spänd förväntan spreds inom henne. Han lyfte långsamt ena handen, lade den mot hennes kind och följde mjukt hennes läppars konturer med tummen. Hon drog efter andan och det kittlade i magen. Han lutade sig mot henne och hon slöt ofrivilligt ögonen.

"Du måste sluta vara så naiv och tillitsfull", sade han med hes röst, reste på sig och lämnade henne.

Hon satt kvar och stirrade tomt efter honom med pulsen fortfarande rusande i kroppen.

Rufus satte sig bredvid henne med armbågen på bordet och hakan lutad mot handen.

"Jobbigt samtal?" frågade han mjukt. "Han såg ut att vara lite ur balans."

"Det gick bra", sade hon och ryckte på axlarna. "Det är svårt att skälla på någon som är oskyldig."

Rufus höjde ena ögonbrynet. Ögonen glittrade och det ryckte i ena mungipan. "Verkligen? Jag vill minnas att någon, låt oss inte nämna några namn här, lovade att inte springa omkring ensam. Samma person, återigen inga namn nämnda, lovade också att spendera dagen i Peraines gemak."

"Hmm ... Efter vad *jag* hört fick den personen ändra planerna med en gång hon blev utkastad från sagda gemak."

Rufus frustade till av skratt och rätade på sig. "Blev du utkastad? Hur lyckades du med det?"

Hon log snett. "Åh, det var inte svårt alls. Det räckte med att bara vara jag."

"Det måste vara en kvinnosak", sade Rufus med rynkad panna. "För jag kan inte komma på en enda sak som är så hemsk med dig att jag skulle kasta ut dig."

Hon skrattade och gav honom en lätt kram. "Alla är inte så snälla som du Rufus. Du har ingen aning om hur fruktansvärt glad jag är över att få ha dig som vän."

Rufus flinade till och kramade henne tillbaka. "Jag säger det samma."

"Tack Rufus. Men för att återgå till ämnet så lämnade magikern borgen förut. Så det kändes inte som någon större fara att vara ensam."

"Mmm. Men du skulle ha väntat tills vi kom tillbaka och fick veta det också. Jag tror att stackars gamle Garm var sekunder ifrån en hjärnblödning när han fick syn på dig uppe på muren. Jag slår vad om att hans häst kommer att få vila resten av veckan efter den slutspurt Garm utsatte den för."

Hon log och grimaserade. "Stackars häst ..."

"Mmm", sade Rufus och reste på sig. "Jag ska gå och tvätta bort jakten innan kvällsvarden. Vi syns senare."

16

Hon följde Garm med blicken när han gick bort till sin plats vid bordet. När han passerade Peraine böjde han sig ner och gav damen ifråga en kyss på kinden. Det brände till inombords vid synen och hon vände snabbt bort blicken. Bestämt puttade hon undan den halvfulla tallriken och gav sig på vinet istället. Det var sött, fylligt och starkt. När glaset var tomt höjde hon handen och vinkade till sig en av tjänarna. Flickan som kom förbi såg lite förvånad ut när Haell bad om en hel kanna, men skyndade ändå iväg för att hämta en.

Rufus studerade henne intresserat medan hon fyllde glaset igen och tog en klunk med slutna ögon. "Dricker vi i kväll? Borde jag kanske beställa en egen kanna?" frågade han.

Hon vände sig kisande mot honom, lite osäker på om han var sarkastisk, allvarlig eller skojade. "Jag firar."

"Firar? Jag förstår... Och vad firar vi?"

"Jag vet inte hur det är med dig, men jag firar starten på mitt nya, mansfria liv", förklarade hon bestämt.

"Åh." Han skrockade till. "Jag vet inte om jag är så intresserad av att fira att du frigör dig från män, med tanke på att jag är en. Men jag kan hålla dig sällskap under tiden om du vill."

Hon drack ur glaset, fyllde på det igen och log sedan mot honom. "Du behöver inte sitta barnvakt åt mig Rufus."

Han skrattade till och gjorde en gest mot kannan. "Med tanke på den där tror jag nog att jag måste det."

"Jag kan ta vara på mig själv."

"Klart du kan, och snart kommer du att vara tvungen till det också, så jag håller koll på dig tills dess."

Hon putade med underläppen och tog en klunk till. Det var lustigt det här med vin. Ju mer man drack, desto bättre smakade det. Hon tömde glaset medan hon lyssnade på barden som sjöng och spelade. Borden hade flyttats till sidorna av rummet så att gästerna kunde dansa, men det var fler som valt att spendera kvällen som henne, med ett glas i handen, än som dansade. Hon vände sig mot Garm igen och hann precis se hur han och Gerhain lämnade rummet.

Hon vände sig mot gästerna i salen igen, på god väg att bli ordentligt berusad och log mot några av dem som betraktade henne. Ganska många faktiskt. En av dem höjde leende sitt glas mot henne i en hälsning. Ett nytt ansikte. Det var svårt att se i skumrasket, men han såg ut att vara i trettioårsåldern och han hade svart hår, precis som henne, och varma glada ögon. Hon log tillbaka och höjde sitt glas till svar. En snabb glimt av intresse lös upp i hans ansiktet och hon vände snabbt bort blicken, bara för säkerhets skull. Hon firade ju sitt nya mansfria liv.

Rufus ursäktade sig och hon blev ensam.

"Får jag sitta här med dig?" hördes en mörk, varm röst och hon vände sig överraskat om. Mannen hon precis hälsat på tvärs över rummet stod nu vid henne och log med varma bruna ögon. Hjärtat hoppade över några slag och hon nickade med ett blygt leende.

Han slog sig ner bredvid henne och sträckte fram handen. "Jag heter Veskas och jag stannar här några nätter för att få en paus på min resa."

Hon tog hans hand i en snabb hälsning. "Haell. Jag är också bara här tillfälligt. Vart är du på väg, om man får fråga."

Veskas log brett. "Tyvärr inte till något spännande ställe. Jag är på väg hem till Ka'noor, i Kel provinsen."

"Ka'noor?" frågade hon med rynkad panna. "Var ligger det?"

"I Nef'rath", svarade han leende.

Hon drog sig bakåt. "Jag förstår."

"Har du något emot Nef'rath?" frågade han med en rynka mellan ögonen.

Hon ryckte på axlarna. "Nej, inte egentligen ... Jag har aldrig varit där, så jag kan ju inte ha något emot det. Det är bara det att jag stötte på en man från Nef'rath nyligen som inte var särskilt trevlig."

Veskas nickade och blinkade mot henne. "Men det är jag, hoppas jag. Och vad sysslar du med när du inte 'tillfälligt' är här då? Det är ett väldigt ovanligt ställe att springa på en mai'sheh."

"Jag är på väg till ... någonstans", sade hon med ännu en axelryckning.

Han höjde ögonbrynen. "Någonstans? Låter som ett jobbigt ställe att hitta till", sade han med glittrande ögon.

"Jo, jag vet inte vart jag ska."

Han höjde frågande ögonbrynen och hennes vinmarinerade hjärna fick henne att ge honom en snabbdragning av hela hennes historia. Från hennes mors död och styvfaderns attack till när den obehagliga magikern reste vidare från Gerhains borg. Det var nära att hon berättade om Garms 'nästan kyss' också, men hon beslutade i sista sekunden att det hade varit opassande.

Veskas satt tyst under tiden hon berättade och när hon slutligen tystnade såg han allvarlig ut. I några sekunder blev hon rädd att hon kanske sagt för mycket, men så sträckte han fram handen och kramade hennes. Han öppnade munnen för att säga något men just då kom Rufus tillbaka och ställde sig vid honom.

"Vem är du?" frågade Rufus.

"Hurså?" svarade Veskas och tittade undrande mellan henne och Rufus. "Är ni ett par? Jag ber om ursäkt i så fall." Han gjorde en ansats att resa på sig.

Hon gav Rufus en ilsken blick när han inte förnekade det, utan bara stod där med händerna på höfterna och väntade på att Veskas skulle gå.

"Vi är inte ett par", sade hon och grep tag i Veskas arm och drog bestämt ner honom på stolen igen. "Vi är bara vänner."

"Jag förstår", sade Veskas och sträckte ut handen mot Rufus. "Veskas. Jag är en resenär som tar några dagars paus från vägen."

Rufus ögon smalnade. "Så varför pratar du med Haell?"

Hon suckade. "Sluta vara så överbeskyddande Rufus. Vad kan hända i ett rum fullt med folk?"

Rufus vände sig mot henne och nu fanns det inga spår kvar av den gladlynta, busiga Rufus som hon var så van vid. "Du är berusad Haell och jag vill inte att någon främling utnyttjar dig."

"Ingen fara", skrattade Veskas med ett avväpnande leende. "Jag är inte ute efter att utnyttja någon. Jag pratade bara med henne för att jag har hemlängtan och hon påminner mig om hemma."

"Är du från Nef'rath?" frågade Rufus och slog sig ner på en ledig plats på andra sidan av henne.

"Ja. Jag har haft lite ärenden i Resmor och är på väg hem igen."

"Resmor?" sade Rufus och höjde ögonbrynen. "Då är väl det här en väldigt underlig resväg. Borde det inte gå mycket snabbare att resa genom Bora?"

Veskas skrattade till. "Verkligen. Men jag har även ärenden i Andrea, så jag tänkte passa på att göra dem på vägen, och få en liten utflykt på köpet. Det är sällan jag är i de här trakterna i normala fall."

"Bäst att inte stanna här för länge då", sade Rufus lite bistert och reste sig upp. "Jag ska gå och spela tärning med de andra. Men tro inte att jag inte håller koll på er."

När han gått fyrade hon av ett berusat leende mot Veskas. "Äntligen ensamma."

Han skrattade till och erbjöd henne mer vin.

Hon skakade på huvudet. "Nej tack. Jag tror att jag har fått tillräckligt för i kväll."

Han nickade och fyllde på sitt eget glas istället och lutade sig tillbaka medan han tankfullt smuttade på vinet. "Så du har inga riktiga planer för vart du ska ta vägen alltså?"

Hennes axlar sjönk. "Nej. Det är svårt. Jag kan inte få ett hem förrän jag har pengar, och jag kan inte få pengar förrän jag har ett jobb. Antar att jag måste hitta ett jobb först", sade hon fundersamt.

"Så vad vill du jobba med då?"

"Jag funderade på att jobba i en bar, eller på en taverna. Det testade jag ju på marknaden och det var ganska roligt."

Han nickade. "Jag kanske kan hjälpa dig."

Hon rätade på sig. "Kan du?"

"Jag har en del kontakter hemma, varav en av dem äger en liten taverna. Så det borde inte vara helt omöjligt att hjälpa dig att ordna ett jobb. I Nef'rath är det inget konstigt alls med en mai'sheh som jobbar bland människor, det är snarare ganska normalt."

Det pirrade till i hennes mage.

"Det vore ju fantastiskt!"

"Men det innebär ju att du måste följa med mig när jag åker", sade han allvarligt.

Dämpade varningsklockor började ringa och hon skakade på huvudet. "Jag tror inte att det skulle vara någon bra idé."

Han log och ryckte på axlarna. "Det är helt upp till dig, jag tvingar dig inte. Du är den som skulle vinna på det, det enda jag skulle få ut av det är en stunds sällskap på resan."

Det var klart frestande. Han erbjöd ju henne exakt det hon behövde, en tryggad framtid. Men hon kunde inte följa med en främling, hur snäll och trevlig han än verkade vara. I och för sig så kände hon inte Garm och de andra heller när hon slog följe med dem, men å andra sidan hade de varit fler och det fanns redan en kvinna i gruppen. Det var otäckare att slå följe med en ensam man.

"Ta inte illa upp, men jag känner dig ju inte", sade hon till slut.

Veskas skrattade. "Och jag känner inte dig och du är ju en mai'sheh ... en halvdemon. Så jag tycker nog att det känns som att det faktiskt är *jag* som tar den största risken här." Han blinkade mot henne igen.

Sant. I alla fall om hon hade vart en riktig halvdemon, med gåvor. Hon gjorde en liten grimas.

"Men du gör helt rätt i att vara försiktig", fortsatte han leende. "Jag har förresten aldrig sett en tornering förut så jag tänkte stanna och titta på den. Det innebär att du har nästan en hel vecka på dig att fundera på saken. Och om du vill kan vi ju umgås lite och lära känna varandra under tiden. För du skulle väl inte ha några problem med att resa med en vän? Men det är helt upp till dig. För min del spelar det ingen större roll, jag försöker bara var snäll eftersom jag tycker synd om dig."

Skulle hon verkligen lämna Garm nu när det började bli intressant? Nästa gång kanske det blev mer än bara en 'nästan kyss'. Och Rufus. Söta, rara, snälla, gulliga, roliga, underbara Rufus. Om hon fick välja skulle hon aldrig lämna någon av dem. Men hon visste ju att deras tid tillsammans var begränsad, oavsett om hon ville det eller inte. När de kom till Talbor skulle både Garm och Rufus återgå till sina vanliga liv och hon skulle lämnas åt sitt öde.

Hon bet sig i läppen och stönade inombords. Hon både ville och inte ville på samma gång.

"Det låter som en bra idé", sade hon till slut med ett leende och reste sig. "Tack för sällskapet ikväll, men nu tänker jag nog gå och lägga mig."

Veskas reste sig också och höll ut handen. "Tack själv", sade han när de skakade hand. "Det var skönt att slippa vara ensam en kväll. Sov gott shah'na."

"Du med."

Hon var nästan framme vid sitt rum när hon sprang, eller kanske snarare vinglade, rakt in i Garm. Han var precis i färd med att gå in i ett sovrum och svartsjukan slog till med full kraft.

"Nattliga aktiviteter?" frågade hon och plirade på honom.

"Ursäkta mig?" frågade han och vände sig mot henne med ett förvånat och roat uttryck i ansiktet.

"Smyger omkring här. Jag tror ju inte att du är på väg in i en mans sovrum", sade hon och stödde sig med handen mot väggen när golvet gungade till.

"Är jag inte?" frågade han.

Hon rynkade på näsan. "Nä."

"Men tänk om jag faktiskt är det?" sade han med ett fräckt grin.

Kunde han vara det? Hon öppnade och stängde munnen några gånger, oförmögen att komma på något bra att säga.

"Blev du stum nu?" frågade han med ett snett flin.

"Jag blir aldrig stum", sade hon och kliade sig frånvarande på magen. Hans blick följde hennes hand och höll sig kvar där en kort stund innan han höjde blicken igen till hennes varma, bultande ansikte.

"Är du berusad Haell eller har borgen börjat svaja på sistone?" frågade han med glittrande ögon.

"Bara lite salongsberusad."

"Mmm, en stor salong i så fall, full av sjömän", skrattade han. "Vad säger du, vill du följa med in och se vad som ska hända?"

Hon flämtade till och skakade häftigt på huvudet.

"Då önskar jag dig en god natt", sade Garm leende och öppnade dörren.

Hon tog ett snabbt steg framåt och kikade in i rummet med Garms rungande skratt ringande i öronen.

"Det är mitt rum, sötnos. Vill du komma in? Sova ruset av dig i min säng? Med mina armar om dig så att du inte svajar ur sängen?"

Hon ryckte till och tittade upp på honom med stora ögon. "Ja ..."

Hans ögonbryn drogs samman och han spände ögonen i henne. "Är det något du inte berättat för mig Haell?"

"Vaddå?" hon rynkade näsan.

"Jag skojade ju bara."

Hon rodnade och backade undan. Så klart att han gjorde. Hur dum var hon egentligen?

Hon höjde hakan. "Det vet jag. Jag bara drev med dig. Varför skulle jag vilja hoppa i säng med *dig*?"

Garms ögon smalnade och käkarna spändes. "Då antar jag att vi båda har haft lite skoj i kväll", sade han kallt. "Hoppas att du tar dig tillbaka till ditt rum utan att trilla omkull."

Med det gick han in och smällde igen dörren framför näsan på henne. Hon stirrade på den, både frustrerad av att han snäst av henne och sårad av utkomsten av samtalet. För andra gången den dagen.

Hon vandrade i väg i riktning mot sitt eget rum, som visade sig ligga förvånansvärt nära Garms. Inte för att hon brydde sig. Han var en skitstövel. I ena sekunden var han på väg att kyssa henne, i nästa var han dryg och dum.

Hon fnös högt när hon slängde upp sin egen dörr så att den slog i väggen med en dov smäll. I morgon var det hon som skulle lära känna Veskas. Hon skulle visa Garm att hon varken behövde eller ville ha honom.

Nästa morgon började hon med att söka upp Veskas vid frukosten. Han såg glatt förvånad ut när hon gick fram till honom.

"God morgon, får man göra dig sällskap?" frågade hon och hoppades att han inte skulle skratta åt henne eller säga något dumt.

Han log och makade sig åt sidan. "Självklart! Roligt att få lite sällskap."

"Mmm." Hon såg sig om i rummet för att se om hon kunde få syn på Garm, men han verkade inte ha kommit ner ännu, eller så hade han redan ätit.

"Var är dina vänner?"

Hon ryckte på axlarna och tog en bit bröd från fatet som stod framför Veskas.

Han tittade på henne och log snett. "Det är vackert väder, vill du följa med och ta en promenad i fruktträdgården?"

Hon nickade och plockade upp brödfatet. "Vi tar med oss det här."

Veskas skrattade till. "Frukost i det fria. Låter bra."

Värmen var nästan outhärdlig där hon satt bredvid Veskas på åskådarbänken och följde torneringen. Den hade redan pågått i flera timmar och om det inte varit för att Garm var med hade hon gått därifrån för länge sedan. Att se vuxna män på hästar pricka band och ringar med lansar var bara roligt en kort stund. Men det sista momentet, dusten, var inte alls som de lek-artade första momenten och såg ut att vara på blodigt allvar. Flera av riddarna hade redan burits av planen, några av dem med blodiga rustningar. Hon hoppades verkligen att Garm visste vad han gjorde.

De två lagen bestod av femton män med Gerhains riddare i blått och motståndarens i rött. Det verkade vara tillåtet att använda vilket vapen som helst och efter vad hon listat sig till så gick den här sista grenen ut på att få ner motståndarna från hästarna och sedan ta djuren. Det eller att helt enkelt försöka döda motståndaren. Hon var inte riktigt säker.

Hon följde Garm med blicken när han fick den stora hästen att dansande vända sig om så att han kunde höja skölden och ta emot ett slag från en av fiendernas stridsklubba. Klangen som uppstod vid träffen hördes hela vägen bort till läktaren.

Veskas skrockade till. "Vilken snygg räddning, han är duktig!"

Hon sneglade på Veskas och rynkade näsan. "Kanske det, men det måste ju göra ont!"

Han log och ryckte på axlarna. "Det gör det nog också, men han är säkert van."

Hon letade upp Garm med blicken igen och hann precis se hur han lämnade in en motståndarhäst. Ytterligare poäng till Gerhain och en riddare mindre på banan. Hon räknade snabbt ihop det röda laget till elva och det blå till tolv.

En enorm riddare dundrade fram bakom Garm. När riddaren närmade sig hans rygg lyfte han ett otäckt vapen hon aldrig sett förut. På ett armslångt träskaft satt tre långa kedjor med varsitt stort, taggigt klot i ändarna. Hon kände hur färgen lämnade ansiktet.

"Vad är det där för något?"

Veskas rynkade pannan och tittade mot Garm. "Jag tror att det heter stridsgissel."

Hon knöt händerna i knät och fäste blicken på Garm. Varför hörde han inte riddaren och vände sig om? Men han verkade ha siktet inställt på en motståndare några meter framför honom.

Stridsgisslet träffade Garm i sidan. En träff som även den hördes hela vägen upp till läktaren. För ett ögonblick såg han ut att sjunka ihop på hästen, men när han rätade på sig höll han svärdet redo i vänsterhanden.

Motståndaren ryckte i stridsgisslet och hon såg hur Garms kropp drogs med utan att vapnet lossnade. Garm sträckte sig mot riddaren och slet träskaftet ur mannens hand. I nästa sekund måttade han ett hugg mot mannen, med motståndarens vapen fortfarande hängande från rustningen. Motståndaren lutade sig flinkt åt sidan och Garms svärd strök vinande över bröstharnesket.

Garm vände hästen och måttade ännu ett svepande hugg mot den andra riddaren, men nu var han stel i rörelserna och inte lika kvick som innan han blev träffad och motståndaren väjde återigen utan någon större ansträngning. Ännu ett utfall från Garm fick motståndaren att flytta hästen åt sidan och lyfta sitt svärd, men i samma sekund lyfte Garm högerarmen och träffade motståndaren rakt i huvudet med en stridsklubba. Motståndaren gled av hästen i ett skramlade som överröstade allt annat ljud på arenan, men glädjen blev kort för samtidigt sjönk Garm ner över hästens hals och blev liggande. När hästen nervöst vände sig om såg hon mörkt blod rinna från stället där stridsgisslet fortfarande hängde i rustningen.

Veskas lutade sig framåt. "Oj, det där ser inte bra ut!"

Själv fick hon inte fram ett ord. Det enda hon kunde fokusera på var det där blodet och att Garm fortfarande låg ner.

En av motståndarna rörde sig mot honom. Om han inte kvicknade till snart kanske han blev ännu värre skadad.

"Får de döda varandra?" Det kom ut som en viskning.

Veskas tog hennes hand om kramade om den. "Det tror jag inte. De kommer nog bara att knuffa ner honom från hästen."

Motståndaren närmade sig med en stridsklubba i handen. Hon höll andan och knep ihop ögonen.

Veskas slappnade av och släppte henne. "Det gick bra. En i Garms lag tog hand om motståndaren. Nu leder de bort Garm på hästen."

Hon öppnade ögonen igen och mycket riktigt så leddes Garms häst bort till lagets bas av en av de blå riddarna. Rufus mötte upp dem och hjälpte Garm av hästen och bort mot sjuktältet.

"Vill du gå och se hur det är med honom? Jag kan vänta här så länge."

Hon skulle väl bara vara i vägen om hon gick dit, men för varje sekund som gick blev hon oroligare och oroligare för honom.

"Bara lite snabbt."

Veskas skrattade till. "Ta den tid du behöver."

Färden till sjuktältet gick tvärs genom de blå riddarnas bas, men hon ignorerade de frågande blickarna och rusade vidare. När hon kom fram till sjuktältet slet hon tältfliken åt sidan utan att tänka på vad som kunde finnas på andra sidan.

Garm stod strax innanför öppningen, med armarna rakt ut från sidorna, även om den högra armen hölls avsevärt mycket lägre än den vänstra. Rufus var i full färd med att plocka av honom rustningen. Under den bar han en uppsättning rost och svett fläckade linnekläder. Hela högra sidan, från strax över midjan, ner till fötterna, var blodig.

Rufus vände sig om och lyfte nästan ögonbrynen till hårfästet. "Haell? Vad gör du här?"

Hon klev in och stängde tältfliken bakom sig samtidigt som Garm vred på sig och tittade på henne.

"Förlåt för att jag brakar in så här, jag blev bara så rädd och ville se hur det var med honom. Hur det var med dig", skyndade hon sig att tillägga.

"Man har varit med om värre", sade Garm med pressad röst. "Lite omplåstring så blir det bra. Det tog rakt i revbenen."

En äldre man, i röd och brunfläckade vita kläder och ett skinnförkläde, tittade upp mot henne från patienten han hade framför sig på en låg tygbrits.

"Är du helare demon?" frågade han skarpt.

Hon tittade på Rufus som flinade till och vände sig sedan mot mannen. "Uhm, nej, inte vad jag vet."

Mannen vände sig mot henne med en blodig såg i ena handen som fick det att vända sig i hennes mage. "Då föreslår jag att du går tillbaka till åskådarläktaren där du hör hemma."

Rufus frustade till av skratt.

"Gör du som den goda doktorn säger", sade Garm med ett trött leende. "Jag vill kunna vara hur barnslig jag vill när han börjar rota runt i det här och det kan jag inte om du ska vara här inne."

"Ok. Men är det säkert att du kommer att bli bra?"

"Inte om du ska stå där hela dagen", muttrade läkaren.

Rufus flinade och schasade henne mot tältöppningen. "Han kommer att bli så gott som ny. Gå tillbaka till läktaren så ses vi vid banketten i kväll."

Hon kastade en sista blick på Garms sår och rös till. Det såg inte alls bra ut, men det såg säkert bättre ut så fort allt blod torkades bort. Hon nickade mot dem och vände tillbaka till läktaren.

Veskas reste sig och mötte upp henne.

"Hur var det med honom? Det såg ut att ha träffat på ett bra ställe i alla fall."

Hon nickade. "Det såg hemskt ut, men han sade att det träffat i revbenen och inte var någon fara."

Veskas nickade. "Kroppens egen rustning", sade han och log. "Vad säger du, vill du sitta kvar och se slutet eller ska vi hitta på något annat?"

Nu när Garm inte var med längre brydde hon sig inte ett skvatt om hur det gick, så hon nickade och krokade in sin arm i Veskas när han höll ut den.

"Då föreslår jag att vi går och svalkar oss lite vid dammen", sade han och styrde stegen ditåt.

Det var skönt att komma bort från lukterna och ljuden från tornerspelet, för att inte tala om hettan på läktarna. På avstånd kunde hon se att de inte var de enda som bestämt sig för att svalka sig lite. Stränderna runt dammen var fulla av människor som med upprullade byxor vadade längs strandkanten. Ett fåtal hade gått ett steg längre och badade. Inga kvinnor dock. De kvinnor som fanns där vadade sakta omkring med skorna på och kjolarna försiktigt lyfta strax över vattenytan.

Hon sparkade av sig skorna, drog ihop kjolen till ett bylte framför sig och vadade ut i vattnet. Det blev plötsligt tyst omkring dem.

Veskas ögon glittrade när han småskrockande drog av skorna, vek upp byxorna och följde henne ut i vattnet. Han verkade fullkomligt obekymrad av alla som pekade och stirrade på dem och det fick henne att tycka om honom ännu mer. Under de senaste dagarna hade han vuxit mer och mer på henne. Han var som en äldre, mognare variant av Rufus.

Vattnet var underbart mot fötterna och vaderna, men det var varmt. De behövde komma ut på djupare vatten om det skulle svalka ordentligt.

Hon gav honom ett busigt leende och nickade mot mitten av dammen. "Vad säger du, vill du gå djupare?"

Han kastade en blick mot åskådarna på stranden och började skrattande vika upp byxbenen så långt det gick. "Visst, så länge jag inte behöver ta av dem helt. Jag är blyg", sade han med en blinkning som sade raka motsatsen.

Tillsammans vadade de ut tills vattnet täckte knäna. Vid det djupet fick hon hålla både kjolen och de långa ärmarna i ett oformligt paket framför sig. Veskas gick bredvid och höll ett stödjande tag om hennes armbåge.

Plötsligt puttade han henne försiktigt i sidan med armbågen. "Titta! Du har startat en trend!" sade han med skratt bubblande i rösten.

Hon vände sig om och såg tre unga damer som försiktigt vadade genom det grunda vattnet vid strandkanten. Precis som alla andra. Hon rynkade på ögonbrynen och skulle precis fråga vad han menade, när hon insåg att de höll skorna i händerna!

"Frigörelse!" utbrast hon med ett brett grin. "Det visar att jag åtminstone är bra till någonting."

"Jag slår vad om att föräldrarna eller guvernanterna tycker precis tvärt om", sade han med ett skratt.

"Glädjedödare", skrattade hon och gav honom en lekfull knuff.

"Haell!!!" En gäll kvinnoröst bortifrån stranden fick henne att hoppa till och nästan tappa klänningsbyltet i vattnet. När hon vände sig om mötte hon Peraines lågande blick.

"Du kommer tillbaka hit på en gång!" skrek Peraine och pekade på marken framför sina fötter.

Det hade hon verkligen ingen lust till, men hon ville inte heller utsätta Veskas för en scen mellan henne och borgfrun. Särskilt inte inför alla åskådarna.

"Kom, vi går tillbaka", sade hon lågt.

"Det är nog klokt", sade Veskas mjukt.

Peraine såg anklagande ut när de kom upp ur vattnet och tog på sig skorna. "Jag märker att jag hade rätt om dig, inget man kan ha i ett civiliserat hem!" Rösten steg för varje ord.

Veskas lutade sig närmare Peraine. "Du ställer till en scen, Ers nåd. Vi kanske skulle diskutera det här när vi är tillbaka i borgen istället", sade han med den mjuka, lugna ton som hon tyckte så mycket om.

Peraine såg sig diskret omkring innan hon nickade nådigt mot Veskas. "Jag tackar Er, herr ...?"

"Veskas av Kel", fyllde han i.

"Veskas av Kel", sade hon belåtet och log. Men leendet falnade snabbt när hon sneglade mot Haell. "Jag blev så chockad och upprörd när jag såg vad som hände att jag helt förlorade fattningen."

"Förståeligt", sade Veskas torrt.

Väl tillbaka till borgen skickade Peraine iväg Veskas med några artighetsfraser och förde sedan med sig Haell till sitt gemak. Hennes följe verkade ha en ledig dag, för rummet var tomt och hon hade inte ett koppel av fnittrande damer efter sig som hon brukade.

"Hur tänkte du?" frågade Peraine med en röst som fortfarande darrade av känslor.

"Jag ber om ursäkt Ers Nåd. Men det var varmt och ingen verkade ta illa upp."

"Ta illa upp? Tror du ..." Peraine avbröt sig med en tung suck och gned sig på den stora magen.

Hon fick en oväntad släng av dåligt samvete när hon såg hur trött och sliten Peraine såg ut. Hon mindes hur jobbigt det varit för hennes mor mot slutet av graviditeterna och bestämde sig för att behandla borgfrun bättre. Oavsett hur sagda dam behandlade henne tillbaka.

"Jag är ledsen. Tänk på att jag är född och uppvuxen på en liten bondgård i Vinnor. Jag kan inte etiketten här i Solea. Tills för inte så länge sedan visste jag inte ens om att Solea existerade. Och sist men inte minst så vet jag definitivt inte hur det fungerar i adeln", sade hon och log snett. "Och jag tror verkligen inte att någon tog bestående skada av det här."

Peraine satte sig tungt i en av stolarna och studerade henne tankfullt. "Vet du, Haell", sade hon efter en stunds tystnad. "Jag har velat göra så där själv. Särskilt sedan jag blev stor och varm av graviditeten."

"Det förvånar mig inte", sade hon försiktigt. "Min mor var gravid nio gånger och hon hatade alltid att vara det på sommaren."

Peraine gjorde stora ögon. "Jag hoppas verkligen att jag inte behöver gå igenom det här nio gånger. Det skulle ta livet av mig!"

En bild av modern och den kaotiska, hemska sista födseln for genom hennes huvud och hon svalde tungt.

Peraine lade huvudet på sned och kisade mot henne. "Klänningen ser verkligen hemsk ut."

Hon tittade ner. Mmm, det började synas att hon haft den på sig dygnet runt i en vecka ... Och det kändes säkert på lukten också ... Hon grimaserade åt sig själv och tittade upp mot Peraine. Hade hon kanske ännu en avlagd klänning på lager?

"Det är tur att du åker strax. Innan det blir riktigt illa och jag måste skämmas ännu mer."

Haell log brett. Nu var allt som vanligt igen. Skönt. "Ja, verkligen. Jag kan knappt vänta", svarade hon flinande.

Peraines ögon smalnade olycksbådande. "Försvinn!"
Jajamensan. Allt var som vanligt igen.

18

Riddarsalen var fullare än vanligt då Gerhains granne valt att delta på kvällens bankett med sina riddare. Det gjorde att hon, Garm och Rufus blivit nerflyttade till de vanliga långborden. I ärlighetens namn var hon ganska nöjd med att inte sitta i allas blickfång längre, även om det var så trångt vid det nya bordet att hon knappt kunde röra sig utan att stöta till någon av bordsgrannarna.

Där hon satt kunde hon precis skymta Veskas ett bord bort. Han var i full färd med att konversera artigt med sin bordsdam. Detsamma gjorde Garm några platser bort. Han satt väldigt rakt, och när han rörde sig var det långsamt och behärskat. Vid minsta rörelse lade bordsdamen tröstande handen på hans rygg, arm eller lår. Något som fick Haell att vilja kasta sig över bordet och slita av den goda damen de gyllenblonda, perfekta lockarna.

Hon vände sig mot Rufus istället, men han satt tyst med en djup fåra mellan ögonen och blicken fäst vid vinglaset. Beteendet var väldigt olikt den vanligtvis glada och frejdiga ynglingen och hon undrade stilla vad som hänt, men med den höga volymen i rummet var det ingen idé att försöka ha ett förtroligt samtal med honom just nu.

I förbifarten noterade hon att mannen som satt mitt emot stirrade bistert på henne. Igen. Hon svarade med ett kokett leende och fladdrade med ögonfransarna åt honom. Mannens ögon smalnade ännu mer, samtidigt som han lade armarna i kors över bröstet. Fortfarande ilsket stirrande. Spännande ... Hon bestämde sig för att ignorera honom och vände sig mot Rufus igen, men han var precis på väg över till en av Peraines väninnor.

Alldeles ensam med en sur utsikt ...

"Hur mycket?" hördes en berusad röst bredvid henne. När hon vred på huvudet mötte hon den dimmiga blicken från en av motståndarlagets riddare. Mannens ansikte var rött och han stank av en blandning av svett, häst och smuts.

Hon höjde ögonbrynen. "För vad?"

I ögonvrån såg hon hur mannen mitt emot flinade och lutade sig över bordet.

"En halvtimme", sade den fulla riddaren och svajade till så att han nästan trillade över bänken.

"Vaddå en halvtimme?"

Mannen på andra sidan bordet brast ut i ett rungande skratt. "Skojar du med mig demon?" ropade han och den berusade riddaren vände sig ostadigt mot honom.

"Åh, var du först?" sluddrade riddaren och vände sig mot henne igen. "Jag kan vänta till efter honom."

"Hon är inte till salu!" Veskas röst lät så hård och mörk att hon knappt kände igen den när han kom och ställde sig bredvid henne.

"Är hon din?" frågade riddaren efter att ha lyckats fokusera blicken på Veskas istället. "Vad ska du ha för henne?"

"Hon är inte vad du tror, så ge upp och gå härifrån!" morrade Veskas.

Riddaren gjorde en ostadig gest mot henne. "Men hon är ju. ..."

"Försvinn!!" röt Veskas och gjorde en snabb gest med sin vänstra hand.

Riddaren blev vit i ansiktet, så kastade han en snabb blick på henne och slank bort ifrån bordet. Även mannen tvärs över bordet drog sig tillbaka och undvek att titta åt hennes håll.

"Kom", sade Veskas och lade handen lätt om hennes arm. "Vi går härifrån."

"Tack för hjälpen", sade hon medan hon reste sig. "Jag förstod inte att han ..." Hon avslutade med en generad grimas.

Veskas skrattade till. "Ingen fara. Jag kunde ju inte bara sitta och se på när du blev antastad så där."

De lämnade riddarsalen och gick ut till rosenträdgården. Kvällsluften var sval mot hennes hettande kinder och det var skönt att komma bort från oljudet inne i salen.

Hon sneglade på honom där han gick bredvid henne och tittade på de olika rosorna. "Vad var det du gjorde med handen och varför såg han ut som att han inte kunde försvinna snabbt nog?"

Han skrattade till och höll upp handen mot pannan i en halvsluten gest med utsträckt tumme och lillfinger. "Det är ett tecken som identifierar en ka'urman."

"Ka'urman?" Hon stannade tvärt.

Ett förvånat uttryck for över hans ansikte, sedan log han ursäktande och höll upp handflatan. "Ta det lugnt. Jag är ingen ka'urman. Hade jag varit det hade jag ju varit täckt av brännmärken och det ser du ju att jag inte är."

Hon tittade misstänksamt på hans fortfarande utsträckta hand. "Så varför kan du tecknet för dem då?"

Han höjde ögonbrynen och skrattade till. "Jag är född och uppvuxen i Nef'rath, Haell. Det vore väl konstigt om jag inte kunde något om Ka'urmans då? Och det hjälpte oss ju ur situationen, eller hur? En riddare är fortfarande en riddare även när han är full, och jag är ingen slagskämpe."

Hon nickade och lade handen på hans. Veskas kramade den lätt innan han släppte och de började gå igen.

"Så, vad är du då?" frågade hon och tittade upp på honom.

"Jag är markägare."

"Mmm, så vad hade du för ärenden i Vinnor då?" Hon sparkade till en sten så att den for in i en av rosenbuskarna med ett högt prasslande.

"Studerade. Vinnorbönderna är ju världskända för sina kunskaper inom jordbruk, så jag var där för att se om man kunde lära sig något nytt."

"Så du är bonde?"

Veskas förde bort henne till en stenbänk inne i en rosenberså. När de satt sig ner plockade han en liten vit ros från busken bakom dem och stoppade in den bakom hennes öra.

"På sätt och vis."

"Avbryter jag något?" Garms torra röst fick henne att rycka till och titta upp. En obehaglig känsla av att bli påkommen spred sig i maggropen.

"Nej, vi tog bara en paus ifrån oväsendet där inne", sade hon och reste sig upp.

"Jag förstår", sade Garm med en menande blick mot rosen.

"Vad gör du själv här?" frågade Veskas kort. "Med tanke på att det är en kvinna som försöker gömma sig längre ner längs stigen är du nog inte så oskyldig själv."

Hon tittade genast bortåt stigen, men kunde inte se något.

Garm spände ögonen i Veskas. "Hur kunde du veta det?"

"Jag såg henne och lade ihop två och två", sade Veskas och reste sig upp. "Nu får du ta och bestämma dig. Vill du ha Haell för dig själv eller inte?"

Garm skakade skrattande på huvudet samtidigt som han klev bakåt och gjorde en menande gest mot henne. "Varsågod, hon är din om du vill ha henne. Om hon vill ha dig vill säga." Med det vände han och gick tillbaka till damen som dök upp från bakom en stor, röd rosenbuske längre ner längs stigen.

Hon harklade sig och tog bort rosen. "Det här är inte en tävling och jag är inte priset!"

Veskas såg beklämd ut. "Det trodde jag inte heller. Förlåt. Jag blev bara så trött på att han uppför sig som att du tillhör honom."

"Det gör han väl inte!"

"Inte? Har du aldrig sett hur karln tittar på dig?" frågade Veskas med höjda ögonbryn. Det såg ut som att han tänkte säga något mer, men istället skakade han på huvudet och lämnade bänken.

Frustrerat slängde hon blomman i marken. Varför uppförde sig Garm som att han inte brydde sig ifall det Veskas sade var sant?

En man och en kvinna dök upp runt hörnet, på väg in i bersån. Bägge berusade och fnittrande. Bägge troligtvis gifta med någon annan. Hon tog det som ett tecken på att det var dags att gå och gick tillbaka till sitt rum.

Nästa morgon vaknade upp hon till åska och regn. Med andra ord till en dag för inomhusaktiviteter. Vad det nu kunde vara för hennes del. Männen skulle säkert spendera dagen med att kasta tärning i riddarsalen. Kvinnorna, de andra kvinnorna det vill säga, skulle troligtvis spendera den i Peraines gemak.

Hon klev ur sängen och förvred ansiktet till en äcklad grimas när hon kände hur illa hon luktade. På tiden för både ett bad och ett klädombyte. Sorgset förde hon händerna över det mjuka sammetstyget. Tänk att den kanske skulle gå upp i lågor snart. Hon hoppades att Peraine inte menat vad hon sagt.

När hon gick över till tvättfatet fick hon känna den där härliga doften igen och grimaserade ännu en gång. Klänningen fick säga vad den ville, men det var verkligen dags för ett bad och ett ombyte. Hon skrattade tyst för sig själv. Det kanske slutade med att Peraine brände klänningen bara för luktens skull.

Det kostade henne otroliga trettio kopparmynt bara för att få ett bad på rummet. Tjänarna hävdade att hon skulle bada bakom en skärm i köket, som alla andra ofrälse gjorde, men hon ville inte lämna ut sig så i ett rum fullt med folk och med bara en ranglig tygskärm som skydd.

Vinden utanför tilltog och regn började väta golvet nedanför fönstret. Huttrande tvingade hon sig upp ur det fortfarande ljumma vattnet och skyndade fram till fönstret för att sätta upp den skyddande skärmen. Iskall drog hon sedan på sig sina gamla skinnkläder igen och gick ner till riddarsalen för att värma sig vid elden som alltid brann i den stora eldstaden.

Det var några tärningsspel igång runtom i salen, men humöret var lågt och de flesta satt tysta och håglösa och verkade mest bara vänta ut regnet.

Hon slog sig ner på en bänk framför eldstaden och började torka håret i värmen från brasan genom att dra fingrarna genom de blöta testarna.

Efter en stund slog Garm sig ner bredvid henne och hon tittade överraskat upp på honom. Sedan episoden i rosenträdgården kvällen innan hade hon nästan trott att han inte ville ha något mer med henne att göra. Inte efter att han så glatt 'gett bort' henne till Veskas.

Garm nickade mot henne, sträckte ut benen mot brasan och grimaserade när han kände hur varmt det var. "Vi åker i morgon."

"Redan? Är du tillräckligt återställd då?"

Han rörde försiktigt vid sin sida och grymtade till. "Det är bra nog. Att sitta på en hästrygg kommer inte att ta kål på mig", sade han och suckade sedan tungt. "Vill du att jag ska fråga Veskas om han vill slå följe med oss i morgon?"

"Slå följe?"

Garms ansikte slöts. "Ja."

"Veskas är bara en vän och jag kommer inte direkt att bryta ihop om vi lämnar honom här." Hon log snett när hon såg Garms axlar sjunka tillbaka till sina normala lägen. "Fast, han har ju lovat att försöka hjälpa mig att ordna ett jobb i Nef'rath, och jag reser nog hellre vidare med honom sedan än blir helt ensam när du och Rufus kommer fram till Talbor."

Han rynkade på ögonbrynen. "Nef'rath? Och vad för slags jobb skulle det vara?" Axlarna hade åkt upp igen.

"Ölflicka, som på marknaden. Han känner tydligen någon som har en taverna där uppe."

"Är inte det ett lite väl lyckligt sammanträffande?" sade Garm och studerade henne. "Vad händer om han bara ljuger för dig då? Det här är ju den andra personen från Nef'rath som vill att du följer med honom."

Hon ryckte på axlarna. "Men Veskas är ju ingen Ka'urman, så han vill i alla fall inte ... ja ... du vet ..."

Garm satt tyst några sekunder och betraktade henne. Så suckade han och slog ut med ena handen. "Nåja, han erbjuder dig något som du verkligen behöver, så du har väl rätt i att det vore bra om han följde med. Jag letar upp honom och frågar. Förhoppningsvis får jag ett grepp om hur han är under resan, för jag gillar inte riktigt tanken på att du ska fortsätta ensam med honom sedan."

"Det måste väl ändå vara säkrare för mig att resa tillsammans med honom än att resa helt ensam?"

Garms ögon smalnade. "Kanske. Beror på vad han kommer att göra när ni är ensamma. Han är förälskad i dig. Jag vågar satsa min rustning på det."

Veskas? Förälskad? Hon kunde inte annat än skratta åt det komiska i att både Garm och Veskas beskyllde varandra för att vara förälskade i henne, när igen av dem faktiskt var det.

"En rustning som du avskyr och skulle älska att bli av med", sade hon och blinkade mot honom.

Garm morrade. "Ja, kanske. Men jag säljer den hellre än att förlora den i ett vad", sade han och ansiktet bröts upp av ett leende. "När vi ändå pratar om pengar ... Jag

146

köper en häst till dig i morgon. Så hädanefter behöver du inte sitta hopträngd med mig längre."

Det glada humöret rann av henne. "Åh, jaså."

"Mm, jag går och pratar med honom på en gång för det är väl lika bra att förslaget kommer från mig. Vi ses vid middagen", sade han och reste sig.

19

Det var sen förmiddag och vädret var nästintill perfekt. Inte för varmt, och inte för kallt. Solen strålade och höll humöret uppe medan lätta vindpustar höll temperaturen nere på lagom nivåer. Landskapet de red genom bestod av jordbruksmark med små utspridda gårdar och byar här och var. Det var inte mycket aktivitet ute i markerna och hon förmodade, med tanke på kurrandet i hennes mage, att de flesta var inomhus och åt kvällsvard.

Hon red på hästen Garm köpt åt henne samma morgon. En mörkbrun märr som kommit upp sig tillräckligt i åren för att passa en ovan ryttare. Som tur var verkade hästen fullkomligt nöjd med att följa efter Garms och Rufus hästar, men hon kunde inte låta bli att oroa sig lite för vad hon skulle ta sig till om den fick för sig att gå åt något annat håll. Eller, ve och fasa, fick för sig att galoppera iväg. Hon knöt händerna hårdare om de ovana tyglarna.

Bredvid henne red Veskas på en vacker, svart hingst som först inte gått ihop riktigt med Garms stridshingst, men nu verkade det ha lugnat ner sig mellan de två djuren. Det verkade även ha lugnat ner sig lite mellan de två männen. Hon hade till och med sett Garm ge Veskas en kamratlig klapp på axeln innan de lämnade borgen samma morgon. Vad som än hänt sedan Garm lämnade henne vid brasan dagen innan, verkade det ha fört de två männen ett steg närmare vänskap.

Hon tittade mot Veskas och rynkade på ögonbrynen. Ansiktet var spänt och blekt och hon kunde se svettpärlor i pannan och tinningarna.

"Mår du bra?" frågade hon låg.

Han drog på munnen. "Ingen fara. Jag är bara inte van vid att rida så här länge i sträck", sade han mjukt och tvekade lite. "Jag tänker nog stanna och vila en stund, så rider jag ikapp er sedan."

"Skulle inte det bli ännu jobbigare? Jag menar, att jaga ikapp oss?"

Han ryckte på axlarna. "Nej, det är tiden som är jobbig, inte hastigheten."

"Vi kan ju ta en paus allihop, du behöver inte pausa själv."

"Nej!" sade han snabbt. "Jag vill inte vara till besvär. Jag känner mig fortfarande lite som en inkräktare i gruppen", fortsatte han med ett snett leende.

Hon öppnade munnen för att säga emot, men han log och skakade på huvudet. "Du behöver inte säga något. Jag vet att Garm och Rufus tycker att det är lite ovant att jag är med er. Det kommer att ta ett tag för alla att vänja sig vid varandra och jag vill inte ge dem några skäl att irritera sig på mig. Vi passerade en träddunge för inte så länge sedan. Jag rider tillbaka dit och vilar lite, så kommer jag ikapp er sedan."

"Men om vi stannar till någonstans då? Du kommer ju inte ha någon aning om vart vi är."

Han blinkade och log. "Jag hittar er, oroa dig inte."

Hon följde honom med blicken när han vände och red bortåt vägen, sedan ryckte hon på axlarna och red ikapp Garm och Rufus.

"Var har du Veskas?" Rufus såg sig förvånat omkring.

"Han stannade för att vila."

"Ensam?" Garm höjde ögonbrynen.

Hon ryckte på axlarna. "Han ville inte vara till besvär."

"Bara han hittar oss sedan. Det börjar bli sent och stackars gamle Garm här behöver en mjuk säng i natt." Rufus flinade.

"Passa dig för vem du kallar gammal", morrade Garm.

Rufus skrattade till.

"Om jag inte missminner mig", sade Garm och satte sig stönande bättre tillrätta i sadeln, "kommer vi snart till en by med ett värdshus. Jag vet inte vad ni tycker, men jag stannar nog gärna där för natten."

"Mjo", sade Rufus och gned sig flinande över magen. "Och det börjar bli tomt i lilla magen."

Veskas hann ikapp dem bara minuter innan de kom fram till en stor byggnad med en skylt utanför som föreställde en oxe med en ölbägare mellan hornen.

Värdshusvärden på "Den Törstiga Oxen" visade sig strunta fullkomligt i att hon var halvblod, så länge hon kunde betala för sig. Däremot fanns det bara två rum kvar och Veskas vägrade av någon outgrundlig orsak att dela rum. Så det slutade med att Veskas sov ensam i det ena rummet, medan hon, Garm och Rufus trängde ihop sig i det andra. Garm, motvilligt muttrande, i sängen och hon och Rufus på golvet.

Innan de lade sig hade Garm lagt på en otäckt luktande salva på såren och synen av dem hade skakat om henne ordentligt. De var större än han låtsats om och otäckt röda med var och vätska som sipprade ur flera av dem.

En minnesbild av läkaren vid torneringen dök upp, och hans fråga om hon var en helande demon. Hon hade inte riktigt hunnit funderat på det där med gåvor, inte annat än att hon var ganska säker på att hon inte hade några. Men nu när hon låg där i mörkret och lyssnade på de andras andetag och ljuden från tavernan under dem, började hon undra om det kanske faktiskt var så att man var tvungen att upptäcka dem för att veta att man hade dem?

"Garm? Är du vaken?" viskade hon.

"Mm, hurså?" Hans raspiga viskning hördes lätt ner till henne där hon låg.

"Vet du något om demoner och demonblandningar som mig? Jag tänkte på hur de upptäcker sina gåvor?" frågade hon lågt.

"Va?"

"Ja, du vet ... Vet de automatiskt vad de kan göra, eller måste de upptäcka det?"

En lätt suck hördes uppifrån sängen. "Hur ska jag kunna veta det Haell? Jag är väl varken demon eller halv-demon?"

"Nej, det är sant", sade hon och kände kinderna hetta i mörkret. "Men du har ju varit runt dem förut."

Ännu en suck, högre den här gången. "Jag dödade dem. Det är inte direkt ett bra tillfälle att stanna upp och bli kompis med dem, eller hur?" frågade han trött.

Ett dämpat skratt hördes från andra sidan rummet.

"Du stannar utanför det här Rufus", morrade Garm.

"Förlåt. Kunde inte hjälpa det. Du skulle testa att faktiskt viska. Eller är det omöjligt med det du kallar röst?"

Garm svor och nu var det hennes tur att skratta till.

"Ledsen Garm. Jag stoppar fingrarna i öronen och sover nu. Lovar", sade Rufus med skrattet bubblande i rösten.

"Bra", sade Garm kort utan att ens försöka viska.

"Tänk om jag måste upptäcka det själv?" frågade hon.

"Va?" Garm började låta irriterad.

"Ja, med krafterna?"

"Tänker du testa varenda tänkbar sak, eller vaddå?" frågade han med en röst som sade henne att han hellre ville sova.

"Nej, självklart inte. Jag bara funderade på vad den där läkaren sade, när han frågade om jag var en helare. Tänk om jag är det och bara inte vet om det?"

"Och nu vill du prova?" En antydan till intresse hördes i rösten.

"Ja. Men jag har ingen aning om vad en helare gör", sade hon lågt.

"Bara sätt händerna över ett sår, så kanske en eventuell gåva börjar fungera av sig själv", föreslog Garm.

"Och du ska nog tänka på att hela såret", lade Rufus till.

"Är du en expert helt plötsligt?" frågade Garm syrligt.

"Nej, men det lät ganska självklart", skrockade Rufus. "God natt nu."

"Jag skulle gärna vilja prova, om det går bra för dig?" Ett upphetsat bubbel hade vaknat i hennes mage.

Garm tvekade några sekunder, sedan kom det kärvt, "Ja. Men jag tänder inte ljuset. Kan du se ändå?"

"Ja då. Inga problem."

"Ok, vänta."

Hon kunde höra honom röra sig när han drog upp tunikan och tog bort förbandet.

"Så där, nu är jag klar", sade han efter några sekunder. Han lät både upphetsad och tveksam på samma gång.

Hon satte sig på sängkanten så att hon hade hans rygg mot sig. Han hade lagt sig på sidan så att hon lättare skulle komma åt såren. Först började hon med att gnugga händerna mot varandra för att få lite värme i dem. Inte för att det spelade någon roll eftersom hon ändå inte skulle nudda honom, men det kändes bättre. När de var varma nog höll hon ut dem över honom på någon centimeters avstånd från såren. Hettan som strömmade från honom kändes tydligt i handflatorna och fick henne att undra om allt verkligen var som det skulle med honom.

Med slutna ögon försökte hon visualisera hur såren läkte under hennes händer. Hur musklerna bands samman, varet tunnades ut för att till sist försvinna, sårytan fick friska skorpor för att sedan ersättas av frisk hud.

Eftersom hon inte visste hur lång tid det skulle ta beslutade hon sig för att långsamt räkna till hundra. Men när hon tillslut öppnade ögonen kunde hon besviket konstatera att det enda som hänt var att hennes handflator börjat pirra lätt, och det var förmodligen bara för att hon höll dem så nära honom. Sänkte hon dem bara en centimeter skulle hon känna hans mjuka, hettande hud mot sin ... Hon skakade på huvudet och ryckte bort händerna.

"Jag är ledsen Garm, inget hände", viskade hon.

"Det gör inget", svarade han lågt men hon kunde höra på hans röst att han var lika besviken som henne, om inte mer.

20

Tre dagar senare blev Garm sjuk. Rejält sjuk. Han hade sett sämre ut för var dag som gått, men insisterat på att han mådde bra. Men nu var ansiktet rött, svullet och svettigt och han satt hopsjunken och svajade oroväckande på hästen.

De beslöt sig för att stanna för dagen och letade upp en trygg och undanskymd glänta att slå läger i. Rufus och Veskas hjälpte ner Garm, halvt medvetslös, från hästen medan hon gjorde iordning en så bekväm bädd som möjligt med hans filtar.

Så fort Garm blivit lagd tillrätta på filtarna satte Rufus igång med att få av honom skinntunikan. Huden under var lika blankröd och svullen som ansiktet och förbanden, som säkert varit vita från början, var nu gulbruna och satt ordentligt fast när Veskas försökte lossa dem. När de tillslut släppte rann tjockt var ur såren och en kväljande lukt steg från dem. Synen, och doften, fick blodet att frysa i hennes ådror.

Rufus svor med tjock röst och satte sig med en tung duns bredvid vännen.

Veskas såg både arg och förskräckt ut. Han grep tag i Garms haka och stirrade in i de dimmiga ögonen. "Använde du salvan jag gav dig?"

Garm nickade långsamt och klippte med ögonen.

"Hur ofta?"

"En ... eller två ... om ... dan..."

En iskall kår löpte längsmed hennes ryggrad. Garms tal var långsamt och han sluddrade så kraftigt att det var svårt att förstå vad han sade.

"Inte i närheten av ofta nog! Och inte ser du ut att ha bytt förband heller! Ingen salva i världen fungerar ju om du hela tiden täcker över skadan med gammal smuts! Det är ju ett mirakel att du överlevt så här länge som krigare!"

Garm grimaserade svagt och Veskas tog ett djupt andetag för att lugna ner sig.

"Har du någon alkohol?" frågade han Garm, lite vänligare.

Garm skakade långsamt på huvudet.

Veskas vände sig mot Rufus. "Har du?"

Även han skakade på huvudet med beklämd min.

"Vi måste ta upp såren, ta bort allt som inte är friskt och skölja rent med alkohol. Gör vi inte det kommer han att dö!"

Hon drog efter andan och kände hur marken började gunga under henne. Garm? Dö?

"Jag rider tillbaka till den sista byn vi passerade. Det måste ju finnas någon där som har något jag kan köpa. Det finns väl inte ett hushåll i världen med en karl i som inte har sprit av något slag", sade Rufus och kom på fötter. "Jag är snart tillbaka!"

"Bra. Och köp med dig lite tyg också som vi kan använda till nya förband. De måste bytas minst en gång om dagen. Inte undra på att han har blivit sjuk när han hela tiden använt de gamla." Veskas kastade iväg de illaluktande förbanden med en ilsken rörelse.

155

"Ska han inte hämta en doktor också?" frågade hon hest medan Rufus steg upp och vände hästen.

"Nej. Hela hans kropp är förgiftad vid det här laget. En läkare kan inte göra något åt det", sade Veskas och mötte allvarligt hennes blick. "Jag är ändå bättre än någon doktor. Så länge Rufus återvänder med lite alkohol och tyg kommer Garm att klara sig."

Hon rynkade ögonbrynen och betraktade honom tyst. Om han påstod sig kunna rädda Garm bara med hjälp av lite alkohol och tyg, borde en läkare definitivt också kunna det. Men vad visste hon.

Rufus nickade allvarligt mot dem och red iväg. Den sista byn de passerat låg nästan en timme bort och även om han red hästen så hårt han vågade skulle det fortfarande ta en bra stund innan han var tillbaka. Förutsatt då att han hittade det de behövde i närmsta byn. Det molade till i magen på henne.

Garm drev bort i medvetslöshet och Veskas passade på att ge sig av för att försöka hitta en vattenkälla. Under tiden satte hon sig bredvid Garm och baddade försiktigt hans glödheta panna med vatten från sitt vattenskinn. Kunde det hjälpa till att kyla ner honom lite var det väl värt risken att hon blev av med sitt sista vatten om inte Veskas hittade mer.

Sammanbitet betraktade hon Garms rödflammiga ansikte. De små linjerna runt munnen och ögonen var betydligt djupare än de brukade av svullnaden och det ilade till i maggropen på henne. Dumma, korkade, idiotiska Garm! Som Veskas sade, Garm var ju soldat, han måste ju veta hur skador skulle skötas! Så varför hade han inte bytt förband? Och ännu viktigare, varför hade han inte sagt något innan det var för sent?

Hon skakade på huvudet och vätte hans läppar med vatten från vattenskinnet. Även om han inte fick i sig något så kändes det i alla fall lite bättre. Med så hög feber behövde han få i sig vätska. Frestelsen att försiktigt hälla lite i hans mun fick det att klia i henne, men hon vågade inte försöka. Det vore just snyggt om Veskas kom tillbaka och fann att hon dränkt hans patient medan han var borta.

Ett utdraget gnäggande från utkanten av gläntan fick henne att vända blicken mot Garms häst. Det stackars djuret hade varit oroligt ända sedan Rufus och Veskas lyfte ner Garm från dess rygg. Nu gnäggade hingsten hjärtskärande igen och stegrade sig. Även om det skrämde vettet ur henne att närma sig den uppjagade, stridstränade hästen, reste hon sig och gick bort för att försöka lugna ner den.

Men det visade sig snabbt omöjligt att komma nära det stressade djuret. Så fort hon kom inom några meters avstånd från den stegrade den sig och försökte stampa ner henne med framhovarna. Det var inte förrän Veskas kom tillbaka från en fruktlös vattenjakt och lyckades få i hästen en sött doftande rot som den lugnade ner sig och blev stående med hängande huvud och rullande ögon.

Hon betraktade hästen och vände sig mot Veskas. "Vad gav du den???"

"Bara en mild drog", sade han och vände tillbaka mot Garm.

Ett styng av besvikelse for genom henne.

"Använder du droger?"

Veskas vände på huvudet mot henne och log snett. "Det är bara en ytterst mild sort. Det är en del av vår kultur, Haell. Jag använder den aldrig, men av någon orsak så är det sed att alla Nef'rathier ska ha med sig en när de reser."

Hon höjde ögonbrynen och pekade mot hästen. "Mild?? Den lugnade ju precis ner en häst!"

Veskas fick ett förvånat uttryck i ansiktet och skrattade till. "Så klart! Jag gav ju honom hela roten! En människa tar bara en liten, liten bit och tuggar på."

"Men är du säker att hästen klarar sig då?"

"Visst. Så länge vi inte försöker rida honom så blir allt bra. Vi ger de här rötterna till hästar då och då när de behöver lugnas ner och det har hittills aldrig skadat någon. Jag vet vad jag gör Haell, oroa dig inte", sade han med ett mjukt leende. "Jag vet att du är orolig för Garm och jag kommer inte att skada varken honom eller hans häst."

Hon nickade motvilligt och slog sig ner vid Garms fotände medan Veskas pysslade om honom i väntan på Rufus.

Efter vad som kändes som en evighet återvände Rufus, närapå i upplösningstillstånd.

"Jag var så stressad när jag red härifrån att jag helt glömde bort att memorera var gläntan låg! Jag måste ha letat igenom halva den här förbannade skogen efter er!" ropade han när han kom inridande. "Är han fortfarande ok?"

"Han lever fortfarande om det är det du menar. Han slutade vara ok för flera dagar sedan", sade Veskas kort medan han tog flaskorna som Rufus höll fram mot honom. "Vad är det här?" frågade han sedan och höll upp en flaska fylld med en gulbrun vätska.

"Jag är ledsen, det där var allt de hade. Har ingen aning om vad det är, men gubben jag köpte det av sade att det var starka grejer."

"Gudarna ska veta om jag vågar hälla det här i hans sår", sade Veskas tveksamt och höll upp flaskan mot ljuset så att det tydligt syntes hur grumligt innehållet var.

"Kan du inte filtrera det genom tyget jag köpte då?" frågade Rufus.

Veskas rynkade pannan medan han studerade vätskan. Så ryckte han på axlarna. "Det är väl värt ett försök antar jag", sade han tveksamt och vände sig mot henne. "Du kanske skulle ta en promenad? Rufus kan hjälpa mig med det här."

"Men jag vill hjälpa till!"

Veskas ögon smalnade när han studerade henne, men så nickade han till slut.

"Men jag har inte tid för någon hysteri", varnade han.

"Jag ska sköta mig", sade hon allvarligt.

Veskas beordrade henne att tända en brasa medan han undersökte Garm. När elden fått tillräcklig fart tog Veskas sin kniv och höll den en stund i flammorna för att sedan lägga den på en sten i närheten av elden. Medan kniven svalnade berättade han för henne och Rufus vad han tänkte göra och vad han förväntade sig av dem. Hennes uppgift blev att hålla fast Garms ben så gott hon kunde medan Rufus höll fast hans armar och överkropp. Garm var visserligen medvetslös, men Veskas förklarade att det fanns en risk att han kanske vaknade upp under operationen och då gällde det att de höll fast ordentligt.

Hon hoppades innerligt att Veskas visste vad han gjorde när hon lade sig över Garms ben för att tynga ner dem med sin kropp. Hela proceduren de var på väg att utföra kändes fel och en liten röst inom henne envisades med att de bara skulle göra allting värre.

Det ilade till i henne när Veskas plockade upp kniven och hon gömde ansiktet mot Garms feberheta ben. Musklerna spändes under henne, trots att han fortfarande var medvetslös, och hon stönade plågat. Veskas måste ha satt igång. Hon inbillade sig att hon kunde höra hur kniven skar genom Garms hud och muskler. Ett strävt, rivande ljud.

När Veskas tillslut lade ifrån sig kniven tog en febril konversation över mellan honom och Rufus medan de rengjorde såren med hjälp av alkoholen. Hon försökte att inte lyssna, men det var omöjligt att inte höra dem. Tonen på Rufus röst när de såg hur långt infektionen spridit sig, genom stora delar av bukhålan upp mot bröstkorgen. Veskas pressade, korthuggna, nästan ilskna svar.

"Det här är för allvarligt Veskas! Vi måste ta honom till en läkare! Han kommer att dö om vi fortsätter!" Rädslan lös igenom när Rufus pratade.

"Ingen läkare kan ordna det här och det vet du!" Veskas lät lugnare än Rufus, men det fanns en antydan av oro i rösten. "Gör som jag säger nu och sluta ödsla tid. Vi behöver göra fler snitt."

Motvilligt lyfte hon huvudet. Veskas hade skurit upp alla skadorna och blod och var rann från dem. Mestadels var. Just nu höll han på med ett snitt strax ovanför naveln, trots att hon visste att Garm inte haft något sår där. När han var nöjd med snittet sköljde han det ordentligt med alkohol som han hällde genom en tygbit som Rufus höll upp. En kväljande, rutten doft hängde i luften.

Veskas rätade på ryggen och borstade bort en hårtest från ena ögat med baksidan handleden. "Det är för mycket. Jag kan inte skära upp hela honom. Det skulle garanterat döda honom om nu inte infektionen gör det."

Rufus drog ett ojämnt andetag. "Så vad menar du att vi ska göra? Bara vänta tills han dör?" frågade han i en låg och anklagande ton.

"Det måste finnas *något* vi kan göra!" Hon kunde inte vara tyst längre. Så fick väl Veskas kalla henne hysterisk om han ville. Men de kunde inte bara ge upp och låta Garm dö framför deras ögon.

Veskas studerade henne en stund under tystnad, sedan suckade han och reste sig upp. "Jag måste tyvärr be er två att lämna oss ensamma."

"Va?" Hon kunde inte tro sina öron.

"Vaddå, ska vi lämna honom att dö ensam?" frågade Rufus argt.

"Nej", svarade Veskas lugnt. "Om ni lämnar honom här med mig i ... hmm ... fem dagar, ska jag se till att han överlever."

"Det är omöjligt", bet Rufus av.

"Lita på mig för tusan", morrade Veskas. "Rid till närmsta by med ett värdshus, stanna där i fem dagar och kom tillbaka hit sedan! Om han försämras under tiden ni är borta lovar jag att hämta er så att ni hinner ta farväl."

Hon mötte Rufus blick, oförmögen att ta det beslutet själv. Men han verkade titta på henne av samma orsak.

"Du är ingen doktor, du är en markägare", sade hon till slut.

"Det stämmer kanske. Men jag är från en väldigt avlägsen del av Nef'rath. Vi lär oss tidigt det vi behöver för att överleva", sade han och suckade tungt. Han såg trött, ledsen och uppgiven ut. "Jag vet hur du känner för honom

Haell, men han har blivit min vän också och jag ska göra allt jag kan för att rädda honom."

Hon kastade en lång blick på Garm, fortfarande medvetslös och nu full av öppna sår efter Veskas ingrepp. Det var bara så, så fel! Men vad mer kunde de göra? Förutom då att strunta i Veskas och hämta en läkare mot hans vilja. Men av någon anledning sade hennes magkänsla henne att Veskas verkligen trodde att han kunde rädda Garm. Hon bet ihop och grep tag i Rufus arm och släpade bort honom till hästarna.

"Ska vi verkligen lita på honom?" frågade han lågt medan hon snabbt sadlade sin häst och satte upp.

"Jag har ingen aning. Magkänslan säger mig att han tror på det han säger, men den säger mig också att hoppet är ute", sade hon med tjock röst och tittade bort mot Garm. Veskas satt på huk bredvid honom och det såg ut som att han bara väntade på att hon och Rufus skulle ge sig av. Varför var han tvungen att vara ensam för att kunna rädda Garm?

Hon suckade och vände sig mot Rufus igen. "Jag kommer att hata mig själv för resten av livet om det här går åt skogen, men jag ger mig av. Det är vad Veskas säger ska rädda Garm, så då gör jag det och jag hoppas att du också gör det."

Rufus rynkade på ögonbrynen och tittade mot Garm. Så nickade han kort och gick med spänd min bort till sin häst och satt upp.

Innan de red iväg kastade hon en sista blick mot gläntan. Veskas satt på huk med ryggen mot dem, vänd mot Garm. Hon rynkade pannan och drog i tyglarna så att hästen oroligt stannade upp. För ett ögonblick hade det nästan sett ut som att Veskas skimrade! Hon vände sig

mot Rufus för att höra om han sett samma sak, men har
var redan en bra bit framför henne och när hon vände sig
mot Veskas igen såg allt ut precis som det brukade. Hon
skakade på huvudet och körde hälarna i hästens sidor för
att komma ikapp Rufus.

21

Sent samma eftermiddag hittade de äntligen ett värdshus som ville ta emot henne, även om det krävdes att både hon och Rufus betalade dubbelt så mycket mot vad rummen egentligen var värda. Men de var trötta och med tanke på att det var det fjärde värdshuset de försökte med, vågade de inte resa vidare och chansa på att ha bättre tur på nästa.

Trots att det inte var så sent ännu, gick hon upp på sitt rum och kröp till sängs. Rufus hade gått direkt till tavernan, men själv var hon inte särskilt sugen på att utsättas för främmande människor. Särskilt inte utan tryggheten från Garm. Och i ärlighetens namn så skulle hon inte bli något roligt sällskap. Allt hon kunde tänka på var hur det gick för Garm och om han skulle överleva natten.

Hon vände sig på sidan och slöt ögonen, men trots att hon kände sig fullständigt utmattad vägrade sömnen att infinna sig. Istället började tankarna snurra ännu mer kring Garm. Levde han fortfarande? Var han vaken? Led han? Vad gjorde Veskas med honom? Skulle han överleva? Skulle hon och Rufus hinna ta farväl?

Det tog inte lång stund innan hon var så uppjagad att hon inte klarade av att ligga kvar. I ett försök att skingra tankarna gick hon ner för att göra Rufus sällskap i tavernan. Alkohol var ett allmänt accepterat sätt att tillfälligt glömma sina bekymmer.

Det stora matosdoftande rummet var fullsatt. De flesta såg ut att vara bönder, men det fanns även en del andra gäster. Några var uppenbart resenärer, ett gäng i ena hörnet var misstänkt lika banditer, några såg ut som affärsmän och slutligen fanns där ett knippe kvinnor med djupt urringade klänningar vars ärende på tavernan var något hon inte ville fundera alltför mycket på.

Rufus satt vid ett bord vid ena väggen och spelade tärning med fyra andra män. Två av dem med så rått utseende att hon blev stående i dörröppningen. Men där drog hon snabbt uppmärksamheten till sig och inom loppet av några sekunder fylldes rummet av visslingar, buanden och rop.

På andra sidan rummet tittade Rufus upp för att se vad allt ståhej var om. När han fick syn på henne höjde han ena handen och vinkade henne till sig. Han såg trött, bekymrad och ledsen ut. Precis som hon själv kände sig.

De andra männen vid Rufus bord betraktade henne med blandade uttryck medan hon tog sig igenom rummet. När hon kom fram reste sig en av dem och hämtade en ledig stol åt henne. Hon tackade och placerade den diskret närmare Rufus innan hon satte sig ner.

"Va vill du ha?" frågade en av männen. Han var en stor kluns med en näsa som såg ut att ha brutits mer än en gång, svart flottigt hår som började tunna ut på hjässan och ett ärrat ansikte. Ett av ärren gick mellan tinningen och mungipan vilket gjorde att munnen drogs upp i ett konstant, illvilligt leende som fick det att krypa längs ryggraden på henne.

Hon höll tillbaka en rysning. "En öl. Men jag kan ordna den själv."

"Nah", sade den korta, feta mannen som satt närmast henne. "Du hade tur som tog dig hit. Jag tror inte att du får sån tur igen."

Hon vände sig om och såg sig omkring i rummet. Minst hälften av gästerna stirrade på henne. Vissa med ilskna miner, andra med fräcka flin.

"Och vem är du?" frågade den tredje mannen medan den ärrade mannen reste sig för att hämta hennes öl. Så fort han ställt sig upp noterade hon soldatkläderna och när hon diskret studerade de andra männen runt bordet insåg hon att två av dem också var soldater. Den feta mannen däremot bar färgstarka byxor och en lika färgstark tunika i ett glansigt material.

"Hon är en vän som reser tillsammans med mig och två vänner till", sade Rufus innan hon hann svara.

"Aaaah ..." sade den lilla feta mannen och blinkade med ena ögat samtidigt som han körde armbågen i soldaten som satt bredvid honom. "En vän, va?"

"Inte en sån vän", morrade Rufus.

"Vi är bara vänner och om ni ska vara oanständiga och otrevliga så går jag tillbaka till mitt rum", sade hon sammanbitet. Hon var trött på folk som inte brydde sig om hur de uppförde sig och i hennes nuvarande sinnesstämning hade hon noll tålamod med idioter som den här mannen.

"Det skulle vi ju inte vilja, eller hur?" sade den feta mannen leende.

"Nix", sade den tredje soldaten, som troligtvis var yngst vid bordet, och kastade flinande tärningen över bordet.

"Så vad heter du, hjärtat?" frågade den andra soldaten, en medelålders man med grånande hår.

"Haell", svarade hon kort.

"Haell? Underligt namn. Var kommer det ifrån?" frågade den feta mannen.

"Vinnor", svarade hon.

"Hur hamnade en av er i Vinnor?" frågade den yngre soldaten förvånat, så smalnade ögonen på honom. "Just ja, Vinnor ligger precis vid de södra rikena ... En rymling?"

"Jag är född och uppvuxen i Vinnor", sade hon kort och hoppades att de skulle släppa ämnet.

Den ärrade soldaten kom tillbaka och ställde ner ett ölglas framför henne. Tacksamt sträckte hon sig mot det samtidigt som hon drog upp pengapungen, men innan hon hann fiska fram några pengar slängde Rufus åt honom mynten.

"Jag bjuder", sluddrade Rufus.

Med en nick höjde hon glaset mot honom som tack.

"Vart är ni på väg då?" frågade den stora, ärrade soldaten och tog en djup klunk av sin öl.

"Rufus är på väg till Talbor och jag vet inte riktigt vart jag är på väg ännu. Kanske, som det ser ut just nu, till Nef'rath."

"Tillbaka hem, på sätt och vis", flinade den yngsta soldaten.

"Det kan man kanske säga, ja."

"Underligt land, det där", sade den feta mannen släpigt och petade sig i tänderna med lillfingret.

"Har'u vart där?" frågade den ärrade soldaten och höjde ögonbrynen.

"Några gånger när jag va ung. Man kan leva utan att ha varit där. Underligt land, underligt folk."

"Man kanske blir underlig när man lever så nära de där demonerna", sköt den unga soldaten in.

Fem par ögon vändes genast mot henne, några generade över mannens klumpighet, andra roade. Rufus såg medlidsam ut.

"Kanske det", sade den feta mannen långsamt med en road glimt i ögonen som fortfarande var vända mot henne.

Hon ryckte på axlarna. "Mmm. Kanske det."

"Ska vi spela eller inte?" avbröt Rufus lite irriterat.

Det fick soldaterna att vända tillbaka uppmärksamheten till tärningsspelet en stund, men den feta mannen brydde sig inte om spelet utan lutade sig närmare henne med ett elakt litet leende.

"Se dig omkring. Om det inte var för de tre soldaterna vid ditt bord skulle du göra helt andra saker nu än att sitta här och dricka öl."

Hon drog upp överläppen i en äcklad grimas och drog sig bakåt. "Du är en snuskig liten man, du."

Han skrattade och ryckte på axlarna. "Eller så är jag bara realistisk."

"Hoppas du att det ska hända?"

"Säg, jag vet inte ännu. Antar att det beror på om jag börjar gilla dig eller inte. Man vill väl inte att det händer något hemskt med någon man är vän med, eller hur?" frågade han flinande.

"Mmm, eller hur", sade hon och flyttade sig ännu närmare Rufus.

"Besvärar den lilla feta råttan dig?" frågade den stora, ärrade soldaten.

"Vad kallade du mig?" Den feta mannen blängde på soldaten.

Soldaten blinkade flinande åt henne och hon log tacksamt och gjorde tummen upp bakom den feta mannens rygg.

När hon slutligen kom upp på sitt rum igen var hon så utmattad och berusad att hon somnade samma sekund hon lade huvudet på kudden.

Väl spenderade pengar.

22

Hon sneglade mot Rufus som red bredvid henne. Ansiktet var blekt och han såg både trött och sliten ut. Förmodligen precis som henne. Fem dagar av konstant drickande gjorde det med en. Hon sniffade i luften när en liten vindpust förde med sig en skarp doft från vännen. Det fick en tydligen att lukta ganska illa också. Hon fick väl hoppas att vinden låg åt rätt håll när de kom fram till lägret.

Så fort Veskas fick syn på dem reste han sig och mötte upp dem med ett varmt leende. Garm däremot låg kvar på samma plats som sist, orörlig och med slutna ögon. Synen fick hennes händer och ben att skaka så kraftigt att hon mer eller mindre rasade av hästen när hon väl lyckades få stopp på den.

Rufus nickade kort mot Veskas och gick direkt bort till Garm. Själv följde hon efter på lite avstånd medan hon noga studerade Rufus reaktion när han kom fram.

"Han kommer att klara sig, Haell", sade Veskas mjukt bakom henne.

Hon vände sig mot honom. "Hur är det möjligt? Han var ju så gott som borta när vi red iväg."

"Mm, det var ganska illa", höll Veskas med. "Om jag ska vara helt ärlig så visste jag inte ens själv om han skulle överleva förrän sent i går eftermiddag."

Hon rynkade pannan. "Men du är säker på det nu?"

"Så gott som", sade han med ett svagt leende. "Jag skulle bli väldigt chockad om han inte klarade sig. Febern och det mesta av infektionen är borta. Det som är kvar är en barnlek i jämförelse med hur han varit de senaste dagarna."

Hon hoppades att han hade rätt.

När hon kom fram reste Rufus sig upp och gav henne en lätt klapp på axeln innan han gick bort till Veskas som stod kvar halvvägs mellan lägret och hästarna.

Hon satte sig på knä bredvid Garm. Han andades lugnt och stadigt. Feberrodnaden och svullnaden hade försvunnit ifrån ansiktet, men han var blek och påsarna under ögonen såg nästan blå ut. De skäggiga kinderna var insjunkna och synen fick det att hugga till i hjärtat. Det var så långt ifrån hennes bild av den starka, envisa mannen som det gick att komma.

Han bar en ren linnetunika som dolde skicket på såren. Ett tomt vattenskinn låg bredvid honom och hon undrade lite förstrött hur Veskas vattenförråd sett ut de senaste dagarna.

Hon sträckte ut handen och strök försiktigt bort håret från Garms panna. Hade han varit vaken något under dagarna som gått? Var han medveten om hur sjuk han varit? Hur nära det varit?

Veskas och Rufus pratade i bakgrunden, men hon stängde ute ljuden och koncentrerade sig på Garms andetag, på de mörka ögonfransarna mot de bleka kinderna, de tydliga senorna på baksidan händerna och blodådrorna som reste sig som slingrande stigar på armarna. Det sög till i hennes mage. Varför kunde han inte tycka om henne så som hon ville? Hon hade kunnat ge vad som helst för att få känna de där händerna mot sin hud, de starka armarna runt sin kropp, de bestämda läpparna mot sina ... Hon slöt ögonen. Livet var kort, och deras tid tillsammans ännu kortare. Vad gjorde det egentligen om hon försökte vinna honom? Det enda hon riskerade var lite pinsam stämning dem emellan sista sträckan av resan.

Hon reste sig och gick bort till Veskas och Rufus som precis påbörjat middagen. Det fick henne att tänka på vattenskinnen igen och hon vände sig mot Veskas.

"Hur ser ditt vattenförråd ut? Behöver du vatten?"

"Det är nästan slut", sade han och tittade upp på henne där han satt på huk vid elden. "Jag hade tänk rida iväg och fylla på med en gång ni kom tillbaka."

"Det känns inte bra att du ger dig iväg innan Garm är bättre", sade hon. "Jag kan skaffa vatten åt dig."

Veskas såg inte helt nöjd ut. "Du?" frågade han och reste sig upp.

"Varför inte?" frågade hon och satte händerna i sidorna.

"För att jag inte vill att något ska hända dig. Lika lite som du vill att något ska hända Garm", sade han med ett skevt leende.

"Samma här", instämde Rufus. "Jag ordnar vatten."

"Ta det inte på fel sätt", sade Veskas mjukt. "Vi vill bara inte riskera att det händer dig något. Kvinnor är alltid utsatta om de reser ensamma, och du är ju dubbelt så utsatt eftersom du är den du är."

Hon öppnade munnen för att protestera, men Rufus hann före.

"Han har rätt vet du. Ingen kvinna, ingen ärbar kvinna i alla fall, reser ensam. Kvinnor är alldeles för sårbara och stråtrövare har inga som helst problem att ge sig på en ensam kvinna. För att inte tala om alla tokstollar. Och alla ... " han rodnade kraftigt och harklade sig " ... värre ... personer ..."

"Men hur många gånger har det hänt något under den tid vi varit ute på vägarna?"

Rufus lade huvudet på sned, höjde ena ögonbrynet och skrattade till. "Men vi har ju haft Garm med oss hela tiden. Tror du inte att de flesta bråkstakarna och stråtrövarna tänker igenom saken både en och två gånger när de ser honom? Och om du tänker nämna tavernan, när Garm inte var med, så hade vi ju sällskap av soldaterna. Glöm inte reaktionerna varje gång du klev in i rummet."

Hon tittade på dem och suckade. "Ok, ni har väl rätt. Men jag kan inte låta bli att undra hur jag ska klara mig själv sedan om jag inte ens kan rida in till närmsta by efter vatten!"

"Förhoppningsvis slår du följe med mig till Nef'rath. Där kommer du inte att ha några problem varken med att du är kvinna eller halvdemon", sade Veskas efter en kort tystnad.

"Varför inte?"

Veskas flinade brett. "Jag skulle nog vilja påstå att det beror på att Nef'rath är lite mer utvecklat än de flesta andra länder. Men i grund och botten beror det nog mest på att folket lärt sig sedan länge att inte se ner på någon bara för att den inte är likadan som en själv. Jag antar att det är ett resultat av att Nef'rath har varit ett mångkulturellt och mångrasigt land under så många år. Till slut orkar folk inte bråka längre. Men vad vet jag." Han blinkade mot henne.

Hon gav honom en sned blick och satte sig vid brasan. Tyst för stunden. Hon skulle väl vara tacksam för att de brydde sig, men just nu var det svårt att framkalla den känslan.

Så fort middagen var avklarad red Rufus iväg och hon och Veskas blev ensamma. Hon slog sig ner bredvid honom och bad honom berätta om de senaste fem dagarna. Hans mörka, mjuka, lugna röst fick henne att slappna av för första gången på snart en vecka. När han tystnade kontrade hon med att berätta om sina och Rufus dagar på tavernan.

Solen hade börjat gå ner när Rufus kom tillbaka och han hade inte bara med sig de fyllda vattenskinnen, utan även några med vin i. Veskas, som precis tittat till Garm för kvällen, kom över och satte sig vid elden och hällde upp lite vin åt sig i en mugg.

"Vilken underbar kväll", sade Rufus och lade sig i det fortfarande varma gräset med ena armen under huvudet och ett vinskinn i den andra. Han tittade drömskt upp i himlen, mot stjärnorna som började synas där.

"Mm", sade hon leende. Rufus såg ut att ha det skönt där han låg och hon funderade kort på om hon skulle göra likadant, men bestämde sig för att sitta kvar vid elden. Det var rätt skönt det med.

"Men hösten kommer snabbare och snabbare för var dag. Det är nog bara en fråga om veckor innan vi kommer att frysa om kvällarna", sade Veskas medan han sakta vred muggen i handen och studerade vinet när det virvlade runt.

Rufus vred huvudet mot Veskas och rynkade på ögonbrynen. "Hur lång tid tror du att det kommer att ta för honom att återhämta sig?"

Veskas ryckte på axlarna och tittade bort över skogen. "Svårt att säga faktiskt ... Det är så individuellt. Han var ganska sjuk, är fortfarande, men han är också väldigt stark ... Kanske en vecka, upp till tre veckor. Men jag lägger mina pengar på två veckor, max."

Hon suckade och bytte ställning. En till tre veckor? Hon skulle bli tokig om hon var tvungen att tillbringa så lång tid här ute i skogen, utan någonting att sysselsätta sig med annat än att räkna myggor.

"Men det är bara tills han är uppe och rör på sig. Det kommer att ta ännu längre tid innan han är i sin gamla vanliga form igen", fortsatte Veskas.

"Så länge han kan sitta på en häst så att vi åtminstone kan ta oss till ett värdshus", tyckte Rufus med längtan i rösten.

"Mm, men jag planerade nog att göra en bår", sade Veskas. "Så fort han är stabil och slutar bli medvetslös. Att stanna här i flera veckor är inte särskilt praktiskt, särskilt inte med en sjuk och skadad man. Vi har haft tur med vädret, men vem vet för hur länge? Då är det bättre att frakta honom till närmsta värdshus och låta honom återhämta sig där ett tag."

"En bår?" frågade hon.

"Vi gör en av trä och filtar, så får en av hästarna dra den", förklarade Veskas.

"Smart", sade hon och kände hoppet tändas. Ett värdshus var klart bättre än gläntan.

"Han är vaken!" Veskas reste sig och gick över till Garm.

Hon vände sig om, förvånad över att Veskas visste att han var vaken. Själv hade hon inte hört ett ljud och han låg lika stilla som vanligt. Nej, vänta! En svag rörelse i hans högra hand! Hon var vid hans sida innan hon ens insåg att hon rest sig.

Veskas stod på knä bredvid Garm och hjälpte honom att dricka lite vatten. Hon väntade tills han druckit klart och Veskas rest sig för att hämta mat åt honom. Då slog hon sig ner bredvid honom och lade händerna i knät.

"Garm?" sade hon lågt.

Han ryckte till och vred sakta på huvudet tills han mötte hennes blick. "Hej där ..."

"Hur mår du?" frågade hon och sträckte ut handen och kände på hans panna. Ingen feber. Hennes hjärta slog lite snabbare.

"Mått bättre", sade han med ett hest skratt.

"Du har gjort oss väldigt oroliga de sista dagarna." Rösten tjocknade och hon tystnade.

"Jag är ledsen", sade han långsamt. Så lyfte han handen och lade den på hennes där den låg i hennes knä. Hon lade sin andra hand över hans och kramade till.

"Varför lät du det gå så långt? Du dog ju nästan! Om Veskas inte hade varit med oss hade du nog varit borta nu."

Han skakade långsamt på huvudet. "Jag trodde att jag skulle klara mig till någon större stad, med en ordentlig läkare ... Men det tog ordentlig fart sista dagen."

"Det menar du inte ..." Hon kunde inte hålla tillbaka ett litet leende.

"Hörru", sade han och tvekade lite, "jag är ledsen att jag inte tyckte om Veskas, eller litade på honom. Jag hade fel och har inga problem alls med att du fortsätter ensam med honom sedan. Det är en bra karl."

Hon skrattade till, samtidigt som det sved i hjärtat att han tänkte så lättvindigt på att de snart skulle skiljas från varandra. "Du behöver inte be om ursäkt Garm. Det är ju inte som att han är min pojkvän eller något."

Garm nickade sakta och slöt ögonen.

"Gör det ont?" frågade hon lågt.

"Lite grann", sade han med ett snett grin, fortfarande med slutna ögon. "Men jag vet inte vilket som är värst. Smärtan i sidan och magen, eller smärtan i huvudet efter alla motbjudande brygder Veskas tvingat i mig."

"De där motbjudande brygderna är orsaken till att du ligger där och pratar med oss nu, min kräsna vän", sade Veskas med ett torrt leende och slog sig ner på andra sidan av Garm. "Har han berättat ännu hur elak jag har varit?" fortsatte Veskas och log snett.

"Jag hann inte innan du kom tillbaka", sade Garm med ett sorgset leende och en blinkning mot henne. "Jag sparar de riktigt elaka sakerna till ett mer privat tillfälle."

"Han sade faktiskt hur ledsen han var för att han misstrodde dig i början", sade hon. Det var kanske sagt i förtroende, men hon ville inte att Veskas skulle tro att de pratat illa om honom, särskilt med tanke på hur mycket han gjort för Garm. För dem.

Garm morrade till, men det glittrade i hans ögon.

Veskas rätade på sig med en glimt av förvåning i blicken. "Du gjorde rätt som inte litade på mig. En Nef'rathier och allt. Och förresten, ska man någonsin lita på en främling? Inte ens på en vän kanske."

"När han visar sig pålitlig", sade Garm allvarligt.

Veskas gav honom en liten bit kött. "Inte ens då", sade han lågt.

Det ömmade till i hennes hjärta. Hade han blivit sviken av någon han litat på? Instinktivt lade hon handen på hans axel och tryckte till. Veskas blinkade förvånat mot henne innan ett generat leende smög sig på hans läppar.

När Garm somnat igen, mitt under måltiden, gick hon och Veskas tillbaka till lägerelden. Rufus låg fortfarande utbredd i gräset, men han vred på huvudet och höjde leende vinskinnet till hälsning när han hörde dem komma. Syrsor spelade i det höga gräset runt lägerplatsen, ackompanjerade av myggor och en och annan mal. Då och då hördes frustningar från hästarna som stod bundna precis i utkanten av gläntan. Luften var frisk och sval så här på kvällskvisten, och förutom lukten från elden bar den med sig en frisk doft av grönska och sommar.

Hon studerade Veskas som satt tyst och stirrade in i elden. Han vilade den fyllda muggen mot sitt ena lår och verkade inte ha något större intresse av att dricka upp. Vid närmare eftertanke hade hon nog aldrig sett honom dricka mer än några små klunkar, varken här eller i Gerhains borg.

Hon flyttade sig närmare honom och han log varmt mot henne.

"Det måste ha varit fruktansvärt ensamt här medan vi var borta", sade hon lågt och plockade upp en pinne som hon kastade in i brasan. Ett moln av gnistor for sprakande upp och bildade ett vackert mönster i nattmörkret.

"Lite", sade han och log snett. "Men jag är van vid ensamhet. Dels så bor jag ensam. Sedan reser jag runt och inspekterar mina ägor två gånger om året och det gör jag också ensam."

"Ingen familj? Fru? Barn? Farbror?" frågade hon leende.

Veskas skrattade till. "Nej. Inga nära släktingar. De släktingar jag har bor i andra delar av Nef'rath."

"Måste vara ensamt utan en familj i närheten."

"Ibland", medgav han. "Du är i samma situation nu. Har du funderat på hur du ska göra med din familj?"

"Hur menar du?" frågade hon och rynkade pannan.

"Om du ska hålla kontakten med dina systrar. Kanske resa och hälsa på dem sedan när du kommit på fötter?"

Hon drog fundersamt i en hårlock. "Jag har inte bestämt mig ännu", sade hon till sist. "Jag skulle jättegärna vilja hälsa på, men jag är rädd att jag bara blir till besvär för dem. Typ som 'Blir vi aldrig av med henne?', om du förstår."

Veskas skakade på huvudet. "Nej, jag är från ett land där vi är vana vid demoner och halvblod, så jag har faktiskt svårt att både förstå och förlåta dem för hur de uppfört sig mot dig. Jag skulle aldrig kunna drömma om att låta ett barn växa upp med korna på det där viset."

Hon förvred ansiktet i en grimas. "Usch. Jag tror inte att jag vill se tillbaka. Från och med nu ska jag bara blicka framåt."

Veskas skrattade till. "Du har rätt. Och framtiden ser ljus ut, om jag får säga så."

"Nå, du har inte pratat med din vän ännu."

Han skakade på huvudet. "Äsch, han kommer inte att vara något problem. Han är skyldig mig några tjänster och han är den stolta ägaren av en taverna i Tak'mar. Det ligger i närheten av den västra gränsen i Nef'rath, men det är ett ganska bra ställe att bo på ändå."

"Bor du där?" frågade hon försiktigt.

"Nej. Jag bor på andra sidan bergen, i de norra delarna av Nef'rath. I ett område som heter Kel."

"Kel?"

Han höjde ögonbrynen. "Ja, hurså?"

"Det är bara det att det är det första ordet jag hört från Nef'rath som bara består av en stavelse. Jag var osäker på om jag hörde rätt."

Han skrockade. "Jo, de flesta av våra ord och namn består av två stavelser, det stämmer. Det beror på att vi oftast använder ord som är sammansatta av två, eller fler, andra ord. Till och med mitt namn är sammansatt. Ves'kas."

"Vad betyder det?"

Han skrattade och såg nästan generad ut. "Det vet jag inte om jag vågar säga, du kommer bara att skratta."

Hon log snett och skakade på huvudet. "Jag lovar att inte skratta, snälla säg ..."

Han harklade sig och skrattade till. "Det betyder 'liten krigare'. Inte särskilt manligt."

"Åååh, vad sött! Jag kan tänka mig att dina föräldrar såg dig som det när du var nyfödd."

Han skrattade till och blinkade mot henne. "Säkert. Men de kunde väl tänkt på att jag, förr eller senare, tänkte bli vuxen."

Hon skrattade till men blev sedan allvarlig. "Jag antar att jag måste lära mig språket om jag nu ska bo där ..."

"Mm det brukar underlätta ..." Han flinade till och blinkade med ena ögat. "Vilken tur att du har tillgång till din alldeles egna Nef'rathier för en tid framöver då."

Hon grimaserade, vilket framkallade ett småskratt från Veskas.

"Inte?" frågade han roat.

"Nej, inte ... Inte så ... Det är bara att det verkar vara ett väldigt ... svårt ... språk och jag har kort tid på mig att lära mig det", sade hon och stack ut tungan lite.

"Ett fult språk", sade han med en road glimt i ögonen.

"Det sade jag aldrig", skyndade hon sig att säga. "Bara svårt."

Han skrattade till. "Oroa dig inte. Det är välkänt att det är ett fult språk och jag tar det inte personligt. Det var inte jag som hittade på det."

"Hur kommer det sig att du slutade att använda Nef'rathiska ord med mig?" frågade hon efter en stunds tystnad.

Han tittade upp mot henne igen och såg ut att fundera på vad han skulle säga. "För att du fick en konstig min varje gång jag sade något på Nef'rathiska. Det var liksom en blandning mellan avsky och rädsla. Så jag slutade att använda dem eftersom jag inte ville plåga dig", sade han och skrattade sedan lågt. "Och så ville jag inte behöva känna att du gjorde de där grimaserna på grund av mig."

Det stack till i hennes samvete. "Jag är ledsen Veskas. Jag visste faktiskt inte att jag gjorde några grimaser, och det var definitivt inte på grund av språket, och verkligen inte på grund av dig! Det är bara att jag blir påmind om den där otäcka magikern varje gång."

Han ryckte på axlarna och log snett. "Så länge det inte beror på mig är jag nöjd. Om du känner dig bekväm med att jag använder dem igen så skulle jag gärna vilja kalla dig sha'na, om det går bra. Både för att det är mitt eget språk och känns mer naturligt för mig och för att det är det ord som jag tycker passar bäst in på dig."

"Visst, om du vill", tvingade hon fram medan hon koncentrerade sig på vad ansiktet tog sig till.

Han log och nickade. "Vet du vad det betyder?" frågade han sedan.

"På ett ungefär", svarade hon och skruvade på sig.

"Den närmsta betydelsen jag kan komma på är kanske sötnos, fast ändå inte. Sha'na är ett mycket trevligare ord. Det är något man använder till någon man tycker om, och då gäller det både vänner, familj och partners så det är inget 'sliskigt' ord, om du förstår vad jag menar. Som sötnos, det skulle jag kalla sliskigt, nedlåtande."

"Jag antar att jag borde tacka då, om du ser mig som det", sade hon och kände kinderna hetta till.

"Det behövs inte." Han hällde ut vinet i gräset och reste på sig. "Dags att titta till Garm, sedan tror jag nog att jag ska knyta mig för kvällen."

Hon nickade och följde honom med blicken när han gick bort och tittade till Garm innan han som vanligt tog sina filtar och försvann ut i skogens mörker. Det var udda det där, att han aldrig ville sova tillsammans med de andra, men folk var olika och han hade väl sina orsaker.

När hans rygg slutligen smält in i mörkret kröp hon ner bland sina filtar och sade god natt till Rufus, som fortfarande låg på rygg i gräset med blicken drömskt mot himlen.

23

Efter tre dagar i gläntan och sedan ytterligare två veckor på ett värdshus ansåg Veskas att Garm slutligen var frisk nog att kunna fortsätta. Han rörde sig fortfarande stelt och alla sår var inte riktigt läkta, men hon litade på att Veskas visste vad han gjorde.

De hade bara hunnit några kilometer ifrån värdshuset när vägen ledde in i en tät skog som såg ut att vara från tidernas begynnelse. Träden var höga och kraftiga, med stammar så grova att hon inte skulle nå runt dem ens om de hjälptes åt alla fyra. Barken var sjukligt vit och en trådliknande mossa hängde från många av grenarna. Det var kusligt och hon kunde inte låta bli att inbilla sig att hon när som helst skulle få syn på ett otäckt monster inne bland de spöklika träden.

Rufus duckade för lite av den hängande mossan och gjorde en grimas. "Jag vet inte om jag ska vara rädd eller förundrad."

"Jag satsar på det första", sade Garm mörkt. "Det är något med den här skogen som får det att krypa längs ryggraden."

"Äsch", sade Veskas med ett lågt skratt. "Då ska du se vissa skogar i Nef'rath. Fulla av stinkande tjärgropar, förstenade träd och massor av mossa som liknar den här men längre, tätare och i en konstig gråblå färg."

Hon rös och skulle precis svara när Garms häst stegrade sig med ett gällt gnäggande. Han lyfte handen och manade de andra till stopp.

Veskas lutade sig mot henne. "Det är bäst att vi vänder", sade han lågt.

Hon höjde ögonbrynen. "Bara för att Garms häst bråkar?"

Veskas pekade mot hästen. "Titta på den. Öronen är bakåtstrukna och den vädrar i luften. Den vägrar gå framåt och stampar med hovarna. Jag vågar slå vad om mina sista slantar på att den där hästen vädrar fara, och en stridshäst som vädrar fara ska man lyssna på."

I samma stund kastade Garm runt hästen samtidigt som han gestikulerade åt dem. "Vänd om!" Ansiktet var spänt och ögonen lös av något som var oroväckande likt rädsla.

Hjärtat hoppade över ett slag. I ögonvrån kunde hon skymta hur Veskas vände hästen och innan hon hann reagera grep han tag i hennes tyglar och fick fart även på hennes häst. Själv kände hon sig handlingsförlamad. Garm var sinnebilden av styrka och trygghet. Att se honom rädd var mer skrämmande än något annat.

Rufus red upp bredvid henne och daskade till hennes häst på rumpan så att den fick mer fart. Samtidigt nickade Veskas mot henne och släppte tyglarna.

Två rep for upp från marken, sträckta mellan träden på var sida om vägen. Det ena satt i knähöjd på hästarna, och det andra i höjd med halsarna.

Veskas svor överraskat men hade för hög hastighet för att hinna få stopp på hästen i tid. Det stackars djuret gnäggade gällt och brakade rätt in i repen. Veskas, som hunnit ta spjärn, for upp över djurets hals men som genom ett mirakel lyckades han hålla sig kvar.

Innan hon hann göra mer än lyfta tyglarna kraschade hon rätt in i sidan på Rufus häst. Han hade haft sinnesnärvaro nog att vrida den åt sidan precis innan den träffade repen. Rufus sträckte ut händerna och lyckades fånga henne innan hon for över halsen på hästen och in i honom.

"Djävlar!" Rufus lät andfådd.

Bakom henne hördes det skrapande ljudet från Gams svärd när det drogs ur skidan och hon vände sig mot honom. Han lossade repet till packhästen och slängde det mot henne som var närmast.

"Ta den här så att den inte kommer i vägen!"

Hon nickade och tog ett ordentligt grepp om repet med skakande händer.

Ett tiotal hästburna män stormade ut ur skogen och omringade dem med dragna vapen. Garm placerade sig snabbt mellan henne och stråtrövarna. Ansiktet var låst i en kall, självsäker mask och det var omöjligt att tänka sig att han nyligen legat för döden.

Rufus drog sitt svärd ur packningen, helt utan det självförtroende som Garm utstrålade.

"Ser man på, vad har vi här?" frågade en av männen med ett flin.

Tystnaden sträckte ut sig ända tills en av stråtrövarna skrattade till. "Stumma hela högen?" frågade han och vände sig mot Rufus. "Vet du hur man använder det där, pojk?"

Rufus rodnade och pressade ihop läpparna.

"Tror inte det", fortsatte mannen med ett stort grin.

"Ta det lugnt allihop. De försöker bara provocera oss", sade Garm lugnt.

"Så det säger du", sade en man bredvid Veskas medan han kliade sig i skäggstubben med en överdimensionerad kniv.

"Ge oss värdesakerna, hästarna och den där demonslynan så låter vi er leva. Valet är ert", sade en av männen och red närmare henne.

Hon sneglade mot Garm. I sitt nuvarande skick klarade han nog inte ens av en motståndare. Rufus hade sitt svärd, men han var likblek i ansiktet och hon misstänkte att han inte skulle vara någon större match för stråtrövarna. Veskas verkade inte ens ha något vapen.

En av stråtrövarna, en medelålders man med stripigt gråbrunt hår, började rida mot henne, noga med att röra sig i en halvcirkel runt Garm. Men Garm hade inte bara honom att tänka på. Fyra av de andra stråtrövarna började samtidigt att närma sig honom med dragna vapen.

"Värdesakerna, hästarna och hyndan så får ni behålla liven", sade mannen igen med ögonen fästa på Garm. Han ignorerade Rufus totalt, som nu hade två stråtrövare på var sida om sig.

"Värdesakerna och hästarna. Vi behåller halvblodet", sade Garm mörkt.

"Det kan du glömma. Hon e det värdefullaste ni har", fnös mannen med det stripiga håret. "Säljer vi henne till ett horhus i de södra rikena får vi tillräckligt för att klara oss en lång tid."

Ett fundersamt uttryck for över Garms ansikte och hennes mage ilade till. Han övervägde väl inte att låta dem ta henne? Fast varför inte? Han hade ju inga förpliktelser gentemot henne, tyckte väl inte ens om henne när allt kom till kritan. Nästan kyssen fladdrade förbi i minnet, men följdes snabbt av diskussionen utanför hans rum i Gerhains slott och ute i rosenträdgården tillsammans med Veskas.

Hon hann knappt slutföra tanken innan Garm körde hälarna i hästens sidor och gjorde ett överraskande utfall mot mannen som nu nästan var framme vid henne. Det fick de andra stråtrövarna att ropa till och kasta sig mot honom. Men han var snabb, fantastiskt snabb med tanke på sitt skick. Han tvingade tillbaka den närmsta stråtrövaren med ett snabbt slag med svärdet och återvände till hennes sida snabbare än hon hann blinka, hans häst lyhört lyssnande till minsta lilla kommando. Efter det gick allt så snabbt att hon knappt förstod vad som hände. Han kastade över svärdet till vänstra handen medan han tryckte ner henne platt på hästen med sin högra. Sekunden efter stack Garms svärd ut ur nacken på en stråtrövare som kommit upp bredvid henne.

Hon kämpade mot gallan som steg i halsen samtidigt som det kröp i huden. Den där mannen hade hon inte ens sett innan Garm satte svärdet i honom.

Garm vände sig mot de resterande stråtrövarna som tillfälligt stannat upp. "Någon som vill följa hans exempel?" frågade han med sträv röst.

En av männen skrattade till. "Han var en idiot och du hade tur. Vi är fortfarande fler än dig, soldat", sade mannen och flinade snett. "Vi ser allt vad du är. Men tro mig, du är ingen match för oss. Du är ensam. Den där lilla valpen där borta har ingen aning om vad han ska göra med svärdet, risken är större att han tar livet av sig själv eller hästen."

"Soldater?" frågade Garm, för första gången med en anstrykning av osäkerhet i rösten.

"De flesta av oss, förutom han", sade mannen och pekade med tummen mot den döda mannen, "och de där borta." Han vände tummen mot de två som omringat Rufus. "Förstår du nu varför du ska ge upp?"

"Kraven är oförändrade, trots att du tog kål på en av oss", sade en av männen med ett hånfullt leende. "Värdesakerna, hästarna och demonen. Du kommer ur det här oskadd, bara lite fattigare och utan sängvärmare."

Råa skratt fyllde luften.

Veskas vände sig mot Garm med en blandning av förtvivlan och skarp beslutsamhet målat i ansiktet. "Det är ingen idé Garm. Du kan inte strida mot dem, de är för många och du är långt ifrån återställd."

Garm svor lågt, förmodligen lika medveten om det som Veskas.

Veskas suckade tungt och kastade en olycklig blick på henne innan han vände sig mot stråtrövarna. "Det verkar som att ni inte ger mig något annat val än att göra det här", sade han sorgset och lyfte händerna.

Hon rynkade på ögonbrynen och skulle precis ropa hans namn när han började skimra. Ögonblicket senare sprutade isblå blixtar från hans fingrar och träffade motståndaren närmast honom. Mannen krampade, började ryka och föll till marken. Veskas riktade omedelbart blixtarna mot nästa stråtrövare vilket orsakade vild panik bland männen.

"Han är en jävla ka'urman! Avbryt! Avbryt!" skrek en av dem medan han vände hästen och red in i skogen i full galopp.

Hon kunde höra Garms röst bredvid henne, men hur mycket hon än försökte, förstod hon inte vad han sade. Hjärnan hade låst sig. Både av chock över vad hon såg runt omkring sig, rykande människor som grillades som kött, och en djupare chock över att Veskas, käre, snälle Veskas, visade sig vara en av de där otäcka magikerna.

Veskas dödade två män till innan resten hann fly och när han slutligen vände sig om och hon såg hans ansikte svartnade det för henne.

24

Huvudet dunkade och en våg av illamående for genom henne när hon slog upp ögonen. Med en plågad grimas slöt hon dem igen och drog efter andan. Det mjuka gräset mot hennes rygg sade henne att hon låg vid sidan av vägen och när hon försiktigt öppnade ögonen igen hängde Rufus bekymrade ansikte över henne. I bakgrunden kunde hon höra hur Garm grälade med Veskas. Hon antog i alla fall att det var Veskas, för Garms röst var den enda som hördes.

"Hur mår du?" frågade Rufus mjukt.

Hon grimaserade. "Det är han Rufus ... Magikern från marknaden och Gerhains borg."

"Jag vet ..." sade han lågt.

"Hur kan någon ändra hela sitt utseende så där? Och sin röst?"

"Det måste vara hans gåva. Han är ju demonblandning, precis som du", sade Rufus lugnt.

"Att kunna skjuta blixtar från fingrarna och förändra utseende och röst? Det är inga dåliga gåvor." Hon svalde tungt och skakade på huvudet. Hon hade ju tyckt om Veskas! Och så visade sig allt bara vara en lögn! Halsen började värka och hon svalde igen. Hon tänkte inte gråta.

Rufus hjälpte henne upp på fötter och ledde bort henne till sin häst. Där grävde han en stund i en av sadelväskorna och höll sedan fram en flaska med den grumliga alkoholen.

"Drick", sade han skrovligt.

Hon skakade på huvudet, men han pressade flaskan mot hennes läppar samtidigt som han satte handen mot hennes bakhuvud och tvingade henne att dricka. Efter några motvilliga klunkar drog han undan flaskan.

Han log snett när hon kastade en ilsken blick på honom samtidigt som hon torkade munnen med ovansidan handen.

"Det är bra mot chocken", sade han mjukt.

Hon svarade med en äcklad grimas.

Garm kom över och tittade bekymrat på henne. "Jag är jätteledsen Haell. Jag hade ingen aning ... Han lurade oss rejält."

"Lever han?" frågade hon hest.

Garm höjde ögonbrynen samtidigt som hans mun drogs till ett hårt streck. "Ja det gör han. Och jag skulle aldrig komma på tanken att döda någon bara för en lögn. Inte ens för din skull", sade han med kall röst.

Hon öppnade munnen för att protestera, men innan hon hann få fram ett ljud grep han tag i hennes arm och tvingade henne att möta hans blick.

"Han räddade mitt liv Haell. Och inte nog med det så räddade han förmodligen ditt liv också idag. Jag säger inte att han är förlåten, men jag säger att jag inte kommer att kröka ett hår på hans huvud! Visst, han ljög om vem han var, men det har jag också gjort åtskilliga gånger under årens lopp."

Hon grimaserade och drog sig loss ur Garms grepp. Visst hade de kanske orsaker att vara tacksamma mot Veskas, eller vad han nu kunde heta. Men det ändrade inte faktumet att Veskas fört dem bakom ljuset bara för att få som han ville. Och hur 'tacksam' Garm än ville att hon skulle vara, kunde hon inte vara det mot den här versionen av Veskas.

"Han vill prata med dig", sade Garm lågt och ryckte henne ur tankarna.

"Glöm det!" fräste hon och vände för att gå tillbaka till sin häst, men Garm högg tag i hennes axel och vände henne mot sig igen.

"Han har förklarat varför det blev så här och jag tror faktiskt på det han säger. Jag föreslår att du också lyssnar på honom", sade han allvarligt och suckade sedan. "Du får inte glömma att han varit en nära vän till dig i flera veckor nu. Till oss alla. Och jag tycker att han förtjänar en chans att förklara sig. Alla gör vi misstag ibland. Du med."

Hon lade armarna i kors över bröstet och pressade ihop läpparna så hårt att det gjorde ont.

"Han är fortfarande samma person Haell. Han ser bara annorlunda ut, och låter annorlunda. Visst, han sade saker till dig i öltältet som inte är ok, men som sagt så gör vi alla misstag ibland och om man ska straffas för varenda dum sak man råkar säga när man är berusad skulle jag inte våga öppna munnen efter att ha druckit. Jag tycker att han har bevisat vad han går för och i mina ögon är han en bra karl. Han förtjänar att få förklara sig."

Hon skakade på huvudet. "Varför är du på hans sida?"

"Det är jag inte", svarade han och såg trött ut. "Jag är på din sida och jag tror att du måste prata med honom.

Förresten", sade han och sänkte rösten, "så han helt förtvivlad nu när han tror att han har förlorat din vänskap. Om något så är du i alla fall inte grym Haell. Inte med tanke på hur du själv har blivit behandlad genom åren. Du om någon borde ha lärt dig att inte behandla andra illa och att ge folk en chans."

Hon mötte Garms blick och grimaserade. Han hade precis manövrerat in henne i en fälla. Efter det där anförandet kunde hon ju inte annat än låta Veskas förklara sig. Men hon tänkte *inte* bli vän med honom igen och hon tänkte *inte* följa med honom till Nef'rath!

Hon nickade med en tung suck och Garm gav henne en uppmuntrande klapp på ryggen.

"Jag är här. Bara ropa om det skulle vara något. Förstått?" sade han lågt och knuffade henne lätt i ryggen i riktning mot Veskas.

Hon skakade på huvudet. Vad trodde han egentligen att han kunde åstadkomma mot någon som sköt blixtar ur händerna? Han skulle bli en rykande askhög innan han ens kom tillräckligt nära för att ha en chans att nå fram med svärdet ...

När hon kom fram till Veskas lös hans ansikte av uppgivenhet och något som nästan liknade sorg. Halsen knöt sig när hon såg hans ärrade ansikte och hon fylldes av en kvävande saknad efter den Veskas hon vant sig vid och lärt sig tycka om.

"Jag är ledsen Haell", sade han lågt och stoppade in händerna i armhålorna. "Jag förväntar mig inte att du ska förlåta mig, men jag vill ändå berätta varför jag gjorde det."

Hon harklade sig och skakade på huvudet. "Det är inte särskilt svårt att lista ut, 'Veskas'. Eller vad du nu heter."

"Det är Veskas", sade han med en sorgsen ton i den råa rösten. "Allt jag berättat för dig under de här veckorna är sant."

"Vad var det du sade på marknaden? Att jag kunde övertygas, eller användas ändå? Jag antar att det här är din lösning för det sistnämnda!"

Han slöt ögonen och tog ett djupt andetag genom de hoppressade tänderna innan han återigen mötte hennes blick. "Jag hade druckit alldeles för mycket och kände mig ensam. För att inte tala om att jag hade världens hemlängtan. När jag fick syn på dig kändes det som att få en glimt av Nef'rath och utan att tänka mig för drog jag mantrat som alla Ka'urmans får lära sig redan som små ... Men jag bor inte ens med stammen längre, har inte gjort det på många år och jag skulle aldrig återvända till dem, är inte välkommen heller för den delen. Så det finns ingen stam att ta med dig till! Och jag skulle aldrig komma på tanken att tvinga en främling att bära mina barn. Jag är väl lite gammaldags på det sättet, jag vill att mina barns moder faktiskt ska älska mig. Precis som att jag vill älska henne." Han tystnade och tog ett djupt andetag. "När jag lämnade marknaden var det för att resa hem, du fanns inte ens kvar i mina tankar annat än som en lätt glädje över att ha träffat någon hemifrån. Samma kväll vi pratat i borgen, bytte jag utseende bara för att kunna vara med vid maten, få lite sällskap innan jag reste vidare nästa morgon. Men så kunde jag inte motstå frestelsen att lindra min hemlängtan en stund genom att gå och prata med dig. Det var då jag fastnade för dig och hur mycket jag än ville resa vidare nästa morgon så kunde jag inte. Jag har ofta funderat på att erkänna vem jag är, men jag visste ju att du skulle sluta umgås med mig om du fick veta sanningen.

Att du inte skulle tro mig." Han tystnade och drog ett djupt andetag. "Jag ... tycker om dig. Trivs med dig. Men om du inte känner det samma får jag helt enkelt vara glad för den korta tid vi hade tillsammans. Däremot skulle jag fortfarande vilja hjälpa dig att bygga upp ett liv i Nef'rath, precis som jag hade tänkt göra även om det här inte hade hänt."

"Jag klarar mig", bet hon av. "Och du är väl inte dum nog att tro att jag litar på dig en gång till? Du kan ju säga precis vad du vill nu, jag kommer ju aldrig att kunna kontrollera om det är sant eller inte! För allt jag vet kan du lika gärna ha planerat alltihop och så gick det i stöten nu, och som en sista desperat åtgärd ljuger du ihop en snyfthistoria för att ändå få som du vill!"

Veskas ögon kallnade och ansiktet slöts. "Som jag sade så var det ju aldrig meningen att det skulle bli så här! Jag bytte inte utseende för din skull utan för att kunna sitta med i riddarsalen på kvällen utan att riskera att bli utkastad, eller något ännu värre ... Om jag hade vetat på förhand vad som skulle hända hade jag aldrig gått fram till dig den där kvällen!"

Hon fnös till. Han såg ärlig ut, men han hade manipulerat henne i veckor nu. Vid det här laget kände han henne tillräckligt bra för att veta exakt vad han skulle säga för att få henne dit han ville.

"Jag är ledsen", sade hon och kände sig tom inombords. "Den vänskap vi hade är borta för evigt." Hon skakade på huvudet och grimaserade. "Jag kommer nog aldrig mer att kunna lära känna nya människor utan att undra om det egentligen är du."

Han suckade. "Se bara till att få personen berusad om du får chansen. Så fort jag får för mycket att dricka tappar jag kontrollen och återgår till mitt eget utseende. Samma sak när jag sover." Han tog ett steg närmre och höll ut handen mot henne. "Ge mig en chans att visa att jag fortfarande är din vän, oavsett hur jag ser ut eller låter. Att jag fortfarande är samma gamla vanliga Veskas."

Både halsen och ögonen smärtade när hon skakade på huvudet. Var hon verkligen på väg att börja gråta?

"Jag trodde att vi höll på att komma närmare varandra", sade han i en uppgiven ton.

"Det var vi. Nej, jag och den andre Veskas höll på att komma närmare varandra. Men du är inte han! Vad du än säger. Du kommer aldrig att bli den samma som honom för mig!" Hon hörde att hon nästan skrek det sista och tvingade sig själv att ta ett djupt andetag.

"Det är därför jag vill att du ger mig en chans till. Jag är fortfarande samma person, den enda skillnaden är mitt utseende och min röst!"

"Det är tillräckligt för att göra dig till en helt annan person! Men det är inte det som är problemet. Problemet är att du medvetet förde mig, Garm och Rufus bakom ljuset i flera veckor bara för att få din vilja igenom! Det är det som jag inte kan förlåta! Du har lekt med mitt förtroende, mina känslor. Du förtjänar inte en chans till! Försvinn! Jag vill aldrig se dig igen!" Det sista sade hon med tårarna rinnande över kinderna och hon torkade ilsket bort dem. Det var otroligt hur ont det faktiskt gjorde att skicka bort honom.

Han skakade på huvudet och ansiktet förvreds i en föraktfull min. "Du har tydligen inte hört ett ord av vad jag sagt."

Hon pressade ihop läpparna, skakade på huvudet och gick tillbaka till Garm. När han höll ut armarna mot henne klev hon in i dem och begravde ansiktet mot hans bröst.

"Han gav sig precis av", sade Garm lågt mot hennes huvud och stelnade sedan till. "Det var som tusan ... Det var inte inbillning!"

Hon vände sig om för att se vad han pratade om. En stor, grå varg, så mörk att den nästan såg svart ut, lämnade precis skogsbrynet och slöt upp bredvid Veskas häst. Vargen vände huvudet mot dem och de bärnstensgula ögonen glimmade till.

"Vadå 'inte inbillning'?" frågade hon tjockt, fortfarande med blicken på Veskas och vargen.

"I gläntan, när jag var sjuk. Flera gånger när jag vaknade till tyckte jag mig vara omgiven av vargar. Jag trodde att det var feberhallucinationer, men nu är jag inte så säker längre."

Hon rös till och följde Veskas och vargen med blicken medan de red bort längs vägen. Om det fanns fler vargar hoppades hon att de också gav sig av nu.

Framåt kvällen slog de läger ute på ett vidsträckt fält, vid foten av en snårtäckt kulle. Hon var helt slut. Under timmarna som gått sedan Veskas gav sig av hade hon slitits mellan en mängd olika känslor. Ilska, skam, sorg, ångest ... Var inte känslorna riktade mot Veskas, så var de riktade mot henne själv. Hur mycket hon än avskydde ka'urman versionen av honom, fanns det en risk att hennes Veskas faktiskt fanns kvar där inne bakom skalet. Om han då talade sanning hade hon i så fall kanske sårat honom ordentligt.

Medan de åt av kvällsmaten meddelade Garm att han ville strunta i att resa via Andrea.

Rufus tittade upp med en bekymrad rynka mellan ögonen. "Hur tänkte du då och varför?"

"Den här resan står mig upp i halsen nu", sade Garm långsamt och gav henne ett ögonkast som fick magen att knyta sig.

Rufus log trött. "Jag förstår. Men det finns ingen annan väg Garm."

Garm skakade på huvudet. "Jo det gör det. Vi rider genom Vatra."

Rufus spärrade upp ögonen och rätade på ryggen. "Planerar du att rida genom bergen? Men alla Naolims då?"

"Vi rider bara under nätterna", förklarade Garm.

"Och vad händer när det bli ljust?"

"Jag tar hand om det", sade Garm kort.

Rufus höjde ögonbrynen.

Hon svalde kaninköttet hon hade i munnen och spände ögonen i Garm. "Beror det på mig, eller vad betydde blicken du gav mig nyss?"

Garm skakade på huvudet och slängde in pinnen han haft köttet på i elden. "Nej. Det är bara det att vi har varit ute på vägarna i en månad nu efter att vi lämnade Gerhain och vi har fortfarande inte ens kommit ut ur Solea! Om vi vände om nu skulle det ta mindre än två veckor att ta oss tillbaka till Gerhain, och kanske en vecka till för att ta oss till marknaden. Det känns som att vi står och stampar och aldrig kommer framåt", sade han trött. "Så jag vill ta en genväg. Ta igen lite förlorad tid."

Var de inte längre ifrån marknaden än tre veckor? Då förstod hon om han började bli rastlös. Om hon inte missminde sig låg huvudstaden i Talbor nästan fyra månader ifrån marknaden. Det betydde att de knappt ens hade påbörjat resan!

"Vi är ungefär en vecka ifrån Mistrin. Där köper vi lite mer proviant, sedan rider vi mot Vatra. Det är ungefär tre veckors ritt ifrån Mistrin i den här takten. Efter det så är det bara lite mer än en månad kvar. Vi skulle spara in en hel månad", förklarade Garm.

"Om vi inte blir dödade i bergen", kontrade Rufus.

Hon rynkade pannan. "Bli dödade? Av de där naolimarna?"

"De är totalt livsfarliga", sade Rufus med en sned blick mot Garm. "Jag har hört historier om hur lokalbefolkningen med flit håller boskapen mellan bergen och byarna. Så att naolimarna förhoppningsvis nöjer sig med att äta kreaturen och inte ger sig på människorna. De offrar medvetet sitt levebröd för att öka chansen för överlevnad."

"Vi vet inte om det är sant", bröt Garm in.

"Nej. Men vi vet att de är livsfarliga. Ingen i Talbor bor närmare bergen än minst en dags ritt därifrån."

"Vad är de för något?" frågade hon.

"Det är en slags fågel", sade Garm.

"En fågel som är lika stor som en vuxen man, med en ödlas huvud", lade Rufus till.

Garm stirrade irriterat på Rufus som bara log och ryckte på axlarna. "Glömde jag något?" frågade Rufus med överdrivet munter röst. "Ja ... Just det ... De äter människor så fort de får chansen och de är nästan omöjliga att döda innan man själv blir dödad av dem."

Garm vände sig mot henne och fortsatte lugnt. "De håller sig i sina revir, är bara aktiva om dagarna och deras fjäderlösa hals är deras svaga punkt."

"Mmm, precis", flinade Rufus. "Men den där svaga punkten är väldigt nära ett av deras farligaste vapen, de 100 rakknivsvassa tänderna."

Garm suckade. "Det är bara skrönor."

"Vad?" frågade Rufus och tog en klunk från sitt vattenskinn.

"De 100 tänderna", sade Garm otåligt.

Rufus skrattade till. "Verkligen? Har du räknat dem kanske? En vän till mig har en farbror som har ett naolim huvud på väggen i sitt arbetsrum, och min vän hävdar att det är nära 100."

"De har 40 i den övre käken och 40 i den undre. Allt som allt 80 stycken", sade Garm torrt.

"80 är fortfarande förbaskat många", sade Rufus. "Och du ser inga problem?"

Garm ryckte på axlarna. "De kan inte göra så mycket mot min rustning."

Hon rynkade pannan. "Men jag och Rufus har ju inte någon rustning!"

"Det stämmer Garm. Damen tänkte uppenbarligen på något som du inte tänkt på", sade Rufus med ett torrt skratt.

Garm bet ihop käkarna och kastade en arg blick på Rufus.

"Men allvarligt talat Garm", fortsatte Rufus lugnt. "Jag är säker på att du tar dig förbi dem utan problem. Det hade inte förvånat mig det minsta om du redan har gjort det en miljon gånger. Men jag är ingen krigare och det är inte Haell heller. Jag är inte säker på att jag vill riskera mitt liv bara för att vinna en månad. Och jag förstår faktiskt inte riktigt hur du tänker, för om vi reser under nätterna när fåglarna sover, kommer vi ju att bli tvungna att sova på dagarna. Då är naolimarna vakna, medan vi sover. Det tycker jag låter ännu farligare än om vi reste på dagarna när de var vakna och sov på nätterna när de sover."

Garm suckade. "Du kanske har en poäng där Rufus ... Vi tar väl inte vägen genom bergen då."

Rufus nickade med nöjd min.

"Men jag vill fortfarande rida via Vatra. Vi kan rida runt bergen", fortsatte Garm bestämt.

Rufus skrattade till. "I jämförelse med bergen kommer djungeln att bli ett riktigt nöje."

Garm studerade honom. "Så du är med på det?"

"Visst", sade Rufus med en axelryckning och lade sig ner i gräset.

"Samma här", sade hon, trots att hon inte hade en aning om vad som kunde förväntas i djungeln. Men om Rufus tyckte att det var ok tänkte hon inte säga emot.

"Tack", sade Garm och suckade. "Jag har en obehaglig känsla i maggropen och vill skynda mig hem."

"Vadå?" frågade Rufus och satte sig upp igen.

"Jag vet inte", sade Garm trött. "Men jag känner mig orolig för min far."

"Du tycker ju inte ens om honom", sade Rufus.

"Nej", erkände Garm med ett snett leende. "Men han är fortfarande min far."

"Det är ju alltid det", höll Rufus med.

Garm flinade och öppnade munnen för att svara när han avbröts av ett blodisande ylande. Det besvarades genast av fler djur och en kuslig symfoni uppstod som höll i sig medan solen slutligen försvann bakom horisonten.

Hon stelnade till. "Veskas!"

Rufus kastade en snabb blick mot henne. "Det behöver ju inte ens vara hans varg. Men skulle det vara det så kanske han bara reser samma väg som oss. Oavsett om han ska till Andrea, som han sade, eller om han ska till Nef'rath måste han resa genom Mistrin."

Garm nickade. "Och med tanke på hans färdigheter tar han väl den kortaste vägen genom bergen. Jag skulle bli väldigt förvånad om den mannen var rädd för några naolims."

"Vi skulle ha sparat honom för bergs turen", sade Rufus och blinkade med ett snett flin.

Garms sneglade på henne, men hon tog inte illa upp. Tvärtom så hade Rufus en poäng.

25

Med sina höga, befästa murar liknade Mistrin mer ett ointagligt fort än en stad, men så fort de red in genom porten försvann illusionen. Det var verkligen en stad. En stor stad, fylld till bristningsgränsen av folk och byggnader. Gatorna var smala och husen stod så tätt att det oftast inte gick att ta sig emellan dem annat än till fots och på många ställen var husen sammanbyggda i långa rader. Byggnaderna var smala och sträckte sig två, eller till och med tre våningar över marken och många av dem hade byggts ut över gatan. De överhängande byggnaderna, i kombination med de smala gatorna, gjorde det nästan omöjligt för solljuset att nå ner till marken. Det resulterade i att både hästar och människor gick runt i en lerig sörja av vatten och exkrementer.

Rufus, som varit i Mistrin flera gånger tidigare, guidade dem genom de hektiska gatorna, mot ett värdshus han kände till. Själv red hon mellan honom och Garm, fullt upptagen med att försöka förstå hur det kunde bo så otroligt många människor på en och samma plats.

Snart blev gatorna bredare och inte långt därefter övergick de till ojämn kullersten där breda, stenlagda diken förde bort smuts och vätskor. Husen stod inte längre lika tätt och lummiga träd växte med jämna mellanrum längs gatorna. Flott klädda damer och herrar promenerade i sakta mak, eller red förbi på finlemmade hästar så blankborstade att de nästan bländade henne i solskenet.

Rufus stannade framför ett flott trevåningshus och hoppade av hästen. Ovanför den imponerande entrén hängde en förgylld skylt föreställande en bägare och en himmelssäng. En man i strikta, blå kläder stod vid entrén och verkade bara ha som funktion att öppna dörren åt gästerna.

Rufus vinkade åt dem att följa efter och försvann in på värdshuset. Själv valde hon att vänta på Garm som höll på att spänna loss sadelväskorna och rustningen. Han litade uppenbarligen inte ens på ett förstklassigt värdshus som det här. Rufus å andra sidan, hade lämnat kvar all sin packning på hästen.

När de slutligen klev in på värdshuset stod Rufus och väntade vid disken med ett brett leende.

"Kom", sade han och vinkade över dem. "Det här är min bror. En av dem."

Mannen, som såg ut att vara några år äldre än Rufus, log och räckte ut handen mot Garm som varsamt lade ner rustningen på golvet och hälsade.

"Hej, jag är Rufus äldre bror, Nimik", sade brodern med en mjuk stämma som påminde kusligt mycket om Rufus.

"Garm. Reskamrat, och vän såklart, till Rufus", sade Garm och log. "Men jag antar att han redan hunnit berätta lite om oss."

När Nimik log såg han ut som en, snäppet äldre, kopia av sin lillebror. "Lite. Nu är jag väldigt spänd på att träffa Haell."

Rodnade gick hon fram och skakade ovant Nimiks hand. Han gav henne ett leende som fick hjärtat att smälta i bröstet och ett fånigt leende att breda ut sig i hennes ansikte.

"Han vet hur han ska handskas med kvinnor", sade Rufus torrt.

Nimik gav honom en broderlig knuff. "Passa dig, annars får du sova med grisarna i natt."

"Du har inga grisar", kontrade Rufus och låtsades borsta av smuts där Nimiks knuff tog.

"Jag är frestad att införskaffa ett antal tills i kväll", sade Nimik.

"Då skulle det bli precis som hemma", sade Rufus med ett brett grin som omedelbart bleknade. "Himmel! Jag är ledsen Haell! Det där var dumt men jag tänkte aldrig på ... du vet ..."

Hon höjde ögonbrynen, men så insåg hon att syftade på hennes uppväxt och skrattade till. "Det är lugnt Rufus, jag tar inte illa upp."

Rufus log lättat medan Nimik betraktade henne med illa dold nyfikenhet. Men Rufus tänkte tydligen inte förklara något för han gav sin bror en varm kram och en hård klapp på ryggen. "Det är skönt att se dig igen!"

"Det samma! Ennar här", när han sade namnet dök en tonårig pojke upp ifrån ett rum bakom disken, "kommer att visa er till era rum. Jag hoppas att de blir till belåtenhet."

Garm och Rufus försvann ut igen för att ordna proviant och skyddskläder till djungeln, medan hon valde att ta ett bad på rummet. Kvällen spenderade de sedan tillsammans med Nimik i hans privata rum. Han och Rufus hade samma lättsamma humör och busiga, pojkaktiga sätt så när hon väl kom i säng den kvällen hade hon fått ont i magen av allt skratt.

Nästa morgon ledde Rufus dem mot den nordvästra porten, återigen med henne ridande mellan honom och Garm. När de var nära nog för att se stadsmuren över hustaken, stoppades Rufus av en man som kom gående i deras riktning.

"Det är nog bäst att ni döljer henne om ni tänker fortsätta åt det hållet, kompis", sade han med en kort nick åt hennes håll.

Rufus rynkade ögonbrynen. "Varför då?"

"Det kommer ni att se", sade mannen och knackade några gånger på sidan av näsan innan han gick vidare.

Rufus vände sig om i sadeln. "Vad tror du om det?" frågade han Garm, som hade ett nyfiket uttryck i ansiktet.

"Jag tycker nog att vi lyssnar på hans råd", sade Garm och vände sig mot henne. "Ta på dig djungelkappan, den borde dölja dig tillräckligt. Och se till att luta huvudet nedåt och ha händerna täckta."

Hon nickade, plockade upp den tunga, grova kappan och drog den över sig. Tyget lyftes märkbart av vingarna och hon kunde inte förstå hur den skulle kunna lura något att tro att hon var människa.

Garm betraktade henne med en kritisk rynka mellan ögonen. "Det är verkligen inte bra, men det duger. Bättre än inget i alla fall."

Några minuter senare ledde vägen ut dem på ett stort torg som var fullt av folk. I mitten av torget stod en hög plattform med en giljotin på. Medan hon tittade ledde två vakter fram en man med ögonbindel till giljotinen. En demonblandning, precis som henne.

Det här var första gången hon såg en annan halvdemon och hon kunde inte annat än stanna till och titta. Nu förstod hon varför både Garm och Veskas kallat henne speciell. Halvdemonen på plattformen såg motbjudande ut. Hans ljusa människohud täcktes fläckvis av små, röda fjäll som fick det att se ut som att han hade en otäck hudsjukdom. Ett par nakna vingar, med samma sjukdomsfläckiga utseende, stack upp över hans axlar.

Garm red fram till henne med mörk blick, grep tag i hästens betsel och började leda den längs utkanten av torget. Samtidigt började en man på plattformen att läsa upp fångens brott. Mord, överfall, kidnappning och stöld.

Precis när de red in på en av gatorna som ledde bort från torget, blev det knäpptyst bakom dem. I nästa sekund hördes ett högt vinande när klingan föll, tätt följt av den dova dunsen när huvudet föll ner i korgen som stått utställd framför giljotinen. Ett sus gick genom folkmassan, sedan fylldes luften av exalterade rop, visslingar och applåder.

"Går det bra?" frågade Garm lågt.

Hon gjorde en sned grimas. "Ja. Men nu förstår jag varför människorna avskyr oss, om halvdemoner brukar begå sådana brott. Det får mig att skämmas över vem jag är."

"Dumheter", sade Garm oväntat skarpt. "Du är så mycket mer än han och en individ gör inte en ras."

"Enligt dig uppför sig ju de flesta demonblandningarna så där. Och ser motbjudande ut, som honom."

Garm kunde inte dölja ett snabbt leende. "Nå, du har kanske rätt. Men då kanske du också förstår hur speciell du är, och även varför så många människor har svårt för dig fast du inte har gjort dem något?"

Jo. Helt klart. Hon nickade.

Ljudet från ännu en halshuggning och den blodtörstiga folkmassan följde henne ut genom stadsportarna. Hon kröp ihop under kappan. Hade det också varit en halvdemon?

Garm red upp bredvid henne. "Försök att inte tänka på det. Jag menar, det har ju absolut ingenting med dig att göra. Det avrättas massor av människor hela tiden, för avskyvärda brott precis som den där killen, och det får inte mig att känna mig smutsig eller mindre värd. Det hade ju bara varit fånigt."

"Det är inte samma sak. När folk ser dig så ser de inte alla de där andra brottslingarna. Det gör de när de ser mig."

"Alla gör inte det."

"Tillräckligt många för att det ska vara jobbigt."

Garm gjorde en beklagande grimas och lade sin hand en kort stund på hennes axel. "Jag är ledsen Haell, men du tjänar i alla fall inget på att tycka synd om dig själv. Det är så här världen ser ut och om det stör dig så får du försöka göra något åt det."

Hon frustade till. "Hur då?"

"Visa folk att de har fel. Var en bra person. Gör goda gärningar. Var en god vän, trevlig mot främlingar. Till slut sprids ryktet. De har en tendens att göra det, rykten."

Hon bet sig i läppen medan hon funderade på saken. Allt det där var ju självklara saker. Vem var inte en bra person, trevlig mot främlingar, eller en god vän? Veskas ansikte dök upp framför henne och hon skakade på huvudet.

"Du skulle inte förändra folks syn på halvblod på en dag, självklart. Men i slutänden kanske du skulle göra skillnad", sade Garm lågt.

"Men det är ju bara om det inte finns några andra halvdemoner som missköter sig i närheten", sade hon med ett snett leende.

Garm log tillbaka. "Jag tror inte att det hade spelat någon större roll. Det kanske till och med hade varit bra. Då hade folk kanske lärt sig att inte dra alla halvblod över en kam."

Hon skrattade till. "Bäst att jag stannar länge på ett och samma ställe då, så att ryktet hinner byggas upp."

"Eller", sade Garm och blinkade, "så gör du något så stort att du blir vida berömd."

"Eller hur", fnös hon och skänklade hästen.

26

De hade inte sett minsta spår av mänsklig bebyggelse sedan de lämnade Mistrin tre veckor tidigare. Trots att landskapet de färdades igenom var fantastiskt, med frodiga skogar, mängder av sjöar och blomsterfyllda ängar. Till och med träsken och sankmarkerna, som det verkade finnas gott om, var vackra med sin speciella typ av växtlighet. Djurlivet var det rikaste hon någonsin sett med älgar, rådjur, hjortar, kaniner, rävar och massor med mäktiga rovfåglar. Garm hade till och med sett spår av björn, vilket hade skrämt henne till den grad att hon knappt kunnat sova på två nätter.

Bristen på människor fick dock sin förklaring två veckor in i resan när det började regna och vägrade sluta. Inte ens för fem minuter. Hon var dyngsur hela vägen genom skinnkläderna. De red i regn, åt i regn, sov i regn och vaknade till ännu mer regn. Hon hade nog aldrig varit så olycklig i hela sitt liv.

Nu red de genom ett öppet område, utan så mycket som ett träd att söka skydd under och hon satt och små huttrade på hästen. Kroppen kliade av den konstanta vätan och hon förbannade lågt de mörka molnen som täckte himlen och kräktes ner sitt innehåll över dem.

En tät dimma låg runt dem och gjorde att de bara såg några meter framför sig, så när de plötsligt mötte en grupp riddare i full rustning var riddarna nästan framme vid dem. När de mötande männen fick syn på dem höjde den främsta riddaren handen och stannade tvärt framför Garm.

Riddaren öppnade visiret. "Är det du Garm?"

"Benar!" Garm gav mannen en klapp på den rustnings klädda axeln som måste ha hörts lång väg. "Vad i hela fridens namn gör ni ute i det här vädret i full rustning?"

"Dåliga nyheter, min vän. Min herres slott har blivit attackerat av naolims. De har attackerat i två veckor nu. Folk är livrädda och många har försökt fly", sade riddaren och fortsatte med tjock röst, "vi har hittat delar av dem hela vägen hit."

"Hur många naolims är det?" frågade Rufus allvarligt.

"Vi vet inte riktigt. De attackerar i små grupper. Ibland två, ibland tre, ibland fem och så vidare. Vi har ingen aning om det är samma grupp som delar upp sig, eller om det är flera olika."

Garm såg bekymrad ut. "Men vad gör de här? Vi är ju en veckas ritt ifrån bergen! Om det inte är så att du kommer från norra sidan av Vatra?"

Riddaren skakade på huvudet med en beklagande min. "Slottet ligger sydväst om Vatra. Vägen till slottet ansluter till huvudvägen några kilometer härifrån."

"I så fall är det riktigt dåliga nyheter", sade Rufus, alldeles blek. "Vi har ju alltid förlitat oss på att de håller sig till bergen ... Men om så inte är fallet längre ..."

"Vi är på väg söderut, för att försöka hitta hjälp", sade Benar och lät trött.

"Har ni lyckats döda några?" frågade Garm.

"Nej. Det är svårt att komma tillräckligt nära utan att själv bli sliten i stycken. Vi har försökt att skjuta på dem, men de är snabba och fjädrarna gör att pilarna bara studsar av dem."

Garm nickade. "Har ni testat att mata dem?"

"I början gjorde vi inte det eftersom vi var rädda att de skulle börja se oss som en matkälla. Men när vi väl insåg att de redan gjorde det, började vi offra kreatur. Men vi kan inte hålla på och göra det i all evighet, då svälter vi ihjäl", sade riddaren uppgivet.

Hon betraktade riddaren medan han pratade. Vad för hjälp förväntade de sig att hitta söderut? Soldaterna och riddarna hon sett hittills var ju precis som den här gruppen. Deras svärd var inte längre, rustningarna var inte hårdare och pilarna inte vassare. De här männen behövde hjälp från någon som Veskas, som kunde döda monstren utan att behöva komma nära, eller använda vapen.

"Men det värsta", sa Benar med tjock röst, "är alla döda barn vi passerat. Vissa inte längre än mitt svärd."

Hon red upp till Garms sida. "Garm? Får jag prata med dig?"

Benar tittade på henne för första gången och ryckte till samtidigt som han svor lågt. "Vad i helvete Garm?"

Allt det vänskapliga försvann med ens ur Garms ansikte och han lutade sig närmare riddaren. "Du är tyst om du vill ha vår hjälp."

Benar tittade konfunderat mellan henne och Garm och nickade. "Jag var bara inte beredd. Jag antar att du berättar senare?"

"Visst", sade Garm med uttråkad min.

Han tog hennes tyglar och red iväg några meter, så att de kunde prata utan att de andra hörde.

"Vad är det?" frågade han lågt.

Hon kastade en blick mot Benar och hans mannar, som alla studerade henne. "Jag tror att jag vet ett sätt att hjälpa dem att bli av med naolimarna på."

Garms ögonbryn drogs ihop. "Hur då?"

Hon drog ett djupt andetag. "Veskas."

Garms ansikte mörknade. "Veskas?" frågade han med en farlig underton i rösten.

"Ja. Den där blixtgrejen borde väl kunna döda dem? Eller vad tror du?"

Garm skakade på huvudet. "Kanske, jag vet inte. Och jag vet inte hur långt han når med blixtarna."

"Men är det inte värt ett försök?" frågade hon entusiastiskt. "Och han är ju ändå här någonstans, jag hörde hans varg i går kväll."

Garm skakade på huvudet och tittade ogillande på henne. "Så du menar att vi ska komma och be honom om en potentiellt livsfarlig tjänst efter det som hände och efter hur vi, eller en av oss i alla fall, behandlade honom? Och var det inte du som i princip hatade honom som den han är nu?"

Hon grimaserade och sjönk ihop. "Jag vet, och jag vet inte vad jag ska säga annat än att jag tänkt igenom det och kanske ångrar mig lite. Det var fel av honom att lura oss, men han räddade ditt liv och han räddade mig, så jag skulle nog gett honom en andra chans när allt kommer kring."

Garms käkmuskler rörde sig medan han funderade på ett svar. "Det känns bara inte bra att ta upp bekantskapen igen efter det som hände", sade han till slut.

Då ilsknade hon till. "Vet du vad Garm. Ska du verkligen låta de här människorna lida bara för att du tycker att det är pinsamt att komma och fråga efter hjälp efter att jag bad honom försvinna!"

Garms ögon smalnade. "Det är inte bara pinsamt, det är förbannat oförskämt att be honom att offra sitt liv för en massa främlingar efter hur du behandlade honom!"

"Jo, jag vet! Men du hörde ju vad riddaren sade, de där djuren dödar små barn ... Jag kan inte leva med vetskapen att jag kanske hade kunnat hjälpt dem, men lät bli. Och förresten så är det jobbigare för mig än för dig, det var ändå mig han lurade mest!"

"Men för helvete Haell! Du säger en sak, han en annan. Varför är det just *din* åsikt, eller tro eller vad fan man ska kalla det, som ska gälla? Varför är det så otroligt omöjligt för dig att tro att det aldrig var hans mening att 'luras'? Att det var ett misstag som han drogs med i när han föll för dig? Och apropå det, när du försköt honom sådär krossade du förmodligen hans hjärta. I mitt tycke är det bara grymt att ta kontakt med honom igen bara för att du vill att han utför en tjänst åt dig. En till."

Hon grimaserade. "Om det hänger mellan att såra en person lite till, en som kanske egentligen inte är någon bra människa, vad vet vi, eller att låta en massa människor, barn, plågas och dö. Vilket väljer du?"

Garm morrade till. "Oavsett hur jag väljer så gör det mig till en dålig människa."

"Vilket val gör dig till den minst dåliga då?"

"För helvete, Haell", röt han till. "Vi försöker väl kontakta Veskas då."

27

Rufus stannade med Benar och hans riddare medan hon och Garm gav sig av för att försöka hitta Veskas. Men hon hade ingen aning om var de skulle börja leta. Var han framför dem? Bakom dem? Om han nu ens fanns i området ... Vargen hon hört kunde ju faktiskt ha varit en helt vanlig, vild varg.

Hon ropade Veskas namn tills hon blev hes och Garm tog över. Men hans mörka röst bars inte lika långt som hennes och hon tog snart över igen. Men när mörkret började falla, och Garm kastade mer och mer uppgivna blickar på henne, var hon tvungen att erkänna att de nog inte skulle hitta Veskas. Eller att han kanske helt enkelt hörde, men struntade i dem. I så fall förstod hon honom.

Hon vände sig mot Garm. "Ska vi rida tillbaka?"

Han såg sig om och skakade på huvudet. "Det kommer att hinna bli natt innan vi kommer tillbaka till de andra." Han nickade mot en skog framför dem. "Jag tycker att vi stannar där för natten, har vi tur kanske vi kan hitta en fläck där vi kan hålla oss torra."

Hon nickade. Även om regnet avtagit till ett lätt duggregn var hon inte så sugen på att rida hela vägen tillbaka till de andra i nattmörkret och vätan.

De hittade en plats där några träd vält och skapat ett naturligt litet tak. Hästarna fick inte plats, men hon och Garm kunde i alla fall sova torrt för en natt.

Hon höll just på att lägga ut sina filtar när en stor, grå varg kom ut ur mörkret. Hästarna började gnägga och försökte slita sig, men vargen struntade i djuren. Den ställde sig framför henne och Garm, med blicken fäst på dem.

Garm reste sig med ena handen på svärdsfästet och såg sig omkring. "Veskas?"

Inget svar.

Garm tittade på henne och gjorde en diskret gest mot vargen. "Det måste vara Veskas varg. En vild varg skulle inte uppföra sig så där. Den skulle i alla fall inte vara så lugn."

Hon studerade vargen med rynkad panna. Nu började det bli ganska mörkt, så hon kunde ju se fel, men hon hade ett klart och tydligt minne av att Veskas varg varit mycket mörkare.

"Jag tror att den där är för ljus."

Garm ryckte på axlarna. "Jag såg ju mer än en varg när jag låg sjuk. Det kanske inte var feberhallucinationer när allt kommer omkring."

Hon vände sig mot skogen. "Veskas? Vi vill bara prata med dig!"

Vargen tog ett steg mot henne, stannade och började skimra. Synen fick det att vända sig i magen och hon vände bort blicken. Men så hördes en förvånad svordom från Garm och hon tittade upp. Vargen var borta och i dess ställe stod Veskas, fortfarande på alla fyra. Han ställde sig upp och borstade av händerna med en ointresserad blick mot henne.

"Vad vill ni", sade han med kall röst.

Hon tittade mot Garm.

"Det var din idé, varsågod", sade han och nickade sedan mot Veskas. "Trevligt att se dig igen. Så du kan förvandla dig till en varg också?"

"Jag kan förvandla mig till nästan allt levande", svarade Veskas och vände sig mot henne igen. "Nå, nu har du mig här. Vad ville du?"

Hon gav honom en kort resumé av vad Benar berättat. Under tiden hon pratade åkte Veskas ögonbryn högre och högre upp.

"Så", sade han när hon tystnade, "vad får dig att tro att jag tänker riskera mitt liv för en massa främlingar bara för att du ber om det? Är du så inbilsk att du tror att jag fortfarande vill ha med dig att göra efter det som hände?"

Hon skakade på huvudet och tittade hjälpsökande på Garm igen men han höll upp händerna mot henne och skakade på huvudet.

Hon knöt händerna framför sig och tog ett steg mot Veskas. "Jag är jätteledsen för att det blev som det blev, och att jag sade som jag gjorde. Jag blev chockad och ledsen för att den Veskas jag lärt mig tycka om inte fanns. Jag saknar honom."

Veskas var tyst en stund, sedan suckade han och nickade med en trött blick mot henne. "Och vad händer om jag skulle hjälpa till?"

"Jag kommer att vara dig evigt tacksam, precis som jag antar att folket här kommer att vara", sade hon allvarligt.

Veskas fick en underlig glimt i ögonen, och tog ett steg närmare henne. "Ge mig en kyss sha'na, så ställer jag upp."

Det distinkta ljudet från Garms svärd när det drogs ur skidan hördes. "Över min döda kropp", sade Garm kallt.

Ett föraktfullt leende bredde ut sig i Veskas ansikte när han vände sig mot Garm. "Det är enkelt ordnat", sade han med lika kall stämma som Garm precis använt och höjde ena handen.

"Snälla!" ropade hon och placerade sig mellan de två männen. "Sluta! Bägge två!"

Veskas gjorde en antydan till att sänka handen, men Garm behöll envist svärdet uppe. Hon vände sig om och stirrade argt på honom tills han gav med sig och satte tillbaka det i skidan. När han gjort det sänkte Veskas armen och såg ut att slappna av igen.

"Tack Garm", sade hon och vände sig mot Veskas som nu stod så att han kunde se både henne och Garm. "Men det är väl inte ett rättvist utbyte, eller hur?"

"Varför inte?" frågade han med huvudet lätt lutat och lät blicken vandra över henne. "Annars kan jag komma på ännu bättre ersättningar för att jag ska riskera mitt liv."

Hon insåg vad han pratade om och gjorde en generad grimas. Det här var inte alls likt den Veskas hon var van vid, men hon hoppades att han sade sådana här saker bara för att han var upprörd och sårad. Inte för att han egentligen var sådan här. Åtminstone hoppades hon att det var så.

"Det kommer inte att hända", sade hon.

Veskas ryckte på axlarna. "Då har du ditt svar."

Hon gjorde en uppgiven grimas och vände sig mot Garm som betraktade henne tyst. "Kom, så rider vi tillbaka till de andra."

Hon var nästan framme vid hästen när Veskas svor lågt bakom henne.

"Jag gör det. Vi slår läger här i natt, så ger vi oss av till de andra i morgon när solen går upp. Är det till din belåtenhet, sha'na?"

Lättnaden fyllde henne som ett lyckligt brus och innan hon hann tänka sig för skyndade hon fram och gav honom en hård kram. Han ryggade först tillbaka, men lade sedan ena armen lätt om hennes axlar innan hon släppte och tog ett steg tillbaka.

"Tack Veskas! Jag är skyldig dig en!"

Han log snett och höjde ena ögonbrynet. "Jag ska komma ihåg det", sade han och tittade sedan mot Garm. "Väntar ni här så ska jag bara hämta min häst. Det tar en stund, men jag kommer tillbaka."

Det obehagliga skimret började igen och både hon och Garm vände bort blicken. Några sekunder senare hördes det skarpa skriet från en fågel och när hon tittade upp var Veskas försvunnen och en stor örn bredde ut sina imponerande vingar och lyfte.

28

Benar såg inte särskilt förtjust ut när hon och Garm kom tillbaka med Veskas nästa morgon, men efter att hon berättade om Veskas gåvor mjuknade Benar upp och fick till och med en glimt av hopp i blicken.

Regnet avtog äntligen helt och landskapet förändrades sakta för var timme de färdades. Naturen var fortfarande frodig och vild, men vattendragen och träsken blev färre och färre och snart började de skymta gårdar och små stugor.

Strax efter middag red de in på en mindre avtagsväg omgärdad av prunkande fält och Benar stannade hästen och vände sig mot dem. "Nu börjar vi närma oss ytterkanterna av deras jaktområde, så det är bäst att alla oskyddade medlemmar i gruppen stannar här", sade han med en nickning mot henne och Rufus.

Garm klev av hästen och började, med Rufus hjälp, att sätta på sig rustningen. Efter de senaste veckornas konstanta regn hade den antagit en matt, roströd färg som tillsammans med kopparen gjorde honom helt orangeröd. Det framkallade en del skratt och kommentarer från de andra riddarna, men Garm flinade bara och ryckte på axlarna. Den fyllde fortfarande sin funktion, även om den inte var särskilt rolig att titta på. Själv kunde hon inte låta bli att rynka på näsan vid tanken på hur det borde lukta inuti den av både rost och gammal svett.

Just då vände sig Garm mot henne och lyfte gnisslande visiret. "Du slutar att rynka på näsan, lilla damen! Annars är det du som får polera den när jag kommer tillbaka."

Hon skrattade till. "Det gör jag så gärna, se till att komma tillbaka helskinnad bara. Inte spela hjälte."

Garm fnös till stängde visiret. Men så ångrade han sig och öppnade det igen.

"Du och Rufus stannar här tills vi kommer tillbaka. Och om några naolims skulle få för sig att komma förbi här så ska ni ..." Han tystnade och såg sig omkring.

Hon höjde ett ögonbryn han visste lika väl som hon att det inte fanns något skydd för dem här.

"Så försöker ni gömma er", fortsatte han sedan. "Låt dem hellre få hästarna än er. Förstått? Och kom ihåg, deras enda svaga punkt är de fjäderlösa halsarna. De har fjäll, men de är relativt mjuka."

"Men skulle det inte vara enklare att skära genom fjädrarna då?" frågade hon.

"Nej", svarade Benar. "Det är inga vanliga fjädrar. De är hårdare än vad fjällen är."

Hon nickade och rös till. "Ok."

"De kan följa med om de vill", sade Veskas. "Det är kanske bättre än att lämna dem här, helt försvarslösa."

Vilket var värst? Att följa med och garanterat stöta på Naolims men kanske klara sig, eller att stanna kvar och garanterat dö om några kanske dök upp? Hon rös.

"Jag följer nog hellre med." Hon sneglade mot Rufus. "Eller vad säger du?"

Rufus lyfte överläppen i en äcklad grimas och skakade på huvudet. "Det är ju som att välja mellan pest och kolera, men det känns nog bättre att följa med. Om det inte är aktuellt att rida runt ... Det hade jag nog föredragit ..."

Garm vände sig mot Veskas. "Kommer du att kunna skydda dem då? För jag kan i alla fall inte svära på att jag kan."

"Ja. Om de håller sig nära mig", svarade Veskas lugnt.

"Även om du skulle bli attackerad av flera naolims samtidigt?" frågade Garm.

"Ja."

"Då var det bestämt", sade Garm och fick hjälp av Rufus att sitta upp på sin häst.

Under tiden red hon bort till Veskas. "Är du säker?" frågade hon, lågt nog för att bara han skulle höra.

"På vad?" frågade han. "Att jag klarar av att skydda er, eller att jag är villig att göra det?"

Hon tvekade. "Båda delarna antar jag", sade hon och studerade honom osäkert.

"Jag antar att du inte har mycket annat val än att lita på mig. Om du klarar det eller inte är helt upp till dig. Men glöm inte att jag tydligen är en falsk lögnare i dina ögon." Han vände hästen och red efter Garm och Benar som precis satt hästarna i rörelse.

Hon tittade efter honom. Hårda ord, men han hade rätt. Hon hade inget annat val än att lita på honom. Så fick hon bara hoppas att det inte visade sig vara ett misstag. Sammanbitet skänklade hon hästen och red efter dem.

Snart började liken av svårt stympande människor och djur dyka upp runt dem. Barn och vuxna. Vissa låg på vägen, andra på fälten runt omkring dem. Hon visste inte vad som var värst, lukten eller synen. Jo förresten, synen av de döda, lemlästade barnen var värst. Hon rös och böjde ner ansiktet mot hästens hals.

Veskas fäste blicken mot himlen samtidigt som han om och om igen öppnade och stängde händerna om tyglarna.

Utan ett ord slöt sig riddarna runt dem, så att hon, Rufus och Veskas red i en liten klunga, omgärdade av rustnings klädda män.

"Folk måste ha varit desperata som ändå försökte ta sig härifrån", sade Garm med låg röst. "Men det som bekymrar mig är att det är på tok för mycket människor för att bara komma från några gårdar eller byar i området."

"De kommer från hela regionen", sade Benar. "Ryktet spreds och masspanik utbröt. Det sorgligaste av allt är att de flesta av dem var fullständigt säkra där de var, ända tills de fick för sig att fly till Mistrin och passerade här. De enda som klarat sig var de som var smarta nog att söka skydd i slottet."

Övergivna hus började dyka upp på bägge sidor av vägen och det dröjde inte länge innan de red in i en liten by, övergiven även den. I många av husen stod dörren på vid gavel, som om den enkla uppgiften att stänga den bakom sig hade varit för tidskrävande.

Det fanns inte lika många döda här, vilket var en lättnad. Inte lika många döda människor i alla fall. Döda djur var det däremot gott om. Kor, getter, hundar, grisar med mera låg utspridda över marken. På några ställen låg det till och med djur på hustaken, som om en naolim tagit med sig sitt byte upp till högre mark och sedan inte orkat bry sig om att äta upp det.

Riddarna stannade plötsligt och spridda viskningar hördes bland dem. Magen knöts när hon såg sig omkring för att se vad de stannat för.

Veskas knackade henne mjukt på armen och pekade sedan mot ett hus några meter bort. Hon flämtade till. Ovanpå taket satt en jättelik fågel med huvudet instoppat under ena vingen. Det hon kunde se av kroppen var täckt av ljusbruna, fläckiga fjädrar och halsen var tunn och gulaktig. Från det avståndet kunde hon inte se några fjäll, men hon kunde tänka sig hur de såg ut. Hon gissade att fågeln var ungefär samma storlek som Garm, men det var svårt att säga exakt på det avståndet och när den satt uppflugen på taket.

En av soldaterna hade glidit av sin häst och smög nu försiktigt fram mot naolimen. När han kom tillräckligt nära lyfte han ett armborst och siktade. Veskas rörde sig lite bredvid henne. Spänningen i gruppen var påtaglig medan alla väntade i tystnad på att soldaten skulle skjuta.

Fågeln vaknade i samma ögonblick som pilen lämnade armborstet. Dess blodröda ögon fokuserade på soldaten och den stora ödlemunnen öppnades och blottade rad efter rad med sylvassa tänder. Men innan fågeln hann attackera träffade pilen perfekt i halsen och naolimen föll skriande av taket och landade med en tung duns i marken nedanför.

De övriga soldaterna och riddarna skyndade fram, med vapnen dragna, men pilen hade gjort sitt jobb. Fågeln flaxade ryckigt med vingarna några gånger och låg sedan stilla.

Veskas hoppade av hästen och tog sig fram till fågeln. När riddarna flyttade på sig så att han kom fram till kadavret satte han sig på huk, doppade fingret i blodet som rann från halsen och smakade på det.

Soldaterna protesterade högljutt samtidigt som flera av dem gjorde äcklade ljud.

Veskas reste sig och höll upp ena handen i luften. "Vänta! Om ni bara lugnar ner er kan jag förklara", ropade han. Det var ett mirakel att hans skrovliga röst lyckades överrösta protesterna, men riddarna tystnade motvilligt.

"Det är bäst att du har en jäkligt bra förklaring!" morrade Garm och trängde sig fram mot Veskas.

Veskas nickade, gjorde en äcklad grimas och spottade på marken. "Kan någon kasta hit mitt vattenskinn?"

Veskas drack girigt, sedan vände han sig mot gruppen och började skimra. Hon vände automatiskt bort blicken, ända tills en samfälld flämtning från riddarna sade henne att han var klar. En stor naolim hade tagit hans plats och de skärrade soldaterna började famla vilt efter sina vapen. Men innan någon hann attackera skimrade han till och blev sig själv igen.

"Där såg du varför. Jag kan förvandla mig till allt vars blod jag smakat."

Garm gjorde en grimas och nickade mot Veskas. "Och vem kan motstå att ha en naolim på sin repertoar?"

"Man vet aldrig när det kan komma till användning", svarade Veskas med en hård blick på Garm, sedan vände han sig mot Benar. "Så, vad är planen?"

Benar nickade mot slottet som syntes några kilometer bortanför byn. "Det verkar inte finnas några fler naolims här just nu, så vi inväntar nästa attack inne i slottet."

29

Benar tog med dem till slottssalen, ett enormt rum, fullt av människor som flytt undan naolimarna. Stämningen var dämpad och folk såg trötta, sorgsna och rädda ut. En kvinna satt lutad mot väggen med en docka pressad mot bröstet och grät tyst, medan hennes man strök över hennes arm med tom blick.

Hon rös och kastade en blick mot Veskas som gick strax framför henne. Han kunde inte hjälpa den familjen att få tillbaka sitt barn, men han kunde förhoppningsvis se till att inga andra förlorade en familjemedlem.

En äldre man med kritvitt hår och skägg mötte upp dem med en frågande min i det trötta, fårade ansiktet.

Benar bugade mot mannen. "Det här är Garm, Rufus, Veskas och Haell, de är här för att hjälpa oss." Benar vände sig mot dem. "Och det här är slottsherren, Greve Alran."

"Det är Veskas här som vi hoppas kan hjälpa dig med naolimarna", sade Garm. "Han är ka'urman från Nef'rath och har en del imponerande färdigheter."

Alran nickade. "Jag välkomnar er till mitt slott. Det är bara tråkigt att det inte kunde vara under behagligare omständigheter", sade han med mjuk men kraftfull röst och fäste sedan blicken på Veskas. "Och Ni, min gode herre kommer att bli rikligt belönad om Ni lyckas befria oss från den plåga som fallit över oss."

Veskas nickade. "Jag ska göra mitt bästa."

Alrans blick blev tårfylld och han klappade Veskas på axeln. Med en snabb nick mot henne, Garm och Rufus vände han sedan och gick.

En av de tjänstgörande vakterna kom in och meddelade att det var fritt fram för folk att gå ut om de ville. Det fick humöret i rummet att stiga. Folk började prata lite högre, enstaka skratt hördes och flera av barnen försvann ut, efter noggranna förhållningsorder från föräldrarna.

Garm gick iväg för att se över sin rustning medan Rufus följde med en tjänare som kom för att visa dem till ett rum för natten. Själv gick hon ut till slottsgården för att få lite välbehövlig sol. Efter den senaste tidens regn behövde hon verkligen lite solsken.

Trots att slottsgården var fullt av arbetande människor var tempot klart lugnare än i Gerhains borg. Mycket verkade bero på att folk tagit för vana att stanna och titta mot himlen för varje steg de tog. Steg, titta, steg, titta. Om de inte tittade mot himlen hela tiden förstås, som vissa faktiskt gjorde. Något som orsakade arga blickar och hårda ord varje gång någon var tvungen att hoppa ur vägen för dem.

Slottet påminde annars mycket om Gerhains borg, bara det att arkitekturen var finare och allting var större. Det hade en stor central byggnad som omgärdades av en inre mur och mellan den muren och den yttre låg diverse mindre byggnader. Som stall, smedja, soldatbaracker, odlingar och fruktträdgårdar, tunnbindare med mera. I alla fyra hörnen av den yttre muren fanns höga torn.

227

Hon hittade några tunnor som stod mot en mur och slog sig ner på en av dem. Värmen från solen spreds genom kroppen och hon kände hur hon slappnade av för första gången på flera veckor. Om inte orsaken till att de var här hade varit så fruktansvärd hade hon nästan njutit.

Steg hördes mot gruset och när hon vände sig om mötte hon Veskas blick.

"Jag tänkte att det kanske var bäst att hålla sig i närheten när du var här ute", sade han med ett tillkämpat leende.

Hon log tillbaka. "Tack, det var omtänksamt Veskas."

Han slog sig ner på tunnan bredvid henne och vände ansiktet mot solen.

"Jag vet inte var jag har dig", sade han lågt.

Hon vred på huvudet och tittade på honom. Han såg trött och sorgsen ut.

"Jag är ledsen Veskas", sade hon lågt, "men du kan knappast klandra någon annan än dig själv och ..."

"Nej, jag pratar inte om det", avbröt han. "Jag menar nu. Utnyttjar du mig bara eller finns det en chans att vår vänskap kan återuppstå?"

Hon tittade ner på händerna som låg i knät. "På sätt och vis gör jag väl det, antar jag. Jag hade aldrig letat upp dig om jag inte hade behövt din hjälp ... Och när det kommer till vänskap ... Jag saknar Veskas något fruktansvärt ibland, men jag klarar fortfarande inte av att se er som samma person ... Jag kanske är dum eller något, men det går inte."

Han skakade på huvudet. "Och mig avskyr du för evigt ... Det kan väl inte bara vara några dumma saker som man hävde ur sig en gång i ett öltält?"

Hon vände blicken mot honom igen och studerade hans ansikte en stund. Det var ett starkt ansikte. Ett maskulint, självsäkert ansikte. Ärren som föreställde olika symboler och mönster gjorde att han såg fascinerande och spännande ut, men även otäck och farlig. De olikfärgade ögonen var kusliga att se in i och hon visste aldrig riktigt vilket öga hon skulle fokusera på. Men han var långt ifrån ful och tillsammans med den självsäkra utstrålningen blev han skrämmande attraktiv. Definitivt mer attraktiv än den gamla Veskas.

Hon skakade på huvudet för att få tankarna på rätt spår igen. "Jag avskyr dig inte! Jag är bara rädd för att du kanske ändå ljuger och fortfarande vill tvinga med mig till din stam. Jag kan inte hjälpa det."

Han gjorde en bitter men samtidigt road grimas. "Jag får väl helt enkelt skylla mig själv ... Det är inte första gången man får ångra någon korkat man gjort när man varit berusad ..."

Hon kunde inte hålla tillbaka ett leende. "Och jag kanske måste försöka glömma och förlåta. Och lära mig mer om er kultur, så att den inte känns så annorlunda och konstig."

"Vad är annorlunda och konstigt?"

Hon ryckte till och tittade upp på Garm som stod och betraktade dem några meter bort.

"Åh, ingenting", sade hon med ett blixtrande leende som hon hoppades skulle få bort hans tankar från hennes och Veskas samtal. "Är du ute för att få lite sol?"

"Ja", sade han och slog sig ner på marken bredvid henne. "Jag var och lämnade rustningen hos smeden och råkade få syn på er två."

"Den såg ut att vara redo att falla i småbitar", sade Veskas med skratt i rösten.

Garm gjorde en grimas. "Den klarar lite rost, men den blir inte vacker."

Veskas rynkade på ögonbrynen. "Får jag fråga varför en Talborean är dubbad till riddare i Solea?"

Garm ryckte på axlarna. "Min far ansåg att jag var i behov av disciplin, så han satte mig i tjänst hos Gerhains far när jag var nio. Jag bodde där till och från tills jag blev dubbad till riddare och hemkallad igen. Men jag och min far tålde fortfarande inte varandra och alla år isär hade inte gjort saker och ting bättre direkt. Så jag gav mig av igen."

"Och blev soldat", konstaterade Veskas. "Men din far måste vara ganska välbärgad för att kunna sätta sin son i tjänst för att bli riddare ... Så varför bli en enkel soldat om din familj har pengar?"

Garm skrattade till. "För att trotsa min far. Varför annars." Han reste sig upp. "Nu ska jag gå och träna. Vi ses vid middagen."

Hon tittade efter Garm där han försvann över slottsgården och vände sig sedan mot Veskas igen. Han hade lutat huvudet mot muren och satt med slutna ögon och njöt av solen mot ansiktet. Solljuset lös upp ärren och hon tittade fascinerat på dem. Med åren hade de blivit vita och blanka på ett sätt som gav dem ett silveraktigt skimmer i ljuset.

Som om han kände på sig att hon studerade honom öppnade han ögonen och tittade undrande mot henne.

"Förlåt. Jag menade inte att stirra", sade hon och rodnade.

Veskas flinade och blinkade mot henne. "Det gör inget. Du får stirra hur mycket du vill."

"Hur gammal var du när du fick ärren?"

"De första får man direkt efter födseln. Resten vid manbarhetsriten i tonåren."

Att någon kunde göra något så grymt mot ett nyfött barn! Hon rös till och tyckte plötsligt synd om honom.

"Men varför utsätta sig för det? För att inte nämna ett försvarslöst barn!"

"För att symbolerna är magiska. De skyddar och gör oss starkare."

Hon skakade på huvudet. "Men det är ju bara bilder, figurer ... En bild kan ju inte vara magisk.'"

"Vad är magi?" kontrade han.

Ja, vad var det egentligen? Hon ryckte på axlarna. "Jag vet inte."

"Så hur kan du då veta hur magi kan, och inte kan, fungera?" frågade han och blinkade leende mot henne.

Hon skrattade till. "Det kan jag inte. Men magiska bilder är i alla fall konstigt."

"Konstigare än att jag kan förvandla mig till i princip vilket djur eller vilken människa som helst?"

Hon stack ut tungan lite. "Nej, det är sant. All magi är konstig."

Veskas log brett. "Ja, jag håller med. Egentligen är all magi lite konstig."

"Gjorde det ont?" frågade hon lågt.

"Ja."

"Usch", sade hon och lade kort handen över hans. "Om jag hade varit där när det hände så hade jag gjort allt jag kunde för att stoppa det."

"Tur att du inte var det då, för de gör mig till den jag är", sade han med ett snett leende.

"Hur kan du veta det när du aldrig varit utan dem?"

Han ryckte på axlarna och skrattade lågt. "De gör mig till ka'urman i alla fall och det är ett ganska genomgående tema i mitt liv."

"Mmm. Fast jag saknar den Veskas som inte var ka'urman."

Han gav henne ett nästan fräckt leende. "Det är bara för att du har känt honom längre än mig."

Hon sneglade på honom. Kanske det ...

30

Hon väcktes av ett blodisande skrik som hängde kvar i luften långt efter att det tystnat. Först begrep inte hennes sömndruckna hjärna vad det var hon hört, men så fylldes slottet av panikslagna skrik och hon satte sig upp. Naolims.

Rufus var redan i full färd med att hjälpa Garm på med rustningen.

Veskas, som väntade vid dörren, himlade med ögonen.

"Går det inte att göra det där snabbare?"

Rufus vred huvudet mot honom. "Hjälp till i stället om du har så bråttom då."

Själv satt hon på sängkanten, påklädd och redo. Det molade i magen när hon tänkte på vad som var på väg att ske. Även om Garm hade sin rustning var den ju inte helt oförstörbar. Hon mindes fortfarande tydligt hur stridsgisslets taggar hade perforerat metallen och honom. Taggar som säkert var väldigt lika Naolimarnas klor. Hon sneglade mot Veskas som stod vid dörren med slutna ögon och kusligt lugnt ansiktsuttryck. Tänk om hans blixtar inte fungerade mot fåglarna och han dog? Då skulle det vara hennes fel. Hennes fel att bägge versionerna av honom var borta för alltid.

Garm klämde in hjälmen under armen och stegade bort till Veskas som med ett talande ansiktsuttryck öppnade dörren åt honom. Garm nickade och klev ut i korridoren, med Veskas hack i häl.

Varken hon eller Rufus fick, eller ville, vara med ute på slottsgården, så de gav sig av för att försöka hitta ett fönster som de kunde följa händelserna från. Men de var för sent ute. Vartenda fönster i åtkomlig höjd var redan fullt av nyfikna människor.

Plötsligt lös ett skarpt blått ljussken upp väggarna och ansiktena på de som stod i fönstren. Ett dämpat sus drog igenom åskådarna.

Veskas hade satt igång.

Hon svor högt och knuffade sig nerför trappan till den stora entréhallen. Det var folk överallt! Hon ville bara skrika åt dem att flytta på sig så att hon kom fram! Hon knuffade en man ur vägen och tog trappan i två gigantiska, nästan flygande hopp och det var först när hon kom ner som hon insåg att hon fällt ut vingarna under luftfärden. Hon vände sig om och tittade efter Rufus men kunde inte se honom bland alla människor. I ärlighetens namn visste hon inte ens om han följt efter. Han kanske stod kvar däruppe och försökte se ut genom fönstren.

Hon fortsatte mot de stängda dörrarna och slängde upp den vänstra dörren utan att så mycket som fundera på om det kunde stå någon bakom den. Läget var perfekt. Rakt framför henne, ett tiotal meter bort, stod Garm och Veskas rygg mot rygg. Garm med sitt svärd draget och blod rinnande ifrån den nakna högerarmen. Veskas stod med händerna höjda framför sig. Redo. Hon rynkade ögonbrynen. När Garm lämnat rummet hade han definitivt haft full rustning på sig, nu var bägge armarna nakna och hon kunde se skydden ligga utspridda på marken runt honom. Hade han tagit av dem med flit eller hade fåglarna slitit av dem?

Ovanför dem cirklade åtta naolims, två låg döda på marken. Den ena hade fått halsen avskuren, det var förhoppningsvis därifrån som blodet på Garms arm kom, och den andra naolimen låg med svartnade fjädrar och rök bolmande ur munnen och ögonen. De återstående fåglarna såg ut att tveka i himlen.

Veskas fick syn på henne.

"Vill du hjälpa till?" ropade han.

"Visst!" ropade hon tillbaka.

"Nej!" ropade Garm och höll upp ena handen mot henne, som om det på något sätt skulle stoppa henne. "Gå in igen, Haell!"

"Du är fullkomligt säker!" ropade Veskas.

Garm vände sig om och gav Veskas en giftig blick men Veskas ignorerade honom totalt.

"Kom ut och ställ dig där borta." Veskas pekade mot en plats ungefär femton meter ifrån där han stod.

Garm försökte protestera men hon struntade i honom. Om Veskas behövde hennes hjälp tänkte hon ge den. Särskilt med tanke på att han aldrig hade stått där nu om det inte hade varit för henne.

Så fort hon började gå mot det utpekade stället uppstod en märkbar upphetsning hos naolimarna. Några skrek exalterat medan andra började göra små lätta dykningar åt hennes håll. De arbetade uppenbarligen upp modet, för de dök lite längre för varje gång. Synen fick håret att resa sig i nacken och svett bröt ut över kroppen.

"Så fort jag säger åt dig", sade Veskas, "springer du det snabbaste du kan mot mig. Jag vill inte komma till dig för jag vill att de ska tro att jag inte kan flytta på mig, att de är säkra så länge de inte flyger för nära mig. Annars kanske de ger upp och flyger iväg."

Hon nickade och torkade svetten från handflatorna medan hon noga höll koll på fåglarna ovanför sig. De blev mer och mer upphetsade ju längre hon gick. Nu flög alla åtta ovanför henne medan de noggrant såg till att inte råka komma för nära Veskas.

"SPRING!" Garms plötsliga utrop fick nästan hennes hjärta att stanna.

Med andan i halsen och kvidande av skräck började hon springa mot Veskas som ganska omgående skakade på huvudet och signalerade åt henne att stanna.

"Chansen är borta", sade han beklagande och blinkade sedan mot henne. "Försök att inte bry dig om Garm. Vänta på *min* signal. Sedan springer du."

Hon nickade och började gå tillbaka mot den utpekade platsen medan hon höll koll på fåglarna som för närvarande verkade ha förlorat intresset för henne. Var de tillräckligt smarta för att lära sig att det var en fälla? I så fall hade de nog inte alltför många försök på sig innan det här tricket inte skulle fungera längre.

"NU HAELL, SPRING!" Veskas röst ekade mellan murarna.

Under bråkdelen av en sekund stannade hon chockat till. Hon trodde att hon haft stenkoll på var alla naolims befann sig. Vad hade hon missat? Instinktivt lyfte hon blicken mot himlen.

"Rör på dödköttet för helvete!" Intensiteten i Garms röst skrämde henne tillräckligt för att få fart och hon slet blicken från himlen och vände och sprang. Den närmsta naolimen hade varit bakom henne, det var därför hon inte

sett den, och den var otäckt nära. Till råga på allt så trig-
gades nu jaktinstinkten hos de resterande naolimarna
som satte efter henne under hetsiga skrik.

Garm hade öppnat upp sitt visir och hon kunde tydligt
se paniken i hans ögon när fåglarna närmade sig henne
snabbare än vad hon närmade sig Garm och Veskas.

Förutom en spänd linje kring munnen såg Veskas oro-
väckande lugn ut.

Den närmsta naolimen krympte avståndet till henne
skrämmande snabbt. Nu var det bara ett fåtal meter mel-
lan dem. Den stora fågeln sträckte fram klorna, redo för
att attackera och hennes hjärta började slå smärtsamma
dubbelslag av skräck.

"Ner på marken!" skrek Veskas och hon kastade sig på
mage och försökte ignorera smärtan när hon slog i och
gled över kullerstenarna.

Ett sprakande ljud hördes ovanför henne, följt av ett
hemskt skrik från fågeln och sedan en tung duns när den
slog i marken precis bredvid henne. Veskas hade fått den.

Hon låg kvar några sekunder och andades ut medan
hon väntade på att benen och händerna skulle sluta skaka.
Det sprakande ljudet och fågelskriken hördes igen och
hon vred på huvudet för att se vad som hände, glad över
att hon legat kvar. Gruppen med naolims flög nu i en
oorganiserad, förvirrad massa precis ovanför henne och
två naolims låg brända och rykande på marken. En frän,
stickande lukt kom från dem.

Veskas sköt iväg ytterligare några blixtar som nätt och
jämnt träffade den naolim som var närmast i klungan.
Den vinglade till, skrek och föll mot marken.

De återstående fem fåglarna lyckades samla sig igen
och flög högre upp i himlen, tillräckligt för att komma

utom räckhåll. Garm skyndade fram och hjälpte henne upp på fötter medan han i förbifarten kontrollerade så att hon inte var skadad.

"Är allt bra?"

"Jodå, tack", svarade hon medan hon borstade av kläderna.

"Varför i helvete kom du ut?" väste han mellan sammanbitna tänder och grep henne hårt över axlarna.

Hon skakade av sig händerna och tog ett kliv bakåt. "Jag var tvungen att se vad som hände, annars skulle jag bli tokig av oro."

"Och det här är bättre tycker du? Nu är vi i fara alla tre istället", sade han skarpt.

Hon ryckte på axlarna. "Jag var ju ändå den som envisades med att vi skulle hjälpa till, så det är väl inte mer än rätt att jag också offrar mig. Gå tillbaka nu så försöker vi igen."

Garm bet ihop käkarna så hårt att hon blev rädd att han skulle bita sönder tänderna, men efter några sekunders stint stirrande på henne vände han och gick tillbaka till sin plats vid Veskas.

Hon tog ett djupt andetag. Händerna skakade fortfarande. Hela hon skakade som ett asplöv vid närmare eftertanke. Men det verkade ju vara det enda sättet för dem att få fåglarna tillräckligt nära Veskas, så hon tog ännu ett stärkande andetag och vandrade tillbaka till sin plats.

Den här gången tog det ännu längre tid innan fåglarna verkade få upp intresset för henne. Såpass lång tid att hon började gå så sakteliga igen för att se om ett större avstånd till Veskas skulle väcka intresset igen. Men till slut blev hon ändå tvungen att stanna då hon insåg att hon aldrig skulle hinna tillbaka om hon tog ett steg till.

Naolimarna verkade uppjagade. De flög ryckigt mellan henne och Veskas, som om de försökte bestämma sig för vem de skulle attackera. Efter ett par rundor fram och tillbaka delade gruppen på sig och halva gruppen stannade kvar vid Veskas medan den resterande halvan påbörjade en attack på henne.

"Helvete, Haell! SPRING!" skrek Garm och började klumpigt springa mot henne.

Veskas började också springa, men så fort han tog blicken från de naolims som var ovanför honom attackerade de och han blev tvungen att stanna upp och försvara sig.

Det brände i lungorna när hon sprang. Stressen gav henne tunnelseende och allt hon såg var Garm på väg mot henne. I utkanten av synfältet skymtade hon suddigt hur Veskas försökte springa och skjuta blixtar samtidigt. Men det såg nästan omöjligt ut. Träffsäkerheten verkade dessutom sjunka avsevärt.

Något fick tag i hennes hår och ryckte till så hårt att ögonen tårades och hon skrek gällt av skräck. Veskas svor högt, fortfarande för långt bort och med Garm i vägen, men Garm i sin tur var nästan framme. Naolimen såg den annalkande faran och släppte henne sekunderna innan Garm kom fram med svärdet i handen. Fågeln väste ilsket mot honom och vände och flög utom räckhåll. Samtidigt skrek en av de andra naolimarna till och fåglarna avbröt attacken. De cirklade över gården i några sekunder för att sedan vända och flyga bort över skogen.

Veskas vrålade frustrerat när han såg fåglarna lämna dem. I nästa sekund skimrade han till och lyfte mot himlen i form av en stor naolim. Hon skrek hans namn, men han fortsatte och försvann snabbt bort mot skogen och de andra fåglarna.

Garm stoppade undan svärdet och grep tag i hennes arm och drog försiktigt i henne.

"Kom så går vi in", sade han mjukt.

"Men Veskas! Han kan inte ta sig an fem naolims ensam!"

"Det finns inget vi kan göra åt det Haell", sade Garm lågt. "Vi behöver hästar för att ta oss dit de flög och när vi väl kommer fram kommer allt säkert redan vara över. Du såg själv hur snabbt de flög."

Han drog försiktigt i henne igen. "Kom", manade han.

Hon rös till och följde motvilligt med in i slottet. Det värkte i henne av oro för Veskas. Hände det honom något skulle det vara hennes fel.

Det var dödstyst när de klev in i den stora salen. Chock, rädsla och tacksamhet lös ur folks ögon och många av dem kom fram för att tacka. De tackade till och med henne, något som fick hjärtat att växa tills det kändes som att det skulle komma flygande ur bröstet.

Hon satt och petade i middagen när ett tumult på motsatta sidan av salen fick henne att titta upp. Inne bland alla uppjagade människor kunde hon skymta Veskas som försökte ta sig förbi och fram till dem. Men folk var som tokiga, tackade, bönade, bad och många skulle prompt känna på honom. Som om han var ett helgon de måste röra vid.

Tätt följd av Rufus och Garm reste hon sig och skyndade fram till Veskas. Hon fick knuffa en del, och fick ganska många arga blickar och hårda knuffar tillbaka, men hon lyckades ändå ta sig fram till honom. Efter vad hon kunde se verkade han inte ha några allvarligare skador, men han såg trött ut och var täckt av både färskt och gammalt blod.

"Herregud Veskas! Hur mår du?" frågade hon och lade handen på hans axel.

Han fick ett överraskat uttryck i ansiktet och drog undan axeln så att hennes hand föll ner. "Det är bara några skärsår ..."

"Jag hämtar en läkekunnig!" Garm stegade iväg utan att vänta på Veskas svar.

Rufus agerade murbräcka och hjälpte henne att få ut Veskas ur salen och upp på rummet. Väl där fick han lägga sig på sängen medan de hjälptes åt att få av honom de stela och blodiga kläderna. När de fått av honom allt utom underkläderna högg det till i henne när hon såg de långa, djupa och blödande såren. Vart och ett av dem var helt och hållet hennes fel! Hon lade även fascinerat märke till att det inte bara var hans ansikte, hals och händer som bar symboler utan hela hans kropp. De fortsatte till och med ner under linningen till underbyxorna och het om kinderna undrade hon hur mycket av honom som var brännmärkt bakom det skyddande tyget.

Läkaren dök upp tillsammans med Garm och gjorde en grundlig undersökning av Veskas. Precis som Veskas sagt hade han inga allvarligare skador, men han hade tillräckligt många ytliga skador för att det skulle kunna bli allvarligt. Läkaren tvättade bort blodet och förband såren efter att ha smörjt salva på dem. Till sist avslutade han med att beordra Veskas att hålla sig i sängen de närmsta dagarna.

När läkaren lämnat dem samlades de runt sängen för att få höra vad som hänt, men precis när Garm öppnade munnen hördes en försiktig knackning på dörren. När hon gick och öppnade fann hon Alran stående utanför. Han kikade försiktigt över hennes axel in i rummet.

"Är han ok? Dödade han naolimarna?" frågade han andlöst.

"Vi var precis på väg att fråga honom, så kom in du", sade hon med ett litet leende och höll upp dörren.

Alran gick försiktigt fram till sjuksängen.

"De är döda, hela högen", sade Veskas innan någon hann säga något. "Ni kommer inte att ha några problem med dem igen."

"Och du är helt säker på att alla är döda?" frågade Alran försiktigt.

"Så säker man kan vara", sade Veskas. "De ledde mig rakt till boet och jag väntade där i flera timmar innan jag gav upp. Det dök aldrig upp några fler."

"Boet? Häckade de?" frågade Garm.

"Ja, men jag förstörde äggen."

"Bra, bra. Då kan vi äntligen låta folk återgå till sina hem! Vad underbart det kommer att bli när allt återgår till det normala", sade Alran med ett brett leende. "Men ni får inte ge er av utan att prata med mig först. Jag vill verkligen återgälda er för det här." Alran nickade en sista gång mot Veskas och lämnade dem.

"Nu så", sade Garm när de äntligen blev ensamma. "Berätta vad som hände."

Veskas ryckte på axlarna. "Det finns inte så mycket mer att säga ... Jag ville inte vänta tills de fick för sig att komma tillbaka, så jag följde efter. Resten hörde ni när Alran var här."

Garm nickade långsamt och tittade fundersamt ut genom fönstret. "De var klart intelligentare än jag räknat med, så det kunde nog ha tagit ganska lång tid att få tag på allihop. Om vi någonsin hade lyckats."

"Precis min tanke", sade Veskas.

"Och de förstod aldrig att du inte var en riktig naolim?" frågade hon.

"Nej. De har ingen möjlighet att känna till att jag egentligen är människa. Jag väntade en stund som naolim, och när jag var säker på att det inte skulle komma några fler bytte jag tillbaka till mig själv och dödade dem."

"Men det var ju fem stycken kvar! Det var ju livsfarligt!" sade hon.

Veskas flinade till. "De flesta sov faktiskt när jag dödade dem, så jag är ingen hjälte direkt. Skadorna kommer från de två som hann vakna av oväsendet innan jag var klar."

"Det hela var ändå förbannat dumdristigt, även om du fick uppgiften slutförd", sade Garm mörkt.

Veskas ögon smalnade. "Jag tog för givet att ni tyckte att det var värt det. Vad är mitt enda ka'urman liv värt i jämförelse med alla här på slottet. Annars hade ni aldrig bett just mig om hjälp."

"Dumheter!" fräste Rufus. "Det är väl klart att hundratals liv räknas mer än ett, men du är vår vän, det är inte dem."

"Verkligen ... Och när hände det?"

Rufus såg uppriktigt förvånad ut. "Jag trodde inte att bråket mellan dig och Haell inberäknade mig och vår vänskap. Men nu när jag vet det ska jag hålla mig ur vägen för dig", sade Rufus och lämnade rummet.

"Jag har aldrig sett det där förut", sade Garm fascinerat med blicken mot dörren.

"Sett vad?" frågade Veskas med trött röst.

"Att Rufus snäser av någon."

"Vem bryr sig", muttrade Veskas. "Nu när naolimarna är döda skiljs våra vägar ändå åt. Ingen behöver vänner man aldrig mer kommer att träffa. Ni kan lika gärna ge er av på en gång, medan det fortfarande är ljust nog."

"Men de där då?" Hon pekade mot bandagen som täckte hans överkropp och armar. "Du behöver ju hjälp med dem."

"De läker fort nog", sade Veskas mörkt. "Jag har en egen salva så jag klarar mig utan er."

Hon tittade osäkert på honom, så nickade hon till sist motvilligt. "Ok. Jag går ner och säger adjö till Alran eftersom jag antar att resten av oss kan ge oss av då, om du inte vill ha vår hjälp."

"Gör så", sade Veskas och vände bort huvudet.

När de kommit ut ur rummet och Garm stängt dörren efter dem tittade han snett på henne. "Det känns inte bra att lämna honom så här. Inte skadad och inte när det är på grund av oss."

Hon skakade på huvudet. "Nej, jag vet. Men vi kan ju inte tvinga oss på honom. Förresten kan vi behöva lite försprång om han skulle försöka följa efter oss igen."

Garm drog ner mungiporna i en ogillande min, men nickade samtidigt. "Vaddå 'igen'? Menar du på allvar att han ska ta en omväg till Nef'rath bara för att inte få samma resväg som oss? För den omvägen är lång! Jag tror ärligt talat inte att han någonsin följt efter oss, annat än när han råkade få syn på oss med Gerhain."

"Vem vet", sade hon.

Garm suckade och ryckte på axlarna. "Ja, vem vet. Vad du tycker och tänker får stå för dig. Jag anser fortfarande att han är en bra person och ännu bättre vän."

Nu var det hennes tur att kasta en sned blick på honom. Men, jo, innerst inne misstänkte hon att han hade rätt.

31

Garm hade inte överdrivit när han sade att myggorna i djungeln var stora som knytnävar. Kanske inte en vuxen mans, men inte långt ifrån. Som tur var visade sig kappan stå emot även de envisaste myggen. Det grova tyget var för hårt och tjockt för att de skulle ta sig igenom. Men det innebar inte att de lät bli att försöka och det kröp i henne varje gång hon kände en av de där bjässarna landa på henne.

Rufus bar även han en kappa, men Garm hade valt att rida i en kombination av sin vanliga skinnrustning och plåtrustningen. Då och då kom ett högt, sjungande ljud när någon mygga flög emot plåten.

Hästarna fick vara i fred från de största myggen, men det fanns gott om både små mygg och flugor som gav sig på dem istället och det gjorde djuren lättretliga. Garms häst vågade hon inte ens komma i närheten av längre, inte efter att Rufus blev biten på låret när han råkade komma för nära.

Djungeln var annars otroligt vacker. Frodig, grön och med träd så höga att det kändes som att de fortsatte upp i all oändlighet. Överallt växte färggranna, underliga blommor som såg ut att vara tagna direkt ur någons fantasi och fåglar tävlade i skönsång med varandra. Det fanns djur och insekter precis överallt. Då och då kunde hon till och med se stora pälsklädda djur uppe i trädkronorna. Hade det inte varit för de gigantiska myggorna hade djungeln varit en fantastisk plats.

De följde en nästan övervuxen stig under ledning av Garm. Här och var försvann andra smala, vindlande stigar ut i djungeln och hon kunde inte låta bli att undra om det var djur eller människor som gjort dem.

"Bor det några människor här?" frågade hon till slut Garm när de red över ännu en liten korsade stig.

Han vred på huvudet och lyfte visiret lite. "Bara de stammar som är inhemska till området. Men totalt sett så är det inte så många, nej."

"Inhemska?" frågade hon. "Hur är de?"

Garm ryckte på axlarna. "Jag vet inte, de håller sig för sig själva", sade han och fällde ner visiret igen.

Hon red upp bredvid Rufus istället. "Vad kommer att hända i natt?"

Rufus log och ryckte på axlarna. "Vad menar du?"

"Med myggorna. Hur ska vi kunna sova? De kommer ju att äta upp oss levande."

Han skrattade till. "De är bara aktiva på dagarna. Du kommer fortfarande att ha de vanliga myggorna och insekterna, men de här bjässarna slipper vi."

En varm lättnad spred sig genom henne. "Skönt."

"Men det finns andra insekter och djur som kan göra det riktigt farligt att sova på marken", fortsatte han och jagade effektivt bort hennes lättnad.

"Men hur det är tänkt att vi ska kunna sova då?"

Rufus flinade. "Till fots eller på hästarna."

Hon spärrade upp ögonen. "Menar du allvar?"

"Annars så finns ju alltid träden ..." lade han till med ett ännu bredare flin

Hon vände sig mot Garm som red strax framför dem. Axlarna skakade på ett sätt som fick henne att misstänka att han hört allt och skrattade. Retades Rufus med henne?

"Säg att han retas med mig Garm", ropade hon och när han vred på huvudet och lyfte visiret såg hon att han skrattade.

"På sätt och vis", sade han.

Hon höjde ögonbrynen. "På sätt och vis?! Men då antar jag att det finns andra, bättre, lösningar också?"

"Självklart", sade Garm med en lugnande röst samtidigt som han kastade en road blick mot Rufus. "Man får inte glömma vattnet. Vi kan bygga en flotte och sova på den."

"Ni retas med mig ... Eller hur?"

"Kanske lite", sade Garm med ett leende.

"Det finns ett enkelt trick", sade Rufus tröstande. "Vi behöver bara hitta lite vatten först."

"Vatten? Ska vi bygga en flotte ändå?"

"Nej", sade Garm och stängde visiret framför näsan på en stor mygga.

"Du får se i kväll", sade Rufus och log.

Framåt eftermiddagen kom de fram till en liten sjö och Garm meddelande att de skulle slå läger där, trots att det egentligen var flera timmar kvar innan det var dags att stanna. Men varken han eller Rufus vågade riskera att rida vidare nu när de faktiskt hittat vatten.

De hjälptes åt med att gräva ett djupt dike runt lägret som de sedan fyllde med vatten. Det tog ett tag innan marken blev mättad och vattnet slutade att rinna undan, men till slut var det vattenfyllt. Vid det laget hade solen gått ner och hon misstänkte att hon skulle drömma mardrömmar om diken ett bra tag framöver ifall de var tvungna att göra så här varje kväll.

Hon hade trott att kakafonin av ljud skulle dö ut när mörkret föll, men det enda som hände var att de byttes ut mot nya läten. De djur och insekter som var vakna under nätterna tyckte uppenbarligen lika mycket om att väsnas som deras dagaktiva vänner.

"Kommer det att låta så här hela natten?" frågade hon när de satt innanför vallgraven och matade den nytända brasan med ved.

Garm log snett. Han hade äntligen tagit av sig rustningen, så nu kunde hon titta på honom utan att ansiktet täcktes av hjälmen och visiret. "Inte hela natten kanske, men inte långt ifrån", sade han och log. "Men du vänjer dig snart."

"Tror du?" frågade hon skeptiskt.

Rufus spred ut sina filtar på marken och gäspade stort. "Ledsen mina vänner, men jag är helt färdig så ni får klara er utan mitt eminenta sällskap", sade han och gäspade stort igen. "Förresten så måste någon vakna i tid i morgon."

"I tid för vadå?" frågade hon.

"Innan solen går upp och de små plågorna vaknar igen", sade Rufus och flinade.

När mörkret började falla reste sig Garm upp. "Jag tänker passa på att bada och föreslår att du gör det samma. Svettlukten har en tendens att dra till sig både djur och insekter."

Det lät inte som ett dumt förslag. Hon nickade och reste sig. Kvällsluften var kylig jämfört med den dallrande värmen under dagen, men hon såg ändå fram emot att få sjunka ner i det svalkande vattnet.

Garm gick ner mot vattnet. Han hade tagit av sig allt utom underbyxorna och hon kunde inte låta bli att stirra när han gick ner i vattnet. Det silvriga månljuset speglades på huden när den blev blöt och musklerna, senorna och ådrorna framhävdes. Inte en gnutta fett någonstans.

Garm vände sig mot henne med ett brett, belåtet grin i ansiktet. "Hoppa i, vattnet är perfekt."

Hon bet sig i läppen med en blick ner på kläderna. Badade hon i dem skulle de väl aldrig torka i den fuktiga luften.

Garm skrockade där han stod med vatten upp till midjan och armarna i kors över bröstet och tittade på henne. "Kom igen nu. Du har väl något under, inte sant?"

"Inte där uppe."

"Äh, vem bryr sig", sade Garm med en axelryckning. "Det är ju bara du och jag här och det är mitt i natten, man ser ju knappt handen framför sig."

Det trodde hon inte ett dugg på, inte med tanke på hur tydligt hon såg honom. Hon betraktade honom tyst. Han stod och log brett mot henne medan han väntade på att hon skulle bestämma sig. Men så kom hon att tänka på nästan kyssen och när Veskas beskyllde honom för att vilja ha henne. Det här var ju ett perfekt tillfälle att utmana honom.

Magen kändes som om den var fylld med fjärilar medan hon snabbt drog av sig byxorna, tunikan och ... underkläderna. Det fick gå snabbt så att hon inte hann tänka alltför mycket och ångrade sig.

Hon tog ett djupt, stärkande andetag och vände sig om och gick tillbaka till vattnet, lika naken som den dag hon föddes.

Garm såg chockad och bestört ut. "Jag trodde du hade något under?" sade han med underlig röst.

"Jag tänkte att jag lika gärna kunde ta av allt så att jag blir ordentligt ren", sade hon med ett snett leende och vadade ut tills vattnet täckte höfterna. "Du sade ju ändå att du inte såg något i mörkret."

Garm ryckte på axlarna. "Nå väl, då kan väl jag lika gärna ta av resten jag med. Bra mycket behagligare utan kläder ändå."

Hon kände hur munnen föll ner och det pirrade till i magen när han vadade in till stranden och slängde underbyxorna på marken.

Han vände och vadade tillbaka ut i vattnet. Själv stod hon kvar på samma plats som förut, med vatten upp till midjan och stirrade andlöst på honom. Han var välbyggd, extremt välbyggd. De muskulösa låren var bredare än bägge hennes lår tillsammans och inte ett uns fett syntes någonstans. Hon rodnade kraftigt när blicken rörde sig uppåt och fastnade.

Garm harklade sig och hon ryckte skuldmedvetet till. "Vad sägs om det där badet?" frågade han torrt med en sned blick på henne och dök sedan ner i vattnet och simmade med kraftfulla simtag ut mot mitten av den lilla sjön.

Hjärtat drog ihop sig när hon följde honom med blicken. Om resten av resan gick bra skulle de bara ha fyra veckor kvar tillsammans. Fyra veckor och sedan ingenting. Hon skulle aldrig mer träffa honom, prata med honom, titta på honom ...

Hon dök ner i vattnet för att kyla ner kroppen och tankarna. Det blev mer som ett magplask än en dykning, men hon fick i alla fall doppat sig och Garm verkade inte ha sett något. Eller vänta, jo, det hade han ... Ett mjukt skratt bars över vattenytan bort till henne vilket sade henne precis vad han tyckt om hennes graciösa försök till dykning. Nåja, hon var halvdemon, inte halvfisk.

Hon hade aldrig lärt sig simma så hon höll sig till de delar av sjön där hon bottnade. Garm var snart bara en suddig massa som rörde sig genom vattnet längre bort. Det var skönt i vattnet. Svalt, men inte för svalt. Det var välbehövligt efter dagens tortyr i den varma, fuktiga luften.

Hon rörde sig försiktigt ut mot mitten av sjön för att få ner så mycket av kroppen som möjligt i det svalkande vattnet. Vattnet hade precis börjat täcka brösten när hon plötsligt klev ut i ingenting. Hon hann precis suga i sig ett djupt andetag innan världen plötsligt bara bestod av kallt vatten och hon kände hur hon sjönk mot botten. Instinktivt började hon sparka och veva med armarna i ett försök att ta sig uppåt, mot ytan, men det verkade bara få henne att sjunka snabbare. Lungorna började värka. Om hon inte fick luft snart skulle kroppen ta över och andas automatiskt, trots att det innebar att hon skulle drunkna!

Två starka händer grep tag om hennes överarmar och hon drogs uppåt. Det flimrade för ögonen och hon pressade ena handen mot munnen och näsan i ett desperat försök att hindra sig själv från att andas. När hon bröt vattenytan öppnade hon munnen och sög i sig luft så snabbt att hon satte vatten i halsen.

Garm lyckades få mark under fötterna och ställde sig upp och drog henne till sig. Hon bottnade fortfarande inte men det spelade ingen roll, han höll henne så hårt mot sig att hon inte skulle kunna sjunka även om hon hade velat.

"Är du ok?" frågade han andlöst.

"Ja", viskade hon med darrande röst.

"Du skrämde mig", sade han mörkt och tittade ner på henne.

Huden började pirra, som om tusentals små insekter kröp över den. Hjärtat slog hårdare, hårt nog för att hon skulle känna hjärtslagen i bröstet. Att andas blev plötsligt en konstform hon inte behärskade och istället för lugna, sansade andetag kändes det som om hon försökte suga i sig luft som om hon fortfarande höll på att drunkna.

"Fryser du?" frågade han lågt.

"Fryser?" hackade hon fram. Hur kunde hon frysa när han pressade henne mot sin glödheta kropp?

"Ja, du darrar", sade han mjukt.

"Gör jag?" Jo, det kanske hon gjorde. Vid närmare eftertanke så darrade hon okontrollerat. Hon rodnade och försökte slappna av, men det hjälpte inte. Då försökte hon istället ta sig loss från honom, men han släppte inte, tvärtom så pressade han henne ännu hårdare mot sig.

"Så om det inte är från kylan tar jag det som en komplimang", sade han mjukt och blinkade mot henne.

"Det är inte från kylan", sade hon hest.

Det var lika bra att ta chansen innan han vaknade upp och blev sig själv igen. Hon vände upp ansiktet och mötte hans varma, mörka ögon. Ett underligt uttryck kom över honom och hon kände hur hans kropp blev spänd och hård. För att ge honom en ledtråd lyfte hon munnen lite till, slöt ögonen och putade med läpparna.

Han släppte ut ett djupt andetag som kittlade mot hennes överkänsliga hud. "Vad sysslar du med?"

"Följer med strömmen", svarade hon. "Sluta tänka så himla mycket och lev lite!"

När inget hände slutade hon puta med läpparna och öppnade ögonen igen. Till hennes besvikelse tittade han inte ens på henne utan blicken var fångad någonstans långt bort över träden.

"Helvete." Hon ryckte själv till av den ovana svordomen. "Antingen kysser du mig eller så släpper du!"

Den hårda tonen fick honom att rycka till och titta ner på henne. En djup fåra bildades mellan ögonen när han drog ihop ögonbrynen.

"Nå?" frågade hon efter några sekunder.

Ett mjukt leende bredde ut sig i hans ansikte. "Då antar jag att du inte ger mig något val. För jag vill verkligen inte släppa dig ännu."

Hjärtat hoppade över ett slag och andan fastnade i halsen. Instinktivt slöt hon ögonen när han lutade sig framåt och nuddade hennes läppar med sina. Ett lågt ljud undslapp henne och hon kände hur båda deras kroppar svarade på kyssen. Äntligen! Lycka och tillfredsställelse fyllde henne medan kyssen djupnade och hans grepp om henne hårdnade. Det dunkade tungt i kroppen och hon kved lågt. Allt hon kunde tänka på var att han skulle bära upp henne på stranden, låta det gå från kyssar till ...

Han släppte hennes läppar och pressade sig hårt mot henne. Ögonen var dimmiga och han andades tungt. "Längre än så här tänker jag inte ta det", sade han med låg röst och lyfte bort henne från sig med utsträckta armar.

Kallt vatten rusade in mellan dem och hon flämtade till, lika mycket av chocken från vattnet som av besvikelse.

"Varför? Vad ..." Halsen drogs ihop och hon tystnade. Han gick några steg tills hon bottnade och släppte henne. Så fort han var fri från henne tog han några steg bakåt och ökade avståndet mellan dem.

"Varför gör du så här?" frågade hon hest.

"Det var allt jag kan ge dig", sade han lågt. "Vi har ingen framtid tillsammans och jag kan inte riskera en graviditet. Plus att jag inte vill att du ska behöva ta hand om ett barn ensam. Om du ens kan det, med tanke på din situation."

Hjärtat värkte. Hon ville skrika åt honom att fara åt helsike om hon inte dög åt honom. Men samtidigt ville hon mest av allt bara gråta, tigga och be honom att ge henne en chans. En liten, ynklig chans.

Hon öppnade munnen för att protestera, men han höll upp en hand och tystade henne.

"Inget du säger kommer att få mig att ändra mig och om du envisas, kommer du bara att förstöra det vi haft ihop i natt."

"Det är redan förstört." Hon vände och gick upp ur vattnet utan att vänta på hans svar.

Medan hon drog på sig kläderna igen ylade en varg i närheten, snabbt följd av ännu en varg. Håret reste sig på hennes armar.

"Antar att vi inte är ensamma", muttrade Garm när han kom upp ur vattnet och drog på sig kläderna.

"Det kanske är vanliga vargar ..."

"Knappast troligt", sade Garm torrt. "Det finns inga vargar i djungeln."

Toppen.

"Var det inte du som sade att han ändå var tvungen att ta samma väg som oss?" frågade hon.

Garm nickade. "Jo. Men jag trodde inte att han skulle hinna i kapp oss efter skadan."

Ännu ett ylande, närmare den här gången.

Han hämtade sitt svärd. "Gå och lägg dig Haell. Jag tar första passet, så väcker jag Rufus sedan."

Hon kröp ihop vid brasan medan hon lyssnade på ylandena som rörde sig längre och längre bort för varje gång. Om det nu var Veskas, var han på väg bort från dem. Hon kände hur kroppen började slappna av och kastade en blick mot Garm som satt med ryggen mot vattnet.

En skarp smäll från en avbruten gren fick henne att rycka till samtidigt som hon såg hur Garm grep hårdare om svärdet. Så flög en liten fågel ut ur skogen, cirklade några gånger runt lägerplatsen och landade på marken bredvid henne. Hon tittade förvånat på den lilla blå fågeln samtidigt som hon i ögonvrån såg hur Garm reste sig med stora ögon. Fågeln flimrade till och i nästa sekund grep Veskas tag i henne och drog upp henne framför sig.

Garm röt till och kastade sig mot dem, men Veskas skakade varnande på huvudet och lyfte ena handen. Ett steg till och Garm skulle bli grillad.

Rufus satte sig yrvaket upp och såg sig misstroget omkring.

"Släpp henne", sade Garm varnande.

"Jag tror inte det", sade Veskas med en morrning. "Jag kan inte bara stå och se på när du sårar och utnyttjar henne. Utan en tanke på hur hon ska klara sig när du är klar med henne och lämnar henne åt sitt öde i Talbor."

"Hon är inte din att beskydda och du har inget med det här att göra", sade Garm mellan sammanbitna tänder.

"Släpp henne så diskuterar vi det här", sade Rufus lugnt. "Jag förstår fullkomligt vad du säger, och du har rätt. Men det här är fel sätt."

"Jag ska ta med henne till Nef'rath och se till så att hon får hjälp att komma igång. Det är mer än vad ni tänker göra."

Hon betraktade scenen framför sig med bultande hjärta. Det var på väg att urarta och hon ville inte att någon skulle bli skadad på grund av henne. Om det då innebar att hon var tvungen att ... Veskas rörde sig bakom henne och hon insåg plötsligt hur mycket luft det var mellan dem och hur löst hans arm faktiskt låg runt henne.

Hon tog ett steg bort från honom. Hans arm föll ner och hon blev fri.

"Snälla Veskas, sluta", sade hon lågt.

I ögonvrån såg hon hur Rufus försiktigt cirklade in bakom Veskas.

"Jag vill ju bara hjälpa dig", sade Veskas lågt.

"Då gör du det på fel sätt. Det här skrämmer mig lika mycket, om inte mer, som det du sade till mig på marknaden."

Veskas slog ut med händerna. "Vad ska jag göra för att få hjälpa dig då? Vad jag än säger till dig så säger du att jag ljuger, samtidigt låter du honom," han pekade med en darrande hand mot Garm "utnyttja dig och leka med dina känslor. Han struntar ju fullkomligt i vad som händer med dig sedan. Är det en vän det?" Han suckade igen och fortsatte med låg, uppgiven röst. "Jag tycker ju om dig och det enda jag vill är att du kommer fram till Nef'rath helskinnad och hittar ett ställe att bo på. Om jag sedan aldrig träffar dig mer spelar ingen roll. Huvudsaken är att du klarar dig och får det bra!"

Rufus klev fram bakom Veskas med en kraftig gren höjd över huvudet. Slaget träffade perfekt i bakhuvudet och Veskas segnade ner på marken, medvetslös.

32

Hon tittade på Veskas som fallit ihop framför henne. "Han är väl inte död?"

Rufus föll på knä och satte fingrarna mot Veskas hals. "Nej, men han kommer nog att vakna med en rejäl huvudvärk sedan."

Garm lade undan svärdet och gjorde dem sällskap. "Vad ska vi göra med honom?"

"Vi kan ju inte lämna honom så här", sade Rufus lågmält. "Inte med alla farliga djur."

Garms suckade och drog handen genom håret. "Hur vi än gör, lämnar eller tar med honom, kommer risken finnas att han tar chansen igen. Nästa gång kanske det inte går lika bra."

Hon fnös högt, vilket orsakade ett förvånat ögonkast från Rufus. "Men ärligt talat Garm, vad spelar det egentligen för roll? Veskas har ju rätt! Om fyra veckor kommer vi fram till LeTalbor och då kommer vår resa tillsammans att ta slut och ingen av er bryr sig det minsta om vad som händer med mig. Så vad spelar det egentligen för roll om jag försvinner nu eller om fyra veckor?"

Garm grep tag i hennes arm. "Så vad är det du säger? Att du hellre reser härifrån med honom nu än fortsätter med oss några veckor till?"

Hon slet sig loss. "Om det innebär att jag får sällskap till Nef'rath istället för att få försöka klara mig själv, så varför inte!"

Rufus steg in mellan dem och gav dem varsitt undrande ögonkast. "Sluta nu, bägge två! Först och främst; vi kommer inte att lämna honom här!" Han vände sig mot henne och lade handen på hennes axel. "Och vad du än säger till Garm just nu, tror inte jag att du vill följa med honom. I alla fall inte under sådana här omständigheter. Inte sant?"

Hon tog ett steg bakåt, suckade och skakade på huvudet. "Nej, kanske inte ..."

Garm lade armarna i kors över bröstet och nickade mot Veskas. "Så vad hade du tänkt då? Att vi ska ta med honom? Jag kommer inte att kunna lita en sekund på honom under resten av resan."

Rufus flinade till. "Vi super honom full och binder fast honom. Och om vi ser till att hälla lite lugnande örter i drickan kanske han sover det mesta av tiden."

Garm skrockade lågt och klappade Rufus på ryggen. "Bra tänkt!"

Hon betraktade Veskas medan Rufus och Garm band honom. Det tog emot att se dem behandla honom på det viset. Även om han gjort fel i kväll hade hon en naggande misstanke om att han faktiskt gjort det för hennes skull, inte sin egen. Det innebar i så fall att han brydde sig mer om henne än vad både Garm och Rufus gjorde. De verkade i alla fall inte särskilt bekymrade över vad som skulle hända henne när de väl skiljdes åt.

Garm reste sig och hämtade en av de sista flaskorna med den grumliga alkoholen och satte den mot Veskas läppar. Hon klarade inte av att titta. Det var ovärdigt och fel, även om hon förstod varför Garm och Rufus gjorde som de gjorde. Hon gick tillbaka till sin plats och lade sig, med händerna pressade över öronen.

Följande morgon hjälptes Garm och Rufus åt att binda fast Veskas på packhästen, lutad mot delar av deras packning så att han hölls uppe i halvsittande ställning oavsett hur borta han var. Som skydd mot myggen täckte de över honom så gott det gick med filtar och extrakläder. Under tiden gjorde Veskas inte mycket ljud från sig, annat än några frammumlade ord på nef'rathiska. Han var så påverkad av örterna och alkoholen att han förmodligen inte ens var medveten om vad som pågick. Hon hoppades i alla fall att det var så, för de behandlade honom på ett riktigt ovärdigt sätt.

"Vi får stanna till så fort som möjligt och köpa mer alkohol så att vi klarar oss", sade Garm och satt upp på sin häst.

"När är det?" frågade Rufus.

"Jag vet inte", svarade Garm med en bekymrad rynka mellan ögonen. "Så det är bäst att vi ransonerar, så att vi är säkra på att det räcker."

Rufus nickade och klappade på byltet av örter längst bak på packhästen. "Och det är väl lika bra att vi håller utkik efter fler av de här skönheterna så att vi hinner plocka så mycket som möjligt innan vi lämnar djungeln."

Garm nickade och satte fart på sin häst med packhästen i släptåg. Rycket när hästen började gå gjorde att Veskas gungade till och för ett ögonblick såg han ut att vara på väg att falla av, men så spändes repen runt hans kropp och nästa rörelse från hästen fick honom att sakta välta tillbaka till ursprungsläget. Hon grimaserade och tittade bort. Oavsett vad han haft för avsikter kunde hon inte annat än tycka synd om honom.

Allt eftersom dagarna gick luktade Veskas mer och mer som de vätskor de hällde i honom. Efter en vecka luktade han så illa att han fick sova en bit bort ifrån de andra. Garm skojade om att han inte var säker att ha nära elden längre och det hade inte förvånat henne om det låg lite sanning i det. Det fullkomligt osade alkohol om honom.

Han hade sina 'klara' stunder, när de höll på att få slut på alkohol eller örter och ransonerade. Men ju klarare han blev, desto tystare och mer inåtriktad blev han och varje gång någon av dem kom nära, vände han bort ansiktet. Även för henne. Hon ville låtsas som att det inte gjorde något, men sanningen var att det värkte till i hjärtat varje gång. Den där bortvända blicken var det största beviset på hur illa de behandlade honom.

33

De korsade slutligen gränsen till Talbor och inte långt därefter lämnade Garm huvudleden och fortsatte in på en mindre väg som ledde åt nordväst.

"Vart är vi på väg?" frågade Rufus försiktigt och red upp bredvid Garm. "Den här vägen leder inte till LeTalbor."

Garm ryckte till och stannade.

"Förlåt, jag satt i andra tankar red in här av gammal vana", sade han med ett trött leende. "Men det kanske inte var så dumt ändå. Jag har nämligen en släkting längre upp längs vägen och jag är ganska säker på att han kan förvara Veskas för oss under en tid framöver."

Rufus såg tveksam ut. "Vågar du riskera det? Tänk om han nyktrar till och hämnas på din släkting?"

Garm skrockade. "Oroa dig inte. Min släkting kan ta vara på sig själv. Bara jag förklarar hur farlig Veskas är."

"Och han kommer att släppa Veskas oskadd sedan?" frågade hon.

Garm nickade.

Hur hemskt det än kändes att erkänna det, skulle det bli skönt att slippa Veskas. Inte för hans skull egentligen, utan för att det var så hemskt att se hur de behandlade honom. Så fort hon inte såg det längre kunde hon alltid inbilla sig att allt var bra och han var fri.

"Så, av olika anledningar skulle jag vilja att ni sätter upp ett läger här och väntar på mig. Jag lovar att komma tillbaka senast i morgon", fortsatte Garm.

Rufus höjde ett ögonbryn. "Herr hemlig?"

Garm flinade. "I ärlighetens namn så är jag bara rädd för att behöva berätta allt som hänt de sista sex åren om hans nyfikenhet väcks för mycket. Det är illa nog att jag kommer att ha med mig en ka'urman. Om gubbtjyven ser Haell också kommer vi väl aldrig att komma därifrån. Han är en envis gammal åsna." Han höjde handen till hälsning och red iväg med packhästen och Veskas i släptåg.

När de färdigställt det lilla lägret suckade Rufus tungt och sträckte ut sig i gräset.

"Du är nästan hemma nu", sade hon efter en stunds tystnad.

Han vred på huvudet och betraktade henne med både glädje och sorg i ansiktet. "Ja. En vecka eller så kvar, sedan är det tillbaka till årorna."

"Och vad exakt består de där årorna av?" frågade hon och lade sig på sidan bredvid honom.

Rufus ryckte på axlarna. "Jag vet inte. Min far hade inte bestämt det ännu när jag reste." Han ryckte loss ett grässtrå som han började bita på med framtänderna. "Min far äger en del olika företag och jag antar att han kommer att testa mig i några innan han bestämmer sig för vilket som passar mig bäst."

"Men det är väl bra?" frågade hon. "Det innebär ju att du kommer att få göra något du är bra på."

"Kanske det. Men bra och roligt är inte alltid samma sak", sade han med ett fräckt leende. "Men kärnpunkten är väl egentligen; vem vill bli tillsagd vad man ska göra och hur?"

Hon log och ryckte på axlarna. "Jag skulle inte ha något emot det."

Rufus fnös till. "Det är ju bara för att du verkligen behöver ett jobb. Själv är jag ganska lycklig utan ett."

Hon skrattade till. "Kan tänka mig det!"

Han flinade och lade sig bättre tillrätta.

"Vet du vad Haell?" sade han efter en stund.

"Nej, vaddå?"

"Om du stannar kvar i LeTalbor några dagar kan jag fråga min far om han har ett jobb till dig någonstans. Det hade inte förvånat mig det minsta om han har företag i Nef'rath också."

Hjärtat hoppade över ett slag. "Skulle du göra det för mig?"

Han gav henne en blick som om hon var dum. "Så klart! Du är ju min vän, inte sant? Egentligen önskar jag att vi kunde ha kvar dig i LeTalbor, men du hade nog blivit ganska impopulär där."

"Hade jag?"

Rufus skrattade till. "Äsch, vad vet jag. Jag är bara en bortskämd stadskille."

Hon studerade honom. "Är du verkligen det?"

" Låt mig hjälpa dig", sade han och småskrattade. "Hur mycket hårt arbete har du sett mig göra under vår resa tillsammans?"

Hon log och stack ut tungan. "Inte mycket."

"Där har du det", sade han med ett brett grin.

"Men det kan ju även betyda att du bara är lat", sade hon roat.

Rufus tittade snett på henne med ett höjt ögonbryn. "Haha ja. Jag är både lat och bortskämd."

"Oavsett vilket så är du en av de bästa vänner jag någonsin haft. Och du är definitivt den gladaste, snällaste och roligaste person jag någonsin träffat!"

Rufus leende dog och han tittade allvarligt på henne. "Tack Haell. Det var väldigt snällt sagt. Och du är den sötaste och snällaste halvdemon jag någonsin träffat."

Hon fnös. "Det är knappast en komplimang med tanke på konkurrensen."

Han skrattade och blinkade mot henne.

Ljud från hästhovar fick henne att titta upp och hon fick syn på Garm. Han hade packhästen med sig, men Veskas var inte kvar på den.

Rufus reste sig. "Har det hänt något?"

Garm gjorde en grimas och flyttade tyglarna från den ena handen till den andra. "Det är riktigt illa med min far, så om det går bra för er reser vi helst vidare på en gång."

"Självklart!"

De bröt lägret och gav sig av. Garm sade inte så mycket och både hon och Rufus lät honom vara ifred. Hon kunde inte låta bli att undra om han ångrade åren av osämja med fadern. Han verkade i alla fall verkligen vilja träffa fadern innan det var för sent.

De red tills det blev så mörkt att de blev tvungna att slå läger för att inte riskera skador.

Garm satt mitt emot henne, på andra sidan brasan och polerade sammanbitet sitt svärd. Han hade en djup rynka mellan ögonen och såg mer ut att vara på väg ut i krig än hem till en döende förälder.

Hon tittade mot Rufus istället. Han satt på en trädstam han hittat och dragit fram till brasan. I händerna höll han en gammal trasig bok som hon inte sett förut. Det såg rofyllt när han satt och läste vid elden, fullt koncentrerad på vad som hände i berättelsen. Ibland ryckte hans mungipor till när han läste något roande.

"Nej", sade Garm och lade undan svärdet. "Jag tänkte att vi skulle försöka ge oss av tidigt i morgon." Han tvekade och gjorde en gest mot henne och Rufus. "Fast om ni känner att ni vill ta det lite lugnare hem så kan jag självklart fortsätta ensam härifrån."

Det ilade till i hennes mage. Skulle resan med Garm ta slut nu? Hon sneglade mot Rufus som lagt ner boken i knät och betraktade Garm med allvarlig blick.

"Vi har full förståelse för att du har bråttom och det är väl självklart att vi följer med. Man överger inte en vän när den har det svårt."

Garms blick mjuknade och han log trött mot Rufus. "Tack min vän. Om vi ökar takten lite, och drar ner på vilan, kan vi vara framme om bara några dagar."

Det ilade till i hennes mage. Slutet närmade sig snabbare än hon ville. Hon såg verkligen inte fram emot att fortsätta ensam sedan. För att inte tala om hur mycket hon skulle sakna både Rufus och Garm.

Det var fortfarande mörkt när hon vaknade. Elden hade brunnit ner sedan länge, men glöden gav fortfarande ifrån sig ett svagt, rött sken i mörkret. På andra sidan, där Garm och Rufus låg, hördes låga viskningar. Hon gäspade och slöt ögonen igen. Hon tänkte inte ligga vaken bara för att de inte kunde sova. Viskningarna ökade i intensitet och precis när hon tänkte be dem vara tystare, insåg hon att det var tre personer som pratade. Plötsligt var hon klarvaken.

Hon vred försiktigt på huvudet och fick syn på tre män i full färd med att binda Garm och Rufus. En av männen lyfte huvudet, tittade rakt mot henne och mumlade något till sina kumpaner. Hon slöt snabbt ögonen. De låga mumlandena fortsatte. När hon vågade sig på att titta nästa gång var männen i full färd med att rota igenom deras sadelväskor, synbart lyckliga över alla pengar de fann där.

"Vad gör vi med demonen?" frågade en av männen lågt och pekade med ena tummen mot henne samtidigt som hon snabbt slöt ögonen igen.

Allt hon kunde höra var ett lågt mummel från kumpanerna.

"Men om hon vaknar? Jag dödar henne hellre när hon sover!" Rösten rörde sig närmare medan han pratade och hon kände hur håret reste sig på kroppen.

"Ssssh!" väste en arg röst, också den närmare än hon skulle önska. "Du väcker henne definitivt om du fortsätter så där!"

"Skulle det inte vara roligt om vi dödade henne med hennes älskares vapen?" sade den tredje mannen med ett nästan flickaktigt fnitter.

"Om du är stark nog att försöka svinga det där svärdet så varsågod. Ta för dig."

Det följdes av det vinande ljudet från Garms svärd när det drogs ur skidan och sedan en tung duns. Det kröp i henne. Vilken sekund som helst kunde hon få det där svärdet i sig! Hon var tvungen att öppna ögonen, resa sig och fly! Men hur mycket hon än ville, vågade hon inte röra sig. Trots att hon visste att det var farligare att ligga kvar än att försöka fly.

Fotsteg följda av ett skrapande ljud närmare sig henne. Hon knep ihop ögonen och höll andan. Kallsvetten rann över ansiktet och hon spände musklerna. Sista chansen att klara sig med livet i behåll! Men så tystnade ljuden. Mannen gav ifrån sig en chockad svordom. Ett mörkt, hotfullt morrande hördes ovanför henne. Hon öppnade ögonen. En stor, mörk varg stod över henne och visade tänderna mot männen samtidigt som den morrade och högg mot dem i luften.

Det kunde inte vara något annat än en av Veskas vargar och med den färgen och storleken vågade hon svära på att det var exakt samma varg som den hon sett när hon skickade bort Veskas.

Med andan i halsen ålade hon ut från under vargen och vände sig mot männen. "Lämna tillbaka allt ni tagit och ge er av härifrån, annars dödar han er."

Det var inte lätt att hålla rösten stadig och hon sneglade hela tiden mot vargen, ifall hon precis begått ett enormt misstag och besten kastade sig över henne också. Men vargen mötte hennes blick utan att visa några tecken på aggressivitet gentemot henne.

Hon lade en darrande hand på vargens rygg, i ett förmodligen fruktlöst försök att lugna den och hindra den från att attackera. För trots sitt hot ville hon inte vara delaktig i tre mäns död. Vargen vred hastigt på huvudet mot henne och under bråkdelen av en sekund befarande hon nästan att den skulle bita henne, men så vände den sig mot männen igen och tog ett hotfullt steg närmare medan den fortsatte morra.

Mannen närmast henne släppte svärdet med ett lågt skrik och ryggade bakåt. Men hans vidöppna ögon var fästa vid henne, inte vargen. Hon rynkade ögonbrynen. Var det *henne* han var rädd för?

En översvallande känsla av styrka fyllde henne och hon tog ett steg närmare honom. "Eller så bränner jag er till döds. Valet är ert."

Mannen stirrade på henne med halvöppen mun, men när han inte gjorde någon ansats att röra sig höjde hon händerna i luften framför sig. Genast blev det fart på honom. Han väste till, kastade sig åt sidan, som om han försökte komma undan elden hon hotat med, och sprang snubblade mot skogen. Vargen gläfste till och tog upp jakten. Det var inte mycket hon kunde göra åt det, hon fick bara hoppas att den inte hann ikapp honom. Hon hade knappt tänkt klart tanken när ett blodisande, smärtfyllt tjut hördes inifrån skogen. Det följdes snabbt av fler och tystnade sedan tvärt. För tvärt.

Hon svalde ner illamåendet och vände sig mot de sista två männen. De verkade inte riktigt kunna bestämma sig för om de skulle bli rädda eller inte. En kort, låg diskussion följde mellan dem medan hon långsamt gick närmare.

"Ni hörde hur det gick för er vän", sade hon mörkt medan hon sakta gick närmare. "Nu har ni er chans, medan vargen är borta. Flyr ni nu kanske ni klarar er. Men ... " hon låtsades bedöma avståndet till männen " ... jag behöver bara gå tre meter till, sedan når mina flammor fram till er. Då är ni chanslösa."

Männen tittade snabbt på varandra, sedan släppte den ena mannen det han höll i händerna, knuffade kumpanen mot henne och sprang. Den sista mannen for snubblande fram mot henne med stora, uppspärrade ögon.

"Det där var oschysst av din kompis", sade hon lågt och sänkte händerna några centimeter. "Du får en ärlig chans ändå. Jag räknar till tre."

Han nickade, vände och sprang efter vännen.

Vargen kom in släntrande i gläntan och satte sig vid hennes sida. Hon gav den en snabb blick, förvånad över att den kom tillbaka, innan hon tog en kniv ur packningen och skyndade bort till Garm och Rufus.

Hon sågade snabbt igenom repen och munkavlarna.

"Så det var vad han gjorde", sade Garm tankfullt och gick försiktigt närmare vargen.

"Vad? Vem?" frågade Rufus och reste sig.

"Veskas. Han envisades med att få prata med vargen innan jag lämnade honom. Tydligen sade han åt vargen att följa efter oss." Han suckade. "Vi får väl hoppas att det var av välvilja och inget annat."

Hon tittade mot vargen som lagt sig vid hennes filtar. Den mötte hennes blick med sina mörka, vakna, nästan intelligenta, ögon. Om Veskas verkligen skickat med dem vargen med flit, var det uppenbart att han gjort det av omtanke. Åtminstone hoppades hon att det var omtanke.

När hon gick bort och lade sig puffade vargen på hennes hans med sin varma, fuktiga nos och gnydde till.

"Gör inte så att jag börjar tycka om dig", sade hon och kliade den försiktigt bakom ena örat.

Vargen pressade sig mot henne och en skön värme spreds ifrån djuret. Hon sträckte ut handen och grävde in fingrarna i den varma underullen. Det här kunde hon vänja sig vid. Men det var väl bäst att inte bli alltför fäst vid vargen. Förr eller senare ville väl Veskas ha tillbaka den.

34

Om hon tyckt att Mistrin var stort, var LeTalbor säkert fyra gånger större. Staden sträckte sig mot horisonten som ett glittrande, människofyllt hav. De ljusa, luftiga gatorna var stenlagda och med jämna mellanrum fanns galler i marken som ledde bort vatten och smuts. Parker, torg och grönytor avlöste varandra och gav staden ett varmt, trivsamt intryck. Husen stod inte lika tätt som i Mistrin och många av dem omgavs av prunkande trädgårdar som nästan förtog känslan av att hon var i en stor stad.

Rufus humör steg ju längre in i staden de kom, medan Garms sjönk i samma takt. Fast hon förstod honom. Ju närmare han kom sitt hem, desto närmare kom han att träffa fadern. Vem såg fram emot att se sin förälder döende?

När de kom fram till en gammal stadsmur, som omgärdade den äldsta delen av staden, stannade Garm upp och vände sig mot dem. "Här skiljs våra vägar åt", sade han lågt och kastade en lång blick på henne. "Det har varit riktigt trevligt att resa med er och det smärtar mig att behöva lämna er."

Rufus harklade sig och lade handen på Garms axel. "Ha det bra min vän. Du vet var du kan hitta mig, sök gärna upp mig när allt lugnar ner sig med din far och allt."

Garm lutade sig fram och gav Rufus en hård kram. "Det kommer jag definitivt att göra."

Rufus nickade och vände sig mot henne. "Jag väntar på dig lite längre ner på den där gatan", sade han och pekade mot en liten sidogata.

Hon nickade och Rufus styrde bort sin häst från dem.

Det var en underlig känsla, att veta att det här var sista gången hon träffade Garm. Absolut sista gången. Hon harklade sig när det plötsligt tjocknade i halsen.

"Jag kan inte förstå att vi har kommit så här långt ... så här fort ..." sade Garm och bytte ställning i sadeln samtidigt som han flyttade tyglarna från den ena handen till den andra.

"Mmm", svarade hon hest. Hon kände hur en tår letade sig ner längs kinden, snabbt följd av fler.

Garm lutade sig mot henne och strök bort en tår med tummen. "Gråt inte ..."

Hon skakade på huvudet och harklade sig igen. "Jag kan inte förstå att det tar slut nu. Innan det ens börjat."

Hans ögon smalnade. "Innan vad börjat?"

"Du och jag ..."

Han slöt ögonen och när han öppnade dem igen kunde hon tydligt se känslorna som avspeglades i dem. Rå rivande skuld, sorg, längtan och ånger.

"Det gör bara ont nu i början, det kommer att kännas bättre för var dag som går", sade han mjukt och smekte hennes kind med tummen.

"Är det vad du intalar dig själv?" frågade hon med en bitter smak i munnen och drog undan huvudet så att hans hand föll ner. "Att det inte är något att bry sig om eftersom vi ändå snart kommer över varandra?"

"Det var inte så jag menade! Fan Haell, jag försöker ju bara göra det här lättare för oss."

"Det finns bara en sak som kan göra det lättare", sade hon och torkade tårarna. "Och det är om du säger till dina släktingar att sköta sig själva och låta mig stanna hos dig."

Han suckade tungt och skakade på huvudet. Det var allt han behövde säga. Allt hon betydde för honom.

Hon gjorde en bitter grimas och drog i tyglarna, men innan hästen hann göra mer än vrida på huvudet grep han tag i hennes tyglar och tvingade hästen att röra sig mot honom istället. När den stötte emot hans häst lutade han sig fram och kysste henne.

Hästarna protesterade mot den plötsliga närheten till varandra och ryggade undan. Garm svor mörkt mot hennes mun, grep tag i henne och lyfte över henne till sin häst. Sittande i hans knä drunknade hon sedan i hans kyss. För en stund försvann alla hennes sårade, tilltygade känslor, samtidigt som de förstärktes hundrafalt.

När han avslutade kyssen ville hon först bara lägga armarna om honom och aldrig släppa taget. Men så lade hon märke till hur hans blick snabbt blev kallare samtidigt som hans hållning stelnade. Han ångrade sig säkert redan. Nå. Kunde han vara kall, kunde hon.

Hon torkade tårarna och nickade kort. "Jag är glad över att ha fått känna dig Garm", sade hon hest och fortsatte med låtsad glättighet. "Du får ha ett bra liv och glöm mig inte för snabbt nu."

Han såg nästan komiskt förvånad ut innan han snörpte på munnen och nickade. "Du med Haell", sade han och hjälpte henne tillbaka till sin egen häst. "Jag önskar dig all lycka i livet och hoppas verkligen att Rufus far kan hjälpa dig."

Hon nickade.

"Och var snäll och skicka ett meddelande till Rufus när du får möjlighet", sade han. "Jag kommer att hålla kontakten med honom och då får jag höra hur det går för dig."

Hon nickade igen och svalde tungt. Det var väl ingen mening med att dra ut på det mer.

"Det ska jag. Rufus väntar. Du får ha ett bra liv Garm", sade hon och red iväg innan han fick möjlighet att svara och innan hon började gråta igen.

35

Hon var nästan vid slutet av gatan innan hon äntligen fick syn på Rufus. Han stod utanför en taverna, lutad mot hästen och med ett ölkrus i handen.

"Förlåt för att du fick vänta." Hon skrattade till, trots värken inombords, och nickade menande mot kruset. "Ser det inte lite konstigt att stå och dricka tillsammans med hästen? Folk kanske tror att du inte kan vara ifrån den", sade hon och blinkade.

Rufus skrattade till. "Det bjuder jag på. Annars kan jag bara säga att jag väntar på min tama halvdemon."

Hon frustade till och knuffade honom lätt på axeln. "Ta tillbaka det där!"

Han räckte ut tungan, steg upp på hästen och satte fart längs gatan, fortfarande med ölkruset i handen.

Det kändes skönt att få skratta lite. Att rida ifrån Garm hade varit det svåraste hon någonsin gjort, men hon behövde komma över det så fort hon kunde. Att älta det som hänt, eller inte hänt, skulle inte förändra något eller få henne att må bättre. Och gudarna skulle veta att Garm säkert redan lagt det bakom sig.

Efter en stund kastade Rufus en osäker blick på vargen som sprang vid hennes sida. "Jag tror inte att min far kommer att tillåta att vargen är i huset", sade han tveksamt och ursäktande.

"Men jag då?"

Rufus log snett. "Han kommer att låta dig vara hos oss om jag ber honom. "

Hon var inte lika säker på att hans far skulle ta det här bra. Men, det klart, hon hade ju haft fel förr.

Rufus far bodde i ett majestätiskt hus byggt i laxrosa sandsten. Framsidan av huset var smakfullt ornamenterat i ljusare sandsten och en frodig gräsmatta sträckte ut sig mellan huset och gatan.

Dörren öppnades av en pråligt klädd betjänt som, efter en ogillande blick på både henne och vargen, visade dem till Rufus fars arbetsrum. Så fort fadern fick syn på Rufus reste han sig från skrivbordet, skyndade fram och gav Rufus en hjärtlig kram. Det var inte förrän han släppte Rufus som han verkade lägga märke till henne och vargen.

"Vad gör du i mitt hus?" frågade han med barsk röst.

"Pappa!" protesterade Rufus förskräckt.

"Nå? Kan du säga mig vad du gör med en av dem och varför du tagit med den in i vårt hus?" Samtidigt som han pratade satte han sig på huk och klappade om vargen som gnyende gick fram och buffade på hans händer.

Rufus tittade på henne med en blick full av omätbart lidande. "Jag är ledsen Haell."

"Det är ok." Hon log, även om det tog emot lite. "Han har all rätt att fråga."

"Men ändå. Normal hövlighet ..."

"Prata inte om mig som om jag inte var här pojk!" röt hans far och reste sig upp. "Så sätt igång! Jag har väntat på att du ska lämna det där barnstadiet du varit i de senaste tjugofem åren, men här kommer du hemsläpande på en demon!?"

"En halvdemon", klargjorde Rufus sakligt.

"Halvskit!" sade hans far och spände blicken i honom. "Nå, ska du prata?"

Rufus suckade. "Kan Haell få lämna rummet? Eller måste hon stå här och lyssna medan vi två tjafsar?"

"Tjafsar?" sade hans far med allt högre stämma. Så kastade han en blick på henne. "Jag tror vi behåller henne här. Då ser vi om hon försöker stjäla något."

Hon rodnade och kämpade för att motstå lusten att vända och gå därifrån.

"Hon är inte sådan", sade Rufus mörkt och nickade mot en skinnsoffa som stod placerad framför eldstaden. "Kan vi åtminstone sätta oss ner? Det är en lång historia och vi har ridit långt idag."

Fadern nickade och gick mot soffan tillsammans med Rufus. Hon tvekade. Var det meningen att hon skulle göra dem sällskap?

De slog sig ner och hon brast nästan i skratt när de bägge två vände sig om samtidigt och gav henne likadana, uppmanande blickar. Definitivt far och son.

Fadern, vars namn visade sig vara Nelas, hällde upp varsitt glas vin till dem och satt sedan tyst medan Rufus berättade allt som hänt, både före och efter att hon anslöt till gruppen. Nelas kastade en blick på henne då och då och såvida hon inte misstog sig mjuknade den allteftersom berättelsen fortskred. Rufus avslutade med att fråga om Nelas kunde hjälpa henne med ett jobb, sedan harklade han sig och tömde glaset med en spänd blick på sin far.

Nelas mötte tyst Rufus blick och vände sig sedan mot henne. "Så, om jag ska lita på den här unge mannen och hans begränsade erfarenhet av att bedöma folk, så är du en bra person. Väl värd hjälp", sade han lugnt och vände sig sedan mot Rufus. "Är du förälskad i henne?"

Rufus hostade till och rodnade så mycket att han nästan blev lila. "Pappa!"

Nelas höll upp händerna framför sig. "Jag var ju tvungen att fråga!"

"Nej det var du inte! Och nej, jag är inte förälskad. Vi är vänner. Det är allt!"

Nelas vände sig mot henne med frågande blick.

"Bara vänner", sade hon bestämt.

"Ok", sade Nelas och log plötsligt. "Jag var bara tvungen att veta om jag skulle förvänta mig gröna barnbarn."

"Far!" utropade Rufus igen med stora ögon och en generad blick mot henne.

Hon kunde inte hålla tillbaka ett förvånat skratt och Nelas blinkade mot henne. Någonstans bakom den hårda fasaden verkade det finnas en ung pojke, inte helt olik Rufus.

"Ni måste förstå", sade Nelas till dem båda, "att jag inte bara kan kasta åt henne - dig - ett jobb. Det är emot allt jag tror på; att man ska förtjäna sina chanser här i livet. Men om du stannar här i några dagar, så att jag lär känna dig, ska jag ta ett beslut."

En enorm vikt lyftes från hennes axlar och hon log stort. "Tack!"

Nelas nickade och vände sig mot Rufus. "Varför tar du inte och visar henne till ett rum, så kan du och jag komma ikapp med vad som hänt här sedan du reste?"

Hon spenderade det mesta av de följande dagarna i trädgården bakom huset. Rufus och Nelas var för det mesta upptagna med att organisera Rufus övertagande av ett av företagen, så hon höll sig ur vägen för dem. Kvällarna spenderades däremot tillsammans och hon lärde sig snabbt tycka om Nelas.

Det var under den femte dagen som Nelas oväntat gjorde henne sällskap i trädgården. Han såg besvärad ut när han slog sig ner på bänken bredvid henne.

"Vacker dag", sade han mjukt och kisade lätt mot solen.

"Mmm", sade hon med en begynnande oro i maggropen.

"En vän till mig tittade precis förbi. Han sade att folk har börjat prata."

"Prata?" frågade hon och tittade oroligt mot honom. "Om mig?"

"Ja. Du vet, jag är inte den som bryr mig särskilt mycket om vad folk säger bakom min rygg, men han sade att det har börjat påverka mina företag negativt."

Hjärtat sjönk. "Åh, jag är ledsen. Jag reser vidare med det samma."

Han gjorde en beklämd min. "Jag har anlitat en livvakt som ska hjälpa dig till Sel'nar."

"Sel'nar?" frågade hon med rynkad panna.

"Det är en mindre stad, eller kanske mer bestämt en större by, i närheten av gränsen mellan Talbor och Nef'rath. Den ligger i Nef'rath, så ingen skulle finna det konstigt om en halvdemon arbetar där."

Det pirrade till i magen. "Menar du att det kanske finns ett jobb för mig där?"

"Ja", sade han och log för första gången sedan han gjorde henne sällskap på bänken. "Det glömde jag kanske säga. Jag har ett gammalt värdshus där, hyfsat lönsamt eftersom Sel'nar ligger längs vägen mot huvudstaden. Jag har skickat bud om att du kommer att bo och arbeta där."

Hon gav till ett tjut av glädje, kastade armarna om Nelas och kramade honom hårt och länge. När hon släppte log han brett och hade spår av tårar i ögonen.

"Jag är glad att du uppskattar det."

"Ja, det gör jag verkligen! Tack! Jag hade verkligen ingen aning om vad jag skulle ta mig till efter att jag lämnade er", sade hon generat.

Nelas log. "Det här var i alla fall ingen större sak för mig, så var inte alltför tacksam."

Hon skrattade till. "Ingen stor sak för dig kanske, men för mig är det allt."

Nelas skrattade och reste sig upp. "Livvakten kommer hit om ungefär en timme, så jag föreslår att vi slår oss ner och äter ett sista mål tillsammans innan du reser."

Nelas försåg henne med tillräckligt mycket mat för att räcka de tre veckorna resan skulle ta. Sadelväskorna var fullproppade, livvaktens sadelväskor var fullproppade och hennes hjärta var fullproppat av tacksamhet för allt Nelas och Rufus gjort för henne. Det var sorgset att lämna dem, särskilt Rufus. Han var den sista från den lilla gruppen som hon lärde känna för vad som kändes som så länge sedan nu. Olek, Bet, Rufus och Garm. De första människor, förutom hennes mor och systrar, som behandlat henne som en av dem. Bet och Olek hade lämnat dem på marknaden. Vid Gerhains borg hade Veskas gjort ett gästspel och sedan försvunnit igen några månader senare. Sedan var det Garm som lämnade henne, och nu sist men inte minst, Rufus.

Hon kände sig tom och övergiven. Men hon fick försöka se det från den ljusa sidan. Det här var starten på hennes nya liv! Hennes riktiga liv! Och det fanns förhoppningsvis gott om nya vänner i hennes framtid.

Livvaktens häst trampade nervöst och frustade. Dags att säga adjö. Hon tackade både Nelas och Rufus en sista gång och gav dem varsin lång kram innan hon satt upp på sin häst, vinkade en sista, tårfylld gång och följde efter livvakten ut på gatan.

Epilog

Värdshuset var definitivt i behov av lite omsorg. Kanske lite ny färg, ny halm på taket och en ordentlig storstädning. Men det var hennes hem och hon älskade det trots skavankerna.

Hon hade välkomnats av värdshusvärden och blivit visad till ett litet rum på vinden, precis stort nog för att hon skulle få plats med en smal halmmadrass och sina få ägodelar. Dörren hade varken lås eller hasp, så hon gömde för säkerhets skull de få pengar hon hade kvar i en glipa i golvet.

Hästen hade hon sålt till en liten bondgård precis utanför byn. Det skulle kosta mer att ha kvar den än vad hon skulle tjäna, så valet var ganska enkelt. Och hon hade ändå ingen användning för den längre. Förhoppningsvis skulle det här bli hennes hem för en lång tid framöver.

Personalen på värdshuset var vänlig mot henne, kunderna var vänliga ibland och ovänliga ibland. Men sådant var livet. Hon trivdes och det var huvudsaken.

En morgon, två månader in i hennes nya liv på värdshuset, kom en av pigorna förbi med ett brev adresserat till henne. Hon ursäktade sig och skyndade upp till sitt rum där hon satte sig på golvet vid det lilla fönstret. Hon slätade ut brevet i knät med darrande händer. Det var skrivet med kraftfulla, självsäkra bokstäver.

Kära Haell,

Det gläder mig att höra att du har kommit fram till Nef'rath välbehållen och jag hoppas att du känner dig hemma där.

Det var med glädje som jag mottog nyheten om ditt jobb och jag kommer för alltid att vara Nelas tacksam för hans vänlighet.

Jag har instruerat min farbror att släppa Veskas, så han kommer troligtvis att vara fri när du läser det här. Jag hoppas innerligt att du inte kommer att få några fortsatta problem med honom.

Min far gick bort för två veckor sedan och det har gjort mitt liv ganska kaotiskt och obekvämt just nu. Jag är glad att jag tog det enda rätta beslutet angående oss två, hur mycket det än smärtat – och smärtar – mig!

Jag älskar dig och sänder alla mina varmaste lyckönskningar och hoppas att du finner kärlek och lycka i ditt liv.

Med kärlek,
Garm

Ps: Rufus sänder sina varmaste hälsningar. Nelas också. De hade säkerligen skinnflått mig om de fick reda på att jag nästan glömde att hälsa från dem!

Hon vek långsamt och försiktigt ihop brevet igen. Sedan höll hon det hårt mot sitt bröst en stund, medan hon tänkte på Garms starka fingrar mot pappret när han skrev brevet. Det innehöll samma sårande mantra som han upprepat för henne tidigare, men hon valde att fokusera på det andra. På meningen där han sade att han älskade henne. Sedan, med en lätt suck, gömde hon undan brevet i golvet, tillsammans med pengarna. Gömstället för saker hon troligtvis aldrig mer skulle få någon användning för.

Haell

Haell